Janne Schmidt
Der Leo Plan

PIPER

Zu diesem Buch

Es gibt Ideen, die können sich nur in zwei Richtungen entwickeln: Entweder wird alles so, wie man es sich von Anfang an gewünscht hat, oder man landet direkt und ohne Umschweife mitten in einem Worst-Case-Szenario vom Feinsten. Leider ist es meistens so, dass man erst weiß, woran man ist, wenn es schon zu spät ist. Anne hat so eine großartige Idee, als ihr Freund Leo mit ihr Schluss macht: Sie will ihn zurückgewinnen, indem sie ihn eifersüchtig macht. Ein genialer Plan, findet sie, und es dauert nicht lange, da hat sie auch schon den perfekten Kandidaten, der ihr bei der Umsetzung helfen soll: Marc. Er ist ein arroganter, selbstgefälliger und unsensibler Macho, der Anne mit allem, was er sagt, provozieren will. Außerdem hat er eine Wette am Laufen, bei der es darum geht, dass er Anne rumkriegt. Bei ihm muss sie jedenfalls kein schlechtes Gewissen haben, dass sie mit seinen Gefühlen spielt. Immerhin spielt Marc auch mit ihren. Also klimpert Anne fortan mit den Wimpern und lächelt, obwohl sie Marc am liebsten vor das nächste Auto schubsen würde …

Janne Schmidt, geboren 1997, lebt mit ihrer Familie in der Nähe von Bremerhaven. Sie liebt Eishockey und backt gerne für ihre Familie (wobei es immer entweder gut aussieht oder gut schmeckt – leider nie beides gleichzeitig). Ihr Debüt »Der Leo Plan« schaffte es auf die Shortlist des ersten Piper Awards »erzählesuns« bei Wattpad.

Janne Schmidt

DER LEO PLAN

Roman

PIPER
München Berlin Zürich

Mehr über unsere Autoren und Bücher:
www.piper.de
Aktuelle Neuigkeiten finden Sie auch auf Facebook, Twitter und YouTube.

MIX
Papier aus verantwortungsvollen Quellen
FSC
www.fsc.org
FSC® C083411

Originalausgabe
Januar 2016

Umschlaggestaltung: ZERO Werbeagentur
Umschlagabbildung: Irene Lamprakou/Arcangel Images (Mädchen);
Nick Harris Photography/Getty Images (Seifenblasen)
Satz: Fotosatz Amann, Memmingen
Gesetzt aus der Minion
Druck und Bindung: CPI books GmbH, Leck
Printed in Germany ISBN 978-3-492-30845-8

Montag

Glaubst du an wahre Liebe? Hast du schon mal geliebt? Bedingungslos, voller Hingabe und so richtig rosarot romantisch? Tja, ich habe das getan. Beides. Und was ist passiert? Der Junge, dem ich mein Herz geschenkt habe, hat es in den Dreck geschmissen und ist darauf herumgetrampelt, sodass es nie wieder ganz verheilen wird. Ich spüre die Wunden immer noch, nachts kurz vorm Einschlafen und nachmittags im Park, wenn ich verliebte Pärchen vor mir herlaufen sehe, vor allem aber hier und jetzt. Montagmorgen, erste Stunde, Mathematik. Mein absolutes Hassfach! Neben mir sitzt Mara, meine beste Freundin, und kritzelt gedankenverloren auf dem Rand ihres Collegeblocks herum. Vorsichtig drehe ich meinen Kopf und linse nach schräg hinten, obwohl ich das eigentlich nicht sollte. Warum? Meine Damen und Herren, darf ich vorstellen: Leonard. Aber jeder nennt ihn »Leo«, was an sich supercool ist, hinzu kommt jedoch, dass er leider auch der Grund ist, warum man – sprich ich – sich auf keinen Fall zu ihm umdrehen sollte. Der Grund, warum mein Herz nicht mehr richtig schlägt und ich nicht mehr an die Liebe glaube.

Natürlich schaut er mich nicht an, und obwohl ich mich dafür hasse, wünsche ich mir so sehr, er würde es tun. Mich ein letztes Mal aus diesen unendlich warmen, goldbraunen Augen ansehen und sich dabei durch die dunkelblonden Haare fahren, wobei einige Strähnen in der Sonne beinahe kupferfarben hervorfunkeln würden, und dann denke ich an das kleine Grübchen, das er immer bekommt, wenn er lächelt.

Es wäre ja alles in Ordnung – na ja, nicht in Ordnung, aber immerhin erträglicher –, wenn er ein Exfreund wäre, wie er im Buche steht: ein oberflächliches, selbstgefälliges Arschloch, das nur mit den Mädchen spielt und dessen wahre Liebe einzig und allein seiner Playstation gilt. Aber so ist Leo nicht. Er ist lieb und nett, witzig und fürsorglich. Er gibt sich Mühe in der Schule, weil er später einmal Arzt werden will. Er passt nachmittags oft auf seine kleine Schwester Sophie auf und spielt in seiner Freizeit mit Freunden auf dem Bolzplatz in der Blumenstraße Fußball. Seine Lieblingsfarbe ist Dunkelblau – »wie meine Augen«, hat er mal gesagt. Ehrlichkeit ist ihm verdammt wichtig, und sein Lieblingsbuch ist »Frankenstein«. Ich kenne Tausende solcher Fakten, die ich jetzt herunterrattern könnte, aber was bringt mir das? Außer noch mehr Herzschmerz?

Jetzt, wo ich Leo so betrachte – den einladenden Schwung seiner vollen Lippen und die geraden, vor Konzentration zusammengezogenen Brauen –, ist es, als würde ich einen Fremden ansehen, dessen Gesicht mir aber auf sonderbare Weise vertrauter ist als mein eigenes.

Wir kennen uns schon seit der Grundschule. Ich erinnere mich noch genau an den kleinen Jungen, neben dem ich in der ersten Klasse gesessen habe, dessen Augen man kaum sehen konnte, weil sie immer hinter einem Vorhang aus zu langen fransigen Haaren versteckt waren, und dessen Schulranzen mit dem gelben Entenaufdruck viel zu groß war. Wir waren vom ersten Tag an beste Freunde. Zugegeben, insgeheim habe ich, schon lange bevor wir letztes Jahr zusammengekommen sind, für ihn und sein Grübchengrinsen geschwärmt, aber es gab auch keine Anzeichen dafür, dass es für ihn mehr war als reine Freundschaft. Ich glaube, beim Übertritt aufs Gymnasium habe ich zum ersten Mal wirklich gemerkt, dass ich gerne »mehr« hätte. Da kam Mara zu uns in die Klasse, und ich habe kurz befürchtet, dass Leo sich nicht nur »rein freundschaftlich« für sie interessieren könnte. Hat er aber nicht, zum Glück, denn wir drei waren fortan wie Pech und Schwefel. Wir haben die letzten Jahre fast jede freie Minute zusammen verbracht. In der Schule, nachmittags, abends und sogar wenn Leo ein Fußballspiel mit seinen Kumpels hatte, haben Mara und ich keine Gelegenheit ausgelassen, ihn und seine Mannschaft anzufeuern. Letztes Jahr lag am Valentinstag dann plötzlich eine Rose von ihm auf meinem Tisch in der Schule und zwei Wochen später seine Lippen auf meinen. Es war perfekt. Zu gut, um wirklich wahr zu sein.

Vorsichtig taste ich mit den Fingern nach meinen Lippen, denn selbst heute kann ich diesen ersten Kuss dort noch spüren. Leos weiche Lippen, die warme Geborgenheit und das pure Glück, das uns als goldener Faden für immer verband. Ich korrigiere: hätte verbinden sollen. So stelle ich mir das zumindest vor. Kitschig, was? So sehr, dass einem gleich irgendetwas Lebenswichtiges im Herz (Leo könnte jetzt sicher mit einem medizinischen Fachbegriff glänzen) mit rosa Zuckerwatte verstopft (wobei er vermutlich auch anmerken würde, dass das anatomisch gesehen unmöglich ist). Aber die Vorstellung ist auch irgendwie sehr romantisch, finde ich zumindest.

Leo, was hast du nur aus mir gemacht? Eins von diesen nervösen Mädchen, die verzweifelt einer verflossenen Beziehung nachtrauern! Bevor du kamst, habe ich mich über so etwas immer lustig gemacht!

Plötzlich hebt er den Blick und sieht mich an. Mehr oder weniger. Es ist dieses »beinahe Anschauen«, mit dem er mich seit der Trennung quält. Ganz so als wüsste er, dass genau an der Stelle, an der ich mich befinde, etwas sein müsste, das er aber beim besten Willen nicht erkennt. Immer wenn er mich so »beinahe anschaut«, merke ich nichts mehr von dem goldenen Band, dieser klebrigen Vorstellung, die mir so gefallen hat. Kein bisschen.

Scheißband.

Scheißliebe.

Scheißleo.

Als könnte er meine Gedanken hören, schaut Leo mich plötzlich doch an – also, richtig, nicht nur beinahe –, und ich werde augenblicklich so rot wie die überreifen Tomaten, die bei uns zu Hause im Sommer auf dem Balkon wachsen. Meine Ma sät sie jedes Jahr, pflegt sie voller Hingabe und vergisst dann, sie zu ernten, sodass sie den Herbst über fröhlich vor sich hin kompostieren.

Schwungvoll drehe ich den Kopf und hefte meinen Blick auf die Tischplatte vor mir. Derjenige, der vor mir auf dem Platz saß, hat sich hier künstlerisch ausgetobt und mit Edding unter anderem ein Bild von unserer Mathelehrerin gezeichnet, wie sie ein männliches Geschlechtsteil im Mund hat. Wer auch immer das gezeichnet hat, hat Talent. Böse, böse – und wenn ich nicht so niedergeschlagen wäre, verdammt witzig.

Die verräterisch brennende Röte auf meinen Wangen will trotzdem einfach nicht weggehen, und erst jetzt bemerke ich, dass meine Finger noch immer meine Lippen berühren. Während ich sie vorsichtig sinken lasse, läuft Lena an dem Tisch vorbei, an dem Mara und ich sitzen, wirft einen Papierball in den Mülleimer und rempelt mich auf ihrem Rückweg unsanft mit der Hüfte an.

»Freak«, flüstert sie mir hämisch zu – und dahin ist sie, meine Hoffnung, dass niemand bemerkt hat, wie ich Leo angestarrt habe. Heute. Und gestern. Und die letzten beiden Wochen.

Natürlich muss Leo ja auch in meiner Klasse sein und eine Vorliebe dafür haben, schräg hinter mir zu sitzen – genau so, dass ich den Kopf nur leicht drehen und die Augen etwas verrenken muss, um ihn beobachten zu können. Ich kann nicht anders. Was soll ich denn tun? Er ist perfekt. Perfekt für mich. Er ist derjenige, den ich »meine große Liebe« nennen würde. Der Inbegriff dessen, was die alten Disneyfilme als solche beschreiben. Eine Berührung unserer Hände oder ein warmes Lächeln von ihm reicht aus, um mich voll und ganz mit dem Gefühl zu erfüllen, dass das zwischen uns etwas ganz Besonderes ist. Mehr als eine kurze Teenagerromanze, wie man sie in der Schulzeit unvermeidlich und nicht nur ein Mal erlebt. Mehr als etwas Flüchtiges, das zwar leicht ist, deshalb aber auch nicht wirklich unter die Haut geht. Nein, das zwischen Leo und mir war groß und einmalig. Er war nicht nur mein fester, sondern auch mein bester Freund und einer der wenigen Menschen, die mich so akzeptieren, wie ich bin, für die ich mich nicht verstellen muss, mit denen einfach alles ganz natürlich und unbeschwert ist.

Aber im Moment ist Leo vor allem eins: unerreichbar. Was habe ich denn auch gedacht? Dass wir irgendwann einmal – nachdem wir geheiratet haben, in einem hübschen Reihenhaus am Stadtrand leben und fünf Kinder haben – für immer glücklich bleiben? Er, der lebensrettende Arzt, und ich, seine fürsorgliche Frau, die Erdkunde und Politik an unserer alten Schule unterrichtet? Die Wahrheit? Die ist mehr als nur ein wenig ernüchternd, denn ja, genau das ist es, was ich gedacht habe.

»Anne?«

Mein Kopf schreckt hoch, und ich werde gewaltsam aus meinen naturtrüben Gedanken gerissen. Unsere Mathelehrerin Frau Dunkelmann steht vor mir und sieht mich finster an.

»Kannst du wiederholen, was Rebekka gerade gesagt hat?« Sie hält einen Zeigestock in der Hand, mit dem sie abwartend – und auch wenn ich es öffentlich nie zugeben würde: ein wenig einschüchternd – auf meinen Tisch schlägt. Poch, Poch, Poch. Genau im Takt meines ertappt klopfenden Herzens.

Nein, denke ich bissig. Nein, das kann ich nicht, und das werde ich wohl auch nie können, weil Mathe ja nur so ungefähr der größte Mist in der Menschheitsgeschichte ist, und am schlimmsten ist unser aktuelles Thema: Stochastik, auch Wahrscheinlichkeitsrechnung genannt, über das wir zu allem Überfluss am Donnerstag auch noch eine Klausur schreiben. Ju-chu. Und wissen Sie was, Frau Dunkelmann? Wo wir gerade so schön offen zueinander sind: Es ist die Hölle und eine vollkommen sinnlose Quälerei. Ich bin mir ziemlich sicher, dass mir da jeder in diesem Raum hier recht geben wird, abgesehen vielleicht von Ihnen und Rebekka. Nicht nur, dass es seit ein paar Jahren so eine bahnbrechende Erfindung namens »Taschenrechner« gibt, mir stellt sich zudem die Frage, warum es, wenn Wahrscheinlichkeitsrechnung so toll ist, dann so etwas wie Glück und Zufall und Schicksal überhaupt gibt. Bei den wirklich wichtigen Dingen im Leben hilft einem Mathe nämlich auch nicht – und schon gar nicht Stochastik. Ich meine, wie hoch ist die mathematische Wahrscheinlichkeit, dass man mit Leo das große Los unter sieben Milliarden Menschen gezogen hat – und ihn dann grundlos verliert? Na, wie stehen da die Chancen, also rein rechnerisch? In Zahlen nicht darstellbar? Ha. Trotzdem ist es passiert, und ich muss jetzt rauskriegen, wie ich damit umgehen soll. Ich habe also definitiv etwas Besseres zu tun, als mich mit dieser blöden Aufgabe auseinanderzusetzen, die Rebekka wahrscheinlich ohnehin schon fehlerfrei gelöst hat!

Natürlich sage ich das nicht. Immerhin bin ich so ziemlich das Gegenteil von mutig und schlagfertig.

»Also, oh, äh … Na ja, also, das ist so: Wenn man die Aufgabe … so rechnet, dann … kommt man auf … das Ergebnis … irgendwie«, stammle ich zugegebenermaßen nur wenig geistreich. Reife Leistung, Anne. Damit hast du dir deine Fünf im Zeugnis so gut wie gesichert. Applaus, aber bitte keine Zugabe!

Frau Dunkelmann wirkt kurz irritiert. »Rebekka, kannst du bitte noch einmal wiederholen, was du eben gesagt hast?«, wendet sie sich schließlich an meine Mitschülerin. Dieses Mal mit einer deutlich freundlicheren Stimme.

Während Rebekka noch einmal wiederholt, was sie eben gesagt hat, nehme ich einen Kugelschreiber und male dem Kunstwerk auf meinem Tisch noch einen Schnauzer. Ich finde, er steht der Dunkelmann äußerst gut.

♥ ♥ ♥

»Schlechter Tag?«, fragt Mara mich in der Pause. Sie streicht sich eine blonde Locke aus der Stirn und setzt sich neben mich auf die Tischtennisplatte hinter dem Hauptgebäude. Unser Stammplatz, seit ich denken kann.

»Kannst du laut sagen«, seufze ich auf. »Erst schaut Leo mich wie immer nur so fast an, dann plötzlich doch ganz, und genau in dem Moment …«

»Anne, jetzt mal im Ernst!«, unterbricht mich meine beste Freundin überraschend streng. »Hör auf. Du musst Leo auch irgendwann mal loslassen.«

»Aber …« Ich bin kurz überrascht, sinke dann aber in mich zusammen. »Wie soll ich ihn denn deiner Meinung nach loslassen, wenn er mein Herz immer noch hat?« Okay, das klingt jetzt sehr sentimental, und normalerweise würde mir bei so viel Rührseligkeit glatt schlecht werden, aber wenn es doch stimmt!

»Das geht jetzt aber schon seit Wochen so.« Nun wird ihr Ton doch wieder etwas sanfter, und sie streicht mir mitfühlend über die Schulter. »Irgendwann musst du über ihn hinwegkommen. Ob du es willst oder nicht. Du musst jetzt stark sein.«

Seit dem Tag, an dem Leo Schluss gemacht hat, benutze ich nur noch wasserfeste Wimperntusche. Nicht grundlos, wie ich anmerken möchte.

»Exakt zwei Wochen ist es her, Mara, gerade mal vierzehn Tage!« Bei dem Gedanken daran ziehe ich missmutig die Nase kraus, denn es fühlt sich leider noch immer an, als wäre es gestern passiert. »Kannst du nicht verstehen, dass ich vielleicht auch einfach noch nicht darüber hinwegkommen will?«

»Anne ...« Mara sieht mich mitfühlend an.

»Wenn er jetzt wenigstens irgendeinen Grund gehabt hätte, Schluss zu machen. Wenn einer von uns fremdgegangen wäre oder wir uns nur noch gestritten hätten. Wenn es einfach nur noch total schlecht gelaufen wäre. Irgend so etwas halt. Aber nein, vor zwei Minuten war noch alles gut, er hält meine Hand und murmelt in meine Haare, dass das Shampoo, das ich benutze, absolut fantastisch riecht, und in der nächsten Minute lässt er mich los, wendet sich ab und sagt, dass er mich einfach nicht mehr liebt und dass es aus ist.«

Das war in der Schule. Ich habe Rotz und Wasser geheult, und mein ganzes Gesicht war voll klebriger schwarzer Wimperntusche. An dem Tag hatte ich das Gefühl, nein, die absolute Gewissheit, Gesprächsthema Nummer eins des Gymnasiums am alten Hafen zu sein. Die anderen haben mich angesehen, als wäre das, was ihnen allen von Anfang an klar gewesen ist, endlich passiert. In ihren Augen spielen Leo und ich nämlich in zwei komplett verschiedenen Ligen. Er: klug, sportlich, witzig, unglaublich beliebt und unglaublich attraktiv. Ich: Anne, das heißt, nicht gerade sportlich, nicht gerade lustig, durchschnittlich hübsch und irgendwie immer ein Außenseiter.

»Ja, ich weiß. Das war hart, und danach sind wir ja auch sofort zusammen in den Drogeriemarkt, und ich habe dir den schönsten und teuersten wasserfesten Mascara gekauft, den sie hatten – von meinem Taschengeld. Aber für meine beste Freundin ist nichts zu teuer«, sagt Mara und lächelt mich an, vermutlich in der Hoffnung, mich aufzuheitern.

Kurz funktioniert es sogar, zumindest bis mein Blick auf die Stelle fällt, wo Leo mit mir Schluss gemacht hat. Schnell sehe ich weg, allerdings flüchtet mein Blick dann genau auf den Platz, an dem wir uns zum zweiten und zum fünften Mal geküsst haben. Autsch. So etwas passiert mir dauernd, denn leider liegt auf allem um mich herum irgendeine Erinnerung an Leo und mich. Es ist so unheimlich schwer, einen Gedanken zu fassen, in dem er nicht vorkommt. Darum glaube ich auch nicht, dass ich über ihn hinwegkomme. Nicht, solange ich hier an der Schule bin und er schräg hinter mir sitzt.

»Danke noch mal dafür, aber …« Ich sehe in Maras mitfühlende Augen und verstumme. Es ist nicht so, dass ich es mag, wenn sich der kleine Klumpen Muskelmasse in meiner Brust nahezu immer und überall so schmerzhaft zusammenzieht, ich weiß bloß nicht, was ich tun kann, damit es aufhört. Ein gebrochenes Herz kann man nicht einfach mit einem Pflaster und einer Familienpackung Eiscreme retten. Auch nicht mit zwei. Alles schon ausprobiert. Davon bekommt man nur Bauchschmerzen. Das Einzige, was zumindest ein bisschen hilft, ist, sich bei Mara ausgiebig auszuheulen, wobei ich das Gefühl habe, dass sie langsam wirklich genug davon hat, sich mein Gejammer anzuhören. Sie kann es nicht leiden, wenn ich Trübsal blase, und das kann ich absolut nachvollziehen. Mir geht es ja nicht anders, aber ich kann auch nicht einfach *nicht* darüber sprechen.

»Warum habe ich nicht bemerkt, dass die Liebe weg ist?« Ich beiße lustlos in mein Pausenbrot. »Und … warum liebe ich ihn noch immer?«

Traurig vor mich hin kauend beobachte ich meine beste Freundin dabei, wie sie einen ihrer fettarmen Naturjoghurts aufmacht, und ich weiß auch sofort, was als Nächstes kommt: Zuerst greift sie wie selbstverständlich in meiner Brotdose nach einer Apfelspalte, von der sie kleine Stücke abbeißt, nur um sie dann gleich wieder auszuspucken und in ihren Joghurt fallen zu lassen. Ekelig. Dann zückt sie einen weißen Einwegplastiklöffel, mit dem sie alles schön verrührt und verteilt. Am Ende steckt sie ihn sich mitsamt einer großen Portion Apfeljoghurt in den Mund, wobei sie kurz genießerisch die Augen schließt. Das ist so Maras Ritual. Sie ist Naturjoghurtjunkie – aber bitte nur fettarm, schließlich achtet sie geradezu penibel genau auf ihre Figur, und nur mit meinem Frühstück verfeinert.

»Mhh«, macht Mara und braucht verdächtig lange, bis sie ihren Joghurt runtergeschluckt hat. »Sieh es doch einfach mal positiv: Er war wenigstens ehrlich, oder? Das ist doch das Wichtigste.«

»Ja ...« Ich lasse mein Brot zurück in die Dose sinken. »Aber mir wäre eine andere Wahrheit lieber.«

»Lass ihn los, vergiss ihn und such dir jemand Neuen«, versucht Mara mich aufzumuntern. »Lenk dich ab und hör auf, immer nur an Leo zu denken.«

»Wenn das bloß so einfach wäre«, seufze ich. »Aber Ablenkung klingt wirklich ganz gut. Was hältst du davon, wenn wir heute ein bisschen in der Stadt bummeln und danach Schlittschuh laufen oder ins Kino gehen? Ich verspreche dir auch, dass ich dich nicht wieder zwinge, mit mir in einen Horrorstreifen zu gehen. Unsere Mädels-Tage kommen in letzter Zeit ziemlich kurz.«

»Ja, aber ...« Mara senkt den Blick und beißt sich auf die Lippe. »Ich kann heute nicht. Ich hab später noch einen Termin beim Zahnarzt. Tut mir leid.«

»Beim Schüchternen?«, frage ich belustigt, denn Mara hegt seit ein paar Jahren den Verdacht, dass ihr Zahnarzt, den sie

»sehr attraktiv« findet, einfach nur schüchtern ist, da er nie auf ihre Flirtversuche eingeht Ich hingegen glaube ja, ein gewisser Zahnarzt ist einfach a) nicht an Patienten und b) nicht an Minderjährigen interessiert. Das würde ich Mara aber nie sagen.

»Ja, genau der!« Ihr Blick hellt sich auf, und sie beginnt, eine ihrer Locken zwischen den Fingern zu drehen. »Aber was hältst du von morgen? Meinetwegen können wir dann auch diesen Film gucken, mit dem du mir seit Tagen in den Ohren liegst. Wie heißt der noch mal? Irgendwas mit Blut und ... Du weißt schon.«

»Blut und Blutiger. Bist du dir sicher? Der ist ganz schön ...«

»Wir können auch einfach einen gemütlichen Kaffee trinken gehen. Da ist die Wahrscheinlichkeit, dass wir jemanden für dich finden, der dich Leo vergessen lässt, ohnehin erheblich höher als in einem dunklen Kinosaal!«

»Abgemacht, dann gehen wir morgen einen Kaffee trinken – aber nur zur Ablenkung und nicht, um irgendwelche Typen anzugucken«, sage ich, hake mich bei Mara unter, weil es zum Ende der Pause geklingelt hat. »Ich kann mich einfach nicht gut konzentrieren, wenn du neben mir das ganze Kino zusammenschreist.«

Leo ist in einen hinteren Winkel meines Gehirns verbannt und schmollt, aber ganz aufhören, an ihn zu denken, kann ich trotzdem nicht.

Dienstag

Vor mir steht ein leerer Stuhl.

Seit mittlerweile 40 Minuten.

Dabei ist Mara eigentlich immer pünktlich. Ob sie mich vergessen hat? Nein, so etwas sieht ihr überhaupt nicht ähnlich. Vielleicht ist ihr ja was passiert?

Weil ich gerade nichts anderes zu tun habe und so wenigstens die Möglichkeit besteht, in Ansätzen beschäftigt zu wirken, krame ich in meiner Handtasche nach meinem Handy und lese mir noch einmal unseren (sehr einseitigen) Chatverlauf durch.

Hey Mara :) Wo bist du?

Im Ernst: Wo bist du? Weil: Ich bin hier, aber du nicht.

Mara, langsam ist das nicht mehr witzig. Du schaust doch sonst auch immer auf dein Handy.

Hallo, hier ist Anne. Deine beste Freundin. Die du gerade versetzt. Meld dich mal oder so.

MARA?

MARA!!!

Ja, ich bin ein bisschen enttäuscht. Ein bisschen sehr doll sogar. Ich hoffe, es gibt eine vernünftige Erklärung dafür. Immerhin vergisst man seine beste Freundin doch nicht einfach so. Oder? Was Mara wohl gerade Spannendes macht, von dem sie so abgelenkt ist, dass sie nicht mal auf ihr Handy sieht?

Aber genau in dem Moment, als ich mich frage, ob ich inzwischen eigentlich jedem egal bin, bewegt sich endlich der Stuhl vor mir, und ich packe mein Handy schnell wieder weg, ohne den Kopf zu heben. Mara soll nicht sehen, wie sehr mich der Gedanke eben mitgenommen hat.

»Schön, dass du auch mal kommst! Weißt du, wie lange ich auf dich gewartet habe? Nein, natürlich nicht. Ich sag's dir: 40 Minuten!«, setze ich zu einer Schimpftirade an, während ich am umständlichen Verschluss meiner Tasche herumnestle. »Was hast du denn überhaupt so lange gemacht?«

»Ich war bis eben damit beschäftigt, vom Himmel zu fallen, und bevor du fragst: Nein, es hat nicht wehgetan.« Die Stimme, die mir antwortet, ist verdächtig tief und eindeutig nicht die von Mara. Ich schaue schnell auf und blicke in hellblaue Augen – wie gefrorenes Wasser, überraschend kalt, abschätzend. »Und weißt du was? Die meisten warten ihr ganzes Leben auf mich. Du hingegen gehörst zu den wenigen Auserwählten, die ich tatsächlich mit meiner Anwesenheit beglücke. Du darfst dich also geehrt fühlen.«

Hallo? Abgeschmackter geht es wohl auch nicht mehr?! Trotzdem … bringe ich keinen Laut über die Lippen. Diese Augen, die meinen Blick wie magisch gefangen halten, passen so gar nicht zu dem wahrscheinlich dümmsten Anmachspruch, den ich jemals gehört habe. Womit ich nicht behaupten will, dass ich schon besonders viele gehört hätte, also direkt an mich gerichtet. Bisher war mir das auch ganz recht, vor allem wegen Leo.

Da erst wird mir bewusst, in was für einer Situation ich mich gerade befinde: Ich bin Single und werde von einem Fremden angesprochen, okay, plump angemacht. Von einem Fremden. In meinem Alter. Hatte ich erwähnt, dass er gut aussieht? Also, so richtig gut? Wenn man uns miteinander vergleicht, gehe ich klar als Verliererin – und mit einer Extraportion Komplexen – aus der Situation heraus. Denn im Gegensatz zu meiner ungeachtet der Jahreszeit immer gleich bleichen Haut liegt auf seiner ein gesunder Bronzeschimmer. Er wirkt, als würde er täglich von der im Winter nur spärlich vorhandenen Sonne geküsst. Meine kinnlangen Haare sind zu rot, um blond zu sein, aber auch zu blond, um rot zu sein, insgesamt also irgendwie merkwürdig. Seine sind kurz und so dunkel, dass sie fast schon schwarz aussehen – und sie sind auf eine absolut unwiderstehliche Art und Weise durcheinander. Im Vergleich zu seinen Lippen, die zwar eher schmal, aber dabei so kunstvoll geschwungen sind, als hätte ein berühmter Künstler selbst zum Pinselstrich angesetzt, wirken meine eigenen einfach nur breit und irgendwie plump, außerdem sind sie dank der eisigen Temperaturen draußen immer ein bisschen aufgesprungen. Wo in seinen eisklaren Augen unheimlich viel Tiefe liegt, lässt sich in meinem Dunkelblau nur mit viel Mühe ein bisschen Traurigkeit hervorkratzen. Außerdem sehe ich vermutlich gerade sehr streng aus, mit meinen neuerdings dichten, dicken Augenbrauen, die Mara und ich letzte Woche dunkelbraun gefärbt haben. Nur so viel: Das Ergebnis ist der blanke Horror und sorgt dafür, dass jede Mimik an mir überzeichnet wirkt, wie bei einem Comic oder einer Karikatur.

»Na, hast du mich genug bewundert?«, fragt er trocken und reißt mich damit aus meinen Gedanken. »Ich bin Marc.«

Seine Stimme sorgt dafür, dass meine Arme augenblicklich komplett mit Gänsehaut überzogen werden, und als seine

Worte es durch meine paralysierten Hirnwindungen hindurch doch noch bis in mein Bewusstsein geschafft haben, treiben sie mir augenblicklich die Schamesröte ins Gesicht. Selbstverständlich wegen des Fremdschämens. Was denkt der sich?

»Und du bist …?« Wow, seine Augen glitzern wie Eis an einem wolkenlosen Tag. »… stumm?« Seine Mundwinkel sind kaum merklich angehoben. »… taub?« Auf der einen Seite etwas mehr als auf der anderen, sodass auf seinen Lippen ein verführerisch schiefes und leicht belustigtes Lächeln liegt, das die Konturen seines kantigen Gesichts weicher wirken lässt. »… einfach sprachlos angesichts meiner Herrlichkeit?« Die selbstsichere Art, mit der Marc es trägt, lässt nur zu leicht erahnen, dass er ganz genau weiß, wie gut es ihm steht.

Halt, hat er mich gerade etwas gefragt?

»Angesichts deiner was?« O welch glorreicher Moment.

»Herrlichkeit.« Er lehnt sich etwas nach vorne. »Gehst du immer alleine Kaffee trinken?«

Er will sich also allen Ernstes mit mir unterhalten? Das ist äußerst … verdächtig, denn sind wir doch mal realistisch: Er sieht zu gut für mich aus. Zu gut, um sich hier zu mir zu setzen, und zu gut, um auf diese vollkommen merkwürdige Art und Weise mit mir zu flirten. Entweder habe ich gerade eine Halluzination oder aber irgendetwas läuft hier gehörig schief – was leider weitaus wahrscheinlicher ist. Mich beschleicht das ungute Gefühl, dass hier irgendwo eine Falle lauert, ein Haken versteckt ist. Irgendetwas stimmt hier jedenfalls nicht. So etwas passiert nicht in meinem Leben. Ich bin der Typ Mädchen, der im Café von seiner besten Freundin versetzt wird, und nicht der, der dort aufregende Bekanntschaften macht. Es setzen sich nicht einfach Jungs zu mir und sprechen mich an – schon gar nicht solche wie Marc.

Und dann fällt der Groschen. Natürlich. Ein Wunder, dass

es so lange gedauert hat, aber so bin ich. Anne, der Blitzmerker. Ich gucke mir die anderen Gäste genauer an, lasse den Blick umherschweifen, bis er an einer Gruppe Jungs hängen bleibt, die ungefähr in unserem Alter sein müssten. Sie sitzen nicht weit entfernt und sehen aus, als würden sie sich unterhalten. Ich habe aber das Gefühl, dass sie mehr mit dem Geschehen an meinem Tisch beschäftigt sind als mit ihrem etwas zu angeregten Gespräch über was auch immer. Einer von ihnen betrachtet missmutig die Geldscheine, die vor ihm auf dem Tisch liegen, ein anderer schaut immer mal wieder von seinem Smartphone auf. Als unsere Blicke sich treffen, sieht er schnell weg und tut fortan so, als würde er am Bildschirm kleben. Sie reden miteinander, aber ich verstehe kein Wort von dem, was sie sagen. Dennoch beschleicht mich das leise Gefühl, dass es um mich geht – und um Marc.

»Du sprichst nicht so gerne, oder?«

Stimmt, Marc. Ich wende mich ihm schnell zu. »Was?«

»Du. Nicht. Sprechen.« Er sieht mich jetzt offen belustigt an.

»Doch, doch.« Ich kann nur nicht genau festmachen, ob es die plötzliche Nervosität der Jungs am anderen Tisch ist, die verrät, dass hier etwas gehörig schiefläuft, oder Marc selbst, der, als er jetzt bemerkt, dass ich immer wieder seine – wie ich annehme – Freunde mustere, schnell versucht, meine Aufmerksamkeit wieder auf sich zu lenken, indem er noch näher an mich heranrückt. Aus dem untrüglichen Gefühl wird Gewissheit: Das hier ist alles nur ein blödes Spiel für sie! Ich wette, Marc und diese Jungs wollen sich einen Spaß daraus machen, mich hier bloßzustellen, um sich danach groß zu fühlen. Das scheint mir die einzig logische Erklärung. Wie … gemein und kindisch. Aber nicht mit mir!

Also gut, lieber Marc, wenn du schon mal hier bist und spielen willst, dann mach dich jetzt mal auf etwas gefasst. Wir werden ja sehen, was du davon hast – und wie lange dieses selbstgefällige Grinsen noch auf deinen Lippen liegt. In meinen Ohren trillert ein imaginärer Anpfiff, und ich hole tief Luft.

»Also, eigentlich hab ich auf meine Freundin Mara gewartet.« Wow, wenn ihn das jetzt nicht umhaut, dann weiß ich auch nicht weiter. Ein besserer Start ist kaum vorstellbar. Das meine ich ironisch.

Gibt es irgendwie Coolnesskurse? Keine Ahnung, so was wie »Hübsch, beliebt und wortgewandt in einer Woche«? Oder besser: »in drei Sekunden«? Sollte es echt mal geben, das ist doch 'ne Marktlücke mit riesigem Bedarf. Zumindest von meiner Seite aus.

»Tja ...« Marc winkt die Bedienung zu uns rüber und bestellt zwei Cola. »Ich schätze, deine Freundin hat dich versetzt.«

»Nein, echt? Meinst du? Da wär ich nach einer Stunde Warten nie drauf gekommen!«, erwidere ich. Bin ich zwar echt nicht, aber das muss er ja nicht wissen.

»Eben waren's noch 40 Minuten. Mathe ist nicht dein Lieblingsfach, oder?«

Treffer versenkt. Es steht 1:0 für den Jungen mit den Eisaugen, die mich nun schon wieder belustigt anfunkeln, als wäre er auf meine Reaktion gespannt. Und ich? Ich hasse ihn. Der Gedanke kommt so plötzlich und heftig, dass ich mich vor mir selbst erschrecke. Aber es stimmt: Ich hasse ihn wirklich. Ihn und das Gefühl, dass ich versetzt wurde und jetzt hier am Tisch irgendwie fehl am Platz bin, dass ich für ihn nichts weiter als ein kleines Spiel bin, von dem er sich so sicher ist, dass er es gewinnt. Das kann ich nicht zulassen. Schluss mit lustig.

»Nein, aber die letzten paar Sekunden haben sich angefühlt wie Stunden. Da kann man schon mal ein bisschen durcheinanderkommen«, schnauze ich ihn an und verschränke meine Arme vor der Brust. »Und dein Lieblingsfach ist also Korinthenkackerei?«

Das wischt ihm sein blödes, großspuriges Grinsen dann doch zumindest für den Bruchteil einer Sekunde aus dem Gesicht – und es steht 1:1. Go, Anne, go!

»Beeindruckend!« Er fängt sich überraschend schnell wieder. »Stimmt. Woher weißt du das?«

»Keine Ahnung.« Ich lehne mich leicht nach vorne und sehe ihn angriffslustig an. »Reine Intuition?«

»Ah, Intuition. Da bin ich auch ganz gut. Soll ich dir zum Beispiel – also, rein intuitiv – einen Tipp geben, warum deine Freundin dich versetzt hat?«

»Natürlich«, antworte ich gähnend. »Ich platze vor Spannung«

»Du bist ziemlich ätzend.« Das Lächeln, das er mir jetzt schenkt, passt nicht wirklich zu dem, was er gerade gesagt hat. »Und deine Augenbrauen sehen echt merkwürdig aus.« Ja, ja: 2:1.

»Das hat nichts mit Intuition zu tun, das ist einfach nur unverschämt, und darf ich dir auch einen Tipp geben?« Ich warte seine Antwort gar nicht erst ab. »Das eben war die übelste Anmache, die ich jemals gehört habe. Der Spruch war so dumm, dass es wehgetan hat.«

Er lacht kurz auf. »Na ja, zum Trost gebe ich dir immerhin eine Cola aus.«

»Was für ein Glück aber auch«, brumme ich mit einer vor Sarkasmus geradezu triefenden Stimme. »Mein Tag ist gleich um ein Vielfaches strahlender.«

»Ja, das höre ich öfter.« Er beugt sich noch ein kleines Stückchen näher zu mir, und wenn ich es nicht besser wüsste, könnte man auf die absurde Idee kommen, dass er mich küssen will. »Ich schätze, das bringt meine Anwesenheit einfach so mit sich.«

So ein … Er hat etwas unglaublich Provozierendes an sich und noch dazu viel mehr Selbstbewusstsein, als gut für einen einzigen Menschen sein kann. Er ist ein Albtraum. Mit seiner Art gelingt es ihm, mich instant zur Weißglut zu treiben, und das, obwohl ich normalerweise kein Mensch bin, der sich schnell aus der Ruhe bringen lässt. Ich fahre nun mal nicht gern aus meiner Haut, dazu fühle ich mich viel zu wohl darin.

Die Bedienung kommt mit unseren Getränken, und die Zeit, in der sie die Untersetzer auf dem Tisch verteilt, die beiden Gläser darauf abstellt und fragt, ob wir noch etwas anderes wollen – Marc verneint –, ist mir eine willkommene Pause, um meine Gedanken wieder auf das Hier und Jetzt zu fokussieren und mir zurechtzulegen, was ich als Nächstes sage, denn im Gegensatz zu ihm bin ich leider nicht mit einem lockeren Spruch auf den Lippen zur Welt gekommen. Trotzdem habe ich vor, dieses Spiel hier zu gewinnen.

»Bist du wirklich sicher, dass du dich beim Vom-Himmel-Fallen vorhin nicht verletzt hast?« Ich greife nach meinem Glas und trinke einen großen Schluck, erlaube mir sogar, eine Sekunde lang genießerisch die Augen zu schließen, als die verführerische Kälte gepaart mit dem süßen Colageschmack meine Kehle hinabgleitet. »Klingt nämlich ein bisschen so, als hättest du dir den Kopf angestoßen … ziemlich fest sogar.«

Das wäre dann der Ausgleichstreffer zum 2:2. Na, Marc, beginnt dein selbstherrliches Grinsen langsam zu bröckeln?

Tatsächlich ist sein Gesichtsausdruck eine Sekunde lang unbezahlbar. Einen kurzen Moment lang hat er die Kontrolle über seine Züge verloren, sodass ich die Überraschung, die darin aufblitzt, genau sehen kann. Leider verschwindet die ebenso schnell, wie sie gekommen ist, und als ich einen erneuten Blick in seine strahlend blauen Augen riskiere, sehe ich, wie das Eis darin wieder amüsiert glitzert. Mist.

»Dafür, dass du so lange gebraucht hast, um dir den Spruch

zu überlegen, ist er ziemlich mager«, ertappt er mich. »Außerdem hättest du mich fragen müssen, ob ich auf den Kopf gefallen bin, nicht ob ich mir den Kopf angestoßen habe.«

Auch wenn es mir ziemlich gegen den Strich geht, das zuzugeben, ist seine Bemerkung eindeutig der Treffer zum verbalen 3:2. Ich würde es gern leugnen, aber damit geht Marc wieder in Führung, und es macht ganz den Eindruck, als hätte er an der ganzen Sache hier ernsthaft Spaß, denn schon wieder erhellt ein strahlendes Lächeln sein Gesicht.

Ich weiß nicht, ob es an seinem Konter liegt oder an diesem Lächeln, aber ich spüre plötzlich, dass ich schon wieder knallrot werde. Diesmal kann ich es aber leider nicht mehr aufs Fremdschämen schieben. Außerdem kommt mir der Raum auf einmal unheimlich warm und stickig vor. Ich greife schnell nach meinem Glas und trinke noch mal einen großen Schluck.

Missmutig ziehe ich die Nase kraus, und gerade als ich mich so weit gesammelt habe, dass ich bereit bin, ihn daran zu erinnern, was wirklich mager ist – nämlich der blöde Anmachspruch, wegen dem ich ihn jetzt an der Backe habe –, breitet er lässig die Arme aus und verschränkt seine Finger dann genüsslich hinter dem Kopf.

»Und um trotzdem auf deine Frage zurückzukommen: Keine Sorge, ich bin wohlauf und unverletzt.« Ah, die Geste soll seinen Worten wohl mehr Nachdruck verleihen – oder er will mir einfach nur zeigen, dass sich unter seinem schwarzen Longsleeve ein ziemlich durchtrainierter Oberkörper abzeichnet. Beides ist ihm zuzutrauen, aber keines davon wirkt.

Ich kann ein ungläubiges Schnauben nicht unterdrücken. »Ein Glück, dass du so ein übergroßes, aufgeblasenes Ego hast. Das hat dich beim Aufprall sicher gut aufgefangen.«

Ist das ein Treffer? Marc scheint es zwar vollkommen kaltzulassen, ich bin dennoch gewillt, es als solchen gelten zu lassen. 3:3. Ausgleich. In Gedanken klopfe ich mir angesichts dieses Hauchs von neu entdeckter Schlagfertigkeit stolz auf die Schulter.

»Ach, weißt du, ich kann mich wirklich nicht beschweren.« Er ist die Ruhe selbst, als er mit den Schultern zuckt und nach seinem Glas greift. »Es heißt zwar immer, dass es nicht auf die Größe ankommt, aber das ist Blödsinn. Glaub mir.«

»Ernsthaft?«, stöhne ich genervt und balle meine Hände zu Fäusten – was ich damit vorhabe, kann ich nicht genau sagen, denn auch wenn sie im Moment nur zu gern Bekanntschaft mit Marcs Nasenbein machen würden, traue ich mir so einen Ausbruch nicht wirklich zu. »Du denkst auch, du bist der größte Hecht im Teich, oder? Findest dich bestimmt richtig toll, was?«

Da verschluckt er sich plötzlich, prustet und lacht los. Einfach so. Als sein Blick dann zufällig auf meine Hände fällt, wird sein Lachen noch schallender. Unter anderen Umständen hätte ich es vielleicht sogar ansteckend gefunden – heiser, herzhaft, irgendwie sexy –, so aber sorgt es bloß dafür, dass der satte tiefe Rot-Ton, den mein Gesicht zweifelsohne längst angenommen hat, noch eine Nuance kräftiger wird.

»Nein, ich denke nicht, dass ich richtig toll bin«, erklärt er schließlich mit leicht schief gelegtem Kopf, als hätte ich etwas Essenzielles nicht mitbekommen. »Ich *bin* richtig toll.«

Tja. Was soll man dazu noch sagen? Ich blinzle ein paarmal und weiß nicht recht, ob das jetzt ein Treffer oder ein Eigentor war. Deshalb schüttle ich nur ungläubig den Kopf über so viel Arroganz, höre aber sofort wieder auf, als ich bemerke, wie seine Mundwinkel anfangen, verräterisch zu zucken. Nicht wirklich, oder? Er kann doch nicht schon wieder einfach über mich lachen, wenn ich direkt vor ihm sitze! Womit habe ich diese Situation eigentlich verdient? Muss Mara mich ausgerechnet an dem Tag vergessen, an dem dieser Idiot vorhat, in mein Leben zu trampeln?

Mein Handy liegt immer noch vor mir auf dem Tisch. Ich drehe es vorsichtig um und schaue, ob meine beste Freundin mittlerweile irgendein Lebenszeichen von sich gegeben hat.

Hat sie nicht.

Na, dann weiß ich, ehrlich gesagt, langsam auch nicht mehr, was ich hier noch will. Sie kommt nicht mehr. Wozu also noch warten und mich von diesem Idioten blöd anmachen lassen? Eben. Höchste Zeit zu gehen.

Ich schnappe mein Glas, kippe mir den Inhalt schnell die Kehle hinunter und wünsche mir aus tiefstem Herzen, dass Mara sich einfach mit der Uhrzeit vertan hat und gleich hinter mir auftaucht, dass sie Marc drohend ansieht und ihm klarmacht, wie unerwünscht er ist.

Als ich mein Glas wieder abstelle, ist es fast leer, und meine Augen tränen von der vielen Kohlensäure – nicht davon, dass meine beste Freundin weit und breit nirgends zu sehen ist, wie ich betonen möchte.

»Passiert dir das öfter?« Mein unfreiwilliger Gesprächspartner nickt zu meinem Handy.

»Was?«, frage ich, während ich meine auf dem Stuhl neben mir zusammengeknüllte Jacke an mich nehme.

»Na, versetzt werden.«

Ich ziehe die Augenbrauen hoch. »Wie kommst du denn jetzt darauf?«

»Keine Ahnung, du wirkst einfach wie jemand, dem das häufig passiert«, erklärt er, und ich verschlucke mich fast an meiner eigenen Spucke. Was auch immer das hier soll – sei es ein Spiel, ein Streich oder eine Wette –, mittlerweile bin ich fest davon überzeugt, dass es nur den Zweck hat, mich zu demütigen. Wenn ich es mir genau überlege, sieht er außerdem wie jemand aus, der in der Regel immer die andere Rolle spielt: desjenigen, der nicht auftaucht oder grundlos mit einem Schluss macht. Mir tun alle Mädchen furchtbar leid, die jemals wegen ihm mit einer Packung Taschentücher bewaffnet alte Liebesfilme geguckt und Eis direkt aus der Verpackung gelöffelt haben. Denn: Marc war es definitiv nicht wert.

»Es reicht!«, zische ich und massiere mir die Schläfen. Auf einmal habe ich genug von dem Spiel. »Du reichst! Ich habe genug von dir und deinen blöden Spielchen! Du hast gewonnen: Ich gehe.«

Als ich schwungvoll aufstehe, schabt der Stuhl überraschend laut über den Boden, und zu allem Überfluss schaffe ich es, mit meiner Hand vor lauter Schreck Marcs Glas vom Tisch zu fegen, sodass es – Macht der Schwerkraft – lautstark auf die Fliesen des Cafés trifft und mit einem alarmierenden Klirren in gefühlte tausend Scherben zerschellt. Na super. Eigentlich sollen sie ja Glück bringen, ich jedoch bekomme bloß eine kleine Schar an Zuschauern, die mir schlagartig ihre Köpfe zuwenden. Peinlicher geht es auch nicht mehr.

Schnell ziehe ich meine Jacke an, und Marc reicht mir – natürlich ohne aufzustehen – meine Tasche, während ich darauf achte, ihn nicht zu berühren, als ich sie entgegennehme.

»Wie heißt du überhaupt?«, fragt er.

Jetzt, wo ich gerade dabei bin zu gehen und nachdem er sich wie das größte Arschloch auf Erden verhalten hat, ausgerechnet jetzt will er wissen, wie ich heiße? Ich versuche, ihn mit dem giftigsten Blick, den ich zustande bringe, zu erdolchen.

»Da wir uns nie wieder begegnen werden«, sage ich so bissig wie möglich und hoffe von ganzem Herzen, dass das, was ich sage, stimmt, »geht dich das wirklich überhaupt nichts an. Und danke für die Cola.«

Den letzten Satz wollte ich eigentlich nicht aussprechen, Himmel, nicht mal denken wollte ich ihn, aber er ist mir einfach so über die Lippen gestolpert. Im Gegensatz zu Marc besitze ich nämlich so etwas wie Höflichkeit.

Ich werfe mir meine Tasche schwungvoll über die Schulter und gehe mit großen Schritten, die hoffentlich selbstsicherer wirken, als ich mich fühle, aus dem Café. Hinter mir höre ich einige Leute lachen, aber ich bin zu sehr damit beschäftigt, so viel Abstand wie möglich zwischen Marc und mich zu bringen, als dass ich wirklich auf sie achten könnte.

Mann, Lena hat recht. Ich bin echt ein Freak.

♥ ♥ ♥

Es ist Abend, draußen ist die Welt in dumpfschwarze Dunkelheit getaucht, durchzogen von feinem Nachtblau und dem gelegentlichen Schein einer Laterne. Ich hocke seit einer halben Stunde grübelnd und im Schneidersitz auf meinem Bett, meine Justin-Bieber-Bettwäsche – ein Geschenk! – bauscht sich um meine Füße, und in meinen Händen halte ich einen kleinen, sorgsam gefalteten Zettel.

Darauf steht eine Nummer.

Nicht meine.

Und ein Name.

Nicht meiner.

Marc.

Er muss den Zettel in meine Handtasche getan haben, als er sie mir bei meinem glorreichen Abgang gereicht hat. Idiot. Wenn ich ihm jetzt schreibe, haben er und seine Freunde sicherlich ordentlich was zu lachen. Um was sie wohl gewettet haben? Um einen Kuss? Marc ist mir immerhin ziemlich auf die Pelle gerückt. Der Einsatz war wahrscheinlich das Geld auf dem Tisch, und es war nicht wenig. Ich habe mehrere Zehneuroscheine gesehen. Ging es vielleicht um mehr als einen Kuss? Keine Ahnung. Ist ja auch egal, denn dazu wird es niemals kommen. Was auch immer es ist. Diese Wette und Marcs unmögliches Verhalten haben mich allerdings auf eine ziemlich verwegene Idee gebracht hat, über die ich mir seit einer halben Stunde den Kopf zerbreche. Aber man kann es drehen und wenden, wie man will: Sie ist einfach genial.

Entschlossen tippe ich Marcs Nummer ein, denn ich habe jetzt meine eigene Wette am Laufen – und von Telefongesprächen kann man keine Screenshots machen, die man nachher auf irgendeinem der sozialen Netzwerke postet, auf denen ich nicht bin. Dieser Gedanke sorgt dafür, dass meine Hände nicht mehr ganz so sehr zittern, während ich die letzten drei Ziffern eintippe, die auf dem Zettel stehen.

Nach dem dritten Klingeln geht er ran. »Hallo?«

Und wie auf Kommando bin ich sofort wieder wütend. »Hallo? So meldest du dich? Hast du deinen Namen vergessen? Habe ich überhaupt die richtige Nummer gewählt? Ich wollte eigentlich mit … Nick sprechen. Nick, bist du das?«

»Ha-ha, sehr witzig. Du bist das Mädchen aus dem Café, richtig?« Ich kann das selbstzufriedene Grinsen, das sich jetzt auf seine Lippen gelegt hat, genau hören. »Außerdem: Warum sollte ich dir meinen Namen sagen, wenn du mir deinen nicht verrätst?«

Richtig, und das hatte ich bis vor dreißig Minuten eigentlich auch nicht vor, aber der Plan hat sich geändert.

»Anne«, sage ich deshalb so zuckersüß, wie es nur geht. »Ich heiße Anne.«

Er schweigt, wartet offenbar, dass ich noch etwas sage. Einen Moment bringt mich das aus dem Konzept, denn die Stille zwischen uns kommt mir auf einmal furchtbar laut vor.

»Anne und weiter?«, meint er nach einer Weile, offenbar genervt, dass er mir alle Informationen aus der Nase ziehen muss.

Ich verdrehe die Augen und zwinge mich, wie eine möglichst kalorienreiche Jumbopackung Vanilleeiscreme zu klingen. »Fischer. Und du?«

Wieder eine Pause.

»Rothe.« Er sagt das so, als ob mir dazu jetzt etwas einfallen müsste, als ob mir sein Name geläufig sein sollte. Also, wenn dieser Typ eines hat, dann ist das Selbstbewusstsein – und zwar viel zu viel. Aber zurück zum Plan.

»Ich habe deinen Zettel mit der Telefonnummer gefunden, und es ist so, dass du mir einfach nicht mehr aus dem Kopf gehst, seit wir uns getroffen haben«, flöte ich ins Telefon, und ich bin froh, dass Marc übers Handy nur meine Stimme hört, denn ansonsten würde ihm mein säuerlicher Gesichtsausdruck auf keinen Fall entgehen. Es kostet mich echt Überwindung, aber er wirkt auf mich nun mal wie jemand, der auf so etwas steht. Auch wenn ich eigentlich davon überzeugt bin, dass man Kerlen wie ihm – beziehungsweise seinem Riesen-Ego – nicht auch noch Futter geben sollte, aber der Zweck heiligt die Mittel.

Am anderen Ende der Leitung verschluckt sich Marc gerade. Habe ich zu dick aufgetragen? Wahrscheinlich. Andererseits entspricht es der Wahrheit: Er ist mir nicht mehr aus dem Kopf gegangen, allerdings auf eine ganz andere Art und Weise, als mein Tonfall es gerade vermuten lässt.

»Ähm, ja. Das höre ich öfter«, meint er plötzlich ziemlich gelangweilt. »Erzähl mir was Neues.«

»Hey, du hast mir deine Nummer in die Handtasche gesteckt, nicht umgekehrt!«, fahre ich ihn jetzt doch an. Stopp! Tief ein- und ausatmen, Anne. Ganz ruhig. Er kann ja bestimmt auch nichts dafür, dass er so ein Kotzbrocken ist. Okay, doch, kann er eigentlich schon. Das Schlimmste ist aber, dass er vermutlich sogar recht hat. Mich beschleicht das Gefühl, dass die Frauenwelt gewillt ist, ihm wegen seiner schönen blauen Augen so einiges zu verzeihen.

Da höre ich ihn am anderen Ende ein wenig lachen. »Punkt für dich.«

Huch? Das kam überraschend, dafür aber nicht weniger willkommen.

»Okay, also, Marc«, rudere ich zurück, während ich meine gepunkteten Socken betrachte und ein wenig mit den Zehen wackle. »Was hast du morgen so vor?«

»Morgen? Ich gehe nachmittags ein bisschen bolzen. Wir spielen gegen die Jungs vom Gymnasium am alten Hafen, und danach feiern wir unseren Sieg«, erzählt Marc, und ich weiß irgendwie, dass er dabei überheblich grinst. Aber, Moment, die Jungs vom alten Hafen? Das sind Leo und die anderen! Das … wäre zu perfekt, um wahr zu sein!

»In der Blumenstraße?«, frage ich, obwohl ich die Antwort eigentlich schon kenne. Leo und die Jungs spielen immer auf dem Bolzplatz. Ich habe unzählige Nachmittage dort verbracht. Tja, wird Zeit, dort wieder aufzutauchen und Leo zu zeigen, dass auch andere Jungs mich gut finden.

»Äh, ja«, antwortet Marc verwundert und – was wohl damit zusammenhängt – überraschend wortkarg.

»Super! Dann bin ich da und überzeuge mich selbst davon, ob ihr wirklich so gut seid, wie du sagst! Und danach gehen wir ins Kino und feiern euren Sieg oder – was ich wahrscheinlicher finde – eure Niederlage.« Ja, den letzten Seitenhieb konnte ich mir einfach nicht verkneifen.

»Okay«, sagt er immer noch überrumpelt.

Auf meinen Lippen liegt ein diabolisches Lächeln. Es ist, als hätte das Schicksal selbst mir Marc – das vermutlich größte Arschloch auf Erden – direkt an die Hand gegeben, wie um mir zu sagen: Anne, das hier ist deine letzte Chance, alles wieder geradezurücken und Leo zurückzubekommen.

Mittwoch

Am nächsten Tag erzähle ich Mara von meinen Erlebnissen. Wir hocken wie immer auf der Tischtennisplatte hinter dem Hauptgebäude und lassen die Beine baumeln. Zwar mussten wir zuerst ein paar Fünftklässler verscheuchen, die allen Ernstes vorhatten, die Pause zu nutzen, um eine Runde Pingpong zu spielen (also wirklich!), aber nun sind alle Hürden aus dem Weg geschafft, und wir können ungestört miteinander reden.

Als ich meine beste Freundin heute Morgen gestellt und sie mit Vorwürfen bombardiert habe, hat sie große Augen gemacht, »Mist! Tut mir so, so, so, so leid! Irgendwie hab ich das total verpennt!« gerufen, und da sie wirklich schockiert gewirkt hat und in ihren Augen echtes Bedauern und ein mordsschlechtes Gewissen gelegen haben, musste ich ihr einfach verzeihen. Außerdem musste ich irgendwem von Marc erzählen.

»Und Marc, sagst du, hat sich einfach zu dir an den Tisch gesetzt?«, fragt Mara mit einem dicken Grinsen im Gesicht, während sie ihren fettarmen Naturjoghurt löffelt. »Ist er süß?«

Sie mustert mich gespannt und zippelt aufgeregt an einem losen Faden ihrer Jeans – und vielleicht, ganz vielleicht, schafft sie es sogar, dass dabei so etwas wie ein kleines Fünkchen Begeisterung zu mir überspringt. Es reicht zwar nicht, um ein ganzes Feuer der Euphorie zu entzünden, aber immerhin sorgt es dafür, dass ich kurz überlege.

»Ja, schon. Irgendwie. Er sieht gut aus, aber vor allen Dingen ist er ein ziemlicher Arsch, und er hat das größte Ego, das die Menschheit je gesehen hat.«

»Irgendwie komme ich grade nicht so ganz mit.« Mara kratzt sich mit ihrem Plastiklöffel am Ohr. »Du triffst dich heute mit ihm, obwohl er ein Arsch ist?«

Plötzlich bricht die Sonne zwischen den Wolken hervor und taucht den Pausenhof in warmes, goldenes Licht. Da es Anfang Februar ist und, um ehrlich zu sein, immer noch schweinekalt, fühlt es sich eigenartig an, plötzlich wieder Sonnenstrahlen auf seinen Wangen zu spüren.

Ich schäle mich schnell aus meiner dicken roten Winterjacke, unter der ich noch ein Hemd trage, dessen Ärmel ich sofort ein Stück hochkremple, lege den Kopf in den Nacken und schließe die Augen – genießerisch jene beinahe schon warmen Strahlen aufsaugend, die ich den ganzen Winter über so vermisst habe. Ich bekomme von der Februarkälte sofort eine Gänsehaut, aber das ist mir egal.

»Eigentlich ist die ganze Sache ziemlich simpel«, erkläre ich und zucke mit den Schultern, wie um mich selbst davon zu überzeugen, denn zumindest in der Theorie ist sie das ja. »Leo soll mich zusammen mit Marc sehen, daraufhin schrecklich eifersüchtig werden, sich daran erinnern, was er an mir hatte, und mich dann um jeden Preis zurückwollen.«

Neben mir zieht Mara scharf die Luft ein. »Anne, spinnst du? Irgendwann ist es auch mal gut! Leo hat mit dir Schluss gemacht. Okay, das ist traurig, aber so was passiert. Dass du einem anderen Typ Hoffnungen machst, nur um Leo eifersüchtig zu machen, ist einfach nicht in Ordnung.«

»Deshalb ist es ja auch so perfekt, dass Marc nicht nur gut aussieht – und damit eine echte Konkurrenz für Leo darstellt –, sondern auch ein absolutes Arschloch ist.«

Mara sieht mich schockiert an. »Ich glaube, die Frage ist nicht, ob Marc das Arschloch ist, sondern … ob du es bist!

Vielleicht ist er ja eigentlich total nett, und du wirst es nie herausfinden, weil du so verbissen versuchst, Leo zurückzubekommen!«

»Ach, bitte Mara!«, versuche ich sie wieder auf meine Seite zu ziehen. »Glaub mir, du hast Marc einfach noch nicht kennengelernt. Er ist nicht nett, und ich bin mir sicher, dass er es auch nicht ernst mit mir meint. Immerhin hat er ja selbst eine Wette am Laufen. Da kann man mir jetzt nicht vorwerfen, dass ich …«

»Moment«, unterbricht Mara mich. »Was für eine Wette?«

Ich erzähle Mara von dem merkwürdigen Verhalten der Jungs am anderen Tisch, von den Geldscheinen, den heimlichen Blicken. Mit jedem Wort, das meine Lippen verlässt, kommen mir meine Schlussfolgerungen logischer vor.

»Glaub mir, hier werden keine Herzen gebrochen, hier werden Pläne geschmiedet und Wetten abgeschlossen. Ich wette, dass ich Leo zurückbekomme, er wettet, dass er … also, keine Ahnung, um was er genau gewettet hat … dass er mich rumkriegt? Er spielt nur mit meinen Gefühlen. Da kann ich doch auch mit seinen spielen, oder? Das ist doch nur fair!«

Meine beste Freundin seufzt neben mir, drückt den Joghurtdeckel in ihren mittlerweile leeren Becher und wirft beides gekonnt in den etwa zwei Meter entfernten Mülleimer. Eine Weile blickt sie ihrer Standardmahlzeit abwesend hinterher. Dann steckt sie sich ihren Plastiklöffel in den Mund und kaut nachdenklich darauf herum, bevor auch dieser elegant in den Mülleimer fliegt. Ich applaudiere halbherzig, und ein paar umstehende Fünftklässler tun es mir nach, obwohl ich bezweifle, dass sie wissen, worum es geht. Immer dieser Gruppenzwang.

Mara sieht mich aus ihren grün-braunen Augen skeptisch an. »Ich möchte nur, dass du glücklich bist. Ich meine das wirklich nicht böse, aber vielleicht versteifst du dich einfach zu sehr auf Leo. Es muss ja nicht unbedingt Marc sein, aber …«

»Aber Leo macht mich glücklich, Mara! Ich muss es wenigstens versuchen.«

Sie seufzt, klopft sich mit den schmalen Händen auf die dünnen Oberschenkel, ganz so, als ob sie mit sich selbst ringen würde. Es ist mir wichtig, dass Mara hinter mir steht, dass ich weiß, dass sie mich nicht für völlig übergeschnappt hält. Dann nickt sie schließlich, zwar immer noch skeptisch, aber immerhin.

»Jedenfalls«, sage ich dann schnell, bevor sie es sich anders überlegt und meine Entscheidung doch noch ins Wanken bringt, »spielt Marc heute gegen Leo Fußball.«

»Heute?«, hakt Mara nach und zieht die Augenbrauen hoch.

Ich nicke. »Ja. Das ist die perfekte Gelegenheit, um Marc einen Besuch abzustatten – vor Leos Augen.«

Mara sieht mich überrascht an. »Geht Marc etwa aufs Goethe Gymnasium?«

»Keine Ahnung, warum?«

»Ich glaube, unsere Jungs spielen heute gegen die. Ich habe gehört, dass Leo und die anderen letzte Woche extra viel trainiert haben, um die Mannschaft vom Goethe zu besiegen.«

»Vom Goethe? Sicher? Waren die nicht immer ganz schön schlecht?«

»Ja, aber …«, setzt Mara an und verstummt nachdenklich.

Wann haben wir denn das letzte Mal gegen die Jungs vom Goethe Gymnasium gespielt? Letztes Jahr? Irgendwann im Herbst? Außerdem … Marc ist mir bei denen in der Mannschaft noch nie aufgefallen, dabei dürfte es eigentlich ziemlich schwer sein, ihn und sein übergroßes Ego nicht zu bemerken.

»Oh«, macht Mara plötzlich und formt dabei mit ihren Lippen das perfekte Ebenbild des gerade von sich gegebenen

Lauts. »Dann weiß ich, glaube ich, jetzt zumindest auch, wer dein Marc ist.«

Ich will einwenden, dass Marc alles andere als »mein Marc« ist, aber sie redet viel zu schnell weiter, als dass ich auch nur den Hauch einer Chance hätte, meinen Einwand anzubringen.

»In den Winterferien haben die zwei neue Spieler bekommen. Brüder. Einer ist in unserem Jahrgang und einer in dem darüber. Seit die aufs Goethe gehen, ist deren Mannschaft richtig, richtig gut. Die beiden haben ihren Mitspielern in den letzten Wochen wohl ordentlich in den Allerwertesten getreten. Auf jeden Fall trainieren die jetzt auch mit allem Drum und Dran. Oh, und es gibt Groupies. Seit dein Marc und sein Bruder mitspielen, ist die Zahl der weiblichen Zuschauer, hm, sagen wir mal, ziemlich rasant angestiegen.«

Sie streicht sich eine blonde Locke hinters Ohr und blinzelt in die Sonne, bevor sie damit beginnt, die anderen Schüler, die in kleinen Grüppchen über den Hof laufen und miteinander tuscheln, reden und lachen, zu mustern.

»Ja, das klingt definitiv nach Marc«, murmle ich, und vor meinem inneren Auge tauchen die Bilder von zahllosen Mädchen auf, die bei den Spielen hinter der Bande stehen und ihn mit Blicken verschlingen. Sehr zu meinem Leidwesen ein Szenario, das mir erschreckend realistisch vorkommt. Daher also das mehr als gesunde Selbstvertrauen.

Erst jetzt fällt mir auf, wie gut Mara über alles Bescheid weiß. »Warst du in letzter Zeit eigentlich bei den Fußballspielen?« Was ich aber eigentlich wissen will: Hast du in letzter Zeit mit Leo gesprochen? Hat er etwas über mich gesagt?

»Ja. Ich … Ich wollte irgendwie trotzdem hingehen und unsere Jungs anfeuern. Wenigstens ab und zu. Aber ich wusste auch, wie sehr es dich verletzen würde, ihn dort spielen zu sehen, und das wollte ich nicht. Ich meine, ich kenne dich doch.

Du wärst mitgekommen, damit ich nicht alleine in der Kälte stehe, obwohl es dir wehgetan hätte. Wenn du es gewusst hättest, hätte sich niemand zwischen dich und deinen Dickschädel drängen können.« Meine beste Freundin stiert nervös auf ihre Füße. »Bist du mir böse?«

O Mara.

Einem plötzlichen Anfall von Zuneigung folgend, rücke ich näher an meine beste Freundin heran und lege meinen Kopf an ihre Schulter. Ich bin so froh, dass ich sie habe.

»Alles gut«, meine ich, weil es das wirklich ist. »Kommst du heute auch?«

Sie scheint sich zu entspannen, und ich kann nicht glauben, dass sie ernsthaft denkt, dass ich sauer werden würde, nur weil sie etwas ohne mich unternimmt.

»Nein, heute kann ich leider nicht, dabei hätte ich dich zu gerne mit deinem Marc gesehen!«

Ich lache empört auf und schlage ihr ein wenig fester als nötig gegen den Arm. »Er ist nicht ›mein‹ Marc. Hör auf, ihn so zu nennen! Er ist ein Idiot. Mehr nicht. Aber sag mal, weißt du noch mehr über ihn, als dass er ein von Frauen umschwärmter Fußballgott ist? Gibt es noch irgendetwas, was ich wissen sollte? Vorstrafen, Krankheiten, eine feste Freundin?«

»Nein, aber das finden wir alles gleich heraus«, murmelt Mara und tippt mit flinken Fingern etwas in ihr Handy. »Du kennst doch noch meine Cousine Lejla? Das ist die, die auch aufs Goethe geht. Zufälligerweise spielt ihr Freund bei denen in der Fußballmannschaft. Ich frag sie gleich mal ein bisschen aus. Vielleicht können wir ja so auch etwas mehr über diese Wette rausfinden, die du deinem armen Marc da andichtest.«

»Danke, du bist die Beste!« Mara ist wirklich die Beste. »Ich wette, Lejla kann dir bestätigen, dass Marc keiner ist, der es ernst meint.«

»Das werden wir noch sehen«, kommt prompt die Antwort, dicht gefolgt von einem vergnügten Zwinkern.

Es klingelt, und wir gehen zusammen in Richtung Turnhalle. Als Nächstes steht Sport auf dem Stundenplan, weshalb wir wohl bis zur nächsten Pause warten müssen, bis wir erfahren, was für ein Typ Marc nun wirklich ist.

♥ ♥ ♥

Früher habe ich es geliebt, bei Leos Fußballspielen zuzusehen. Jetzt ist es einfach nur komisch. Anders als sonst bin ich heute nicht zusammen mit Leo hergekommen, habe nicht mit den anderen aus der Mannschaft vor dem Spiel noch kurz rumgealbert, ihnen nicht wie immer viel Glück gewünscht und meinem wunderbaren Freund keinen Kuss auf das breite, erwartungsvolle Grinsen gedrückt. Nein, heute habe ich den längeren Weg hierher genommen, den, der sich hinter dem kleinen Haus mit den Duschen und den Umkleidekabinen schlängelt, und ich habe mich erst, als das Spiel schon ein paar Minuten lief, an meinen ehemaligen Stammplatz gestellt, um peinlichen Gesprächen aus dem Weg zu gehen.

Als ich Leo entdecke und ihn dabei beobachte, wie er sich dehnt und warmläuft, habe ich einen Moment lang das Gefühl, als würde alle Luft aus meinen Lungen gepresst und als würde um mich herum kein einziges Sauerstoffatom mehr sein. Die Art und Weise, wie er sich bewegt, wie er seinen Mannschaftskameraden auf die Schulter klopft und ihnen ein paar ermutigende Worte sagt und wie er die Spitze seines Schuhs ein paar Mal in den Rasen tritt, weil er nervös ist, ist mir so unglaublich vertraut, dass es fast körperlich wehtut, ihn nun dabei zu sehen und zu wissen, dass er gleich nicht so wie sonst auf mich zutraben wird, um sich einen Glückskuss abzuholen.

Mein Herz zieht sich krampfhaft zu einem hässlichen, kleinen Klumpen in meiner Brust zusammen, als plötzlich all die

Erinnerungen an die vielen Spiele wieder hochkommen, bei denen ich zugesehen und ihn angefeuert habe. Leo, wie er mit einem breiten, glücklichen Lächeln auf seinen Lippen immer zuerst zu mir gesehen hat, wenn er ein Tor geschossen hat. Der Luftkuss, den ich ihm daraufhin zugeworfen habe und den er – manchmal sogar mit einem kleinen Hechtsprung – aufgefangen und an sein Herz gepresst hat, als wollte er ihn sich dort für immer bewahren. Die Art, wie er mich, wenn er mitten im Spiel an der Bande vorbeigekommen ist, an der ich immer stand und auch heute wieder stehe, fast schon beiläufig mit der Hand gestreift und mir dabei zugezwinkert hat. Wie er nach dem Abpfiff immer den Arm um mich gelegt hat, sodass ich ganz nah an ihn geschmiegt war, und mit mir das ganze Spiel noch einmal völlig aufgekratzt durchgegangen ist, als ob ich nicht live dabei gewesen wäre. Leo, der … Nein. Ich schüttle den Kopf, um all diese viel zu schönen Erinnerungen zu vertreiben, denn wenn ich so weitermache, fange ich gleich an zu weinen. Hier, vor allen. Vor Leo, aber vor allem und am schlimmsten vor Marc, der gerade ebenfalls aufs Spielfeld läuft.

Als ich jetzt den Anpfiff höre, habe ich das Gefühl, noch nie ein schöneres Geräusch gehört zu haben, denn so kann ich meine Gedanken auf andere, weniger tränentreibende Gefilde konzentrieren. Zum Beispiel auf das Spiel und somit auf Marc, der gerade den Ball erobert und nun einen kleinen Sprint in Richtung des gegnerischen – unseres – Tors hinlegt, bevor er ihn einem seiner Mitspieler zupasst. Er ist wie ich ein wenig zu spät gekommen, sodass er keine Zeit mehr hatte, sich ordentlich aufzuwärmen, aber das scheint ihn offenbar wenig zu stören. Er läuft über den Platz, als würde er ihm gehören, und er sieht ab und zu suchend in Richtung Zuschauer. Das ist mein Einsatz, immerhin bin ich nicht hier, um fröhlich Fußball zu gucken. Als er mich endlich entdeckt, werfe ich ihm ein Lächeln zu, von dem ich weiß, dass es dummdämlich-verliebt und furchtbar anhimmelnd wirkt, immerhin habe ich es zu Hause lange genug vorm Spiegel geübt. Marc zieht daraufhin die Augenbrauen zusammen, lässt seinen Blick ein paar Meter weiter nach links wandern und zwinkert dann ein paar anderen Mädchen zu. Das müssen die Groupies sein, von denen Mara gesprochen hat – zumindest klingt ihr hibbeliges Kichern ganz danach.

Ich strahle ihn immer noch an, als er sich längst wieder dem Spiel zugewendet hat – das unechte Lächeln nach wie vor auf meinen Lippen liegend, als wäre es dort festgefroren. Warum macht er das? Warum zwinkert er direkt vor meinen Augen anderen Mädchen zu?

Dass er und sein großer Bruder Herzensbrecher sind, weiß ich mittlerweile. Mara hat es mir brühwarm nach dem Sportunterricht bestätigt, als sie die Nachricht von ihrer Cousine bekommen hat. Außerdem konnte meine beste Freundin mir – sehr zu ihrer Enttäuschung – bestätigen, dass ich mit meiner Vermutung richtigliege: Es gibt tatsächlich eine Wette, bei der es darum geht, mich rumzukriegen. Deshalb wundere ich mich gerade umso mehr über Marcs schamloses Fremdflirten. Ich bin seine Wette, nicht die dämlichen Groupies. Wahrscheinlich ist er so sehr von sich selbst überzeugt, dass er denkt, dass er es sich erlauben kann.

Nachdem ungefähr zwanzig Minuten der ersten Halbzeit gespielt sind, steht es 2:1 für uns, und ich habe ein gutes Gefühl, dass wir das Spiel gewinnen können – auch wenn beide Mannschaften ziemlich gut sind. Bei Leo und den anderen habe ich das ja erwartet, aber der Wandel, den die Goethe-Jungs hingelegt haben, ist wirklich verblüffend. Ich gebe es nicht gerne zu, aber es liegt vor allem an Marc, der ziemlich offensiv spielt und das Tor für seine Mannschaft geschossen hat, wobei ich auch zu dem Schluss gekommen bin, dass Marc ganz schön hart spielt. Zwar leuchten seine Augen auf dem Spielfeld wie die eines kleinen Kindes, aber man sollte ihn nicht unterschätzen. Gerade schmettert er nämlich den armen Jonas, einen schüchternen Jungen aus meiner Parallelklasse, der eigentlich Angst vor Bällen hat und nur mitspielt, weil wir noch einen Spieler gebraucht haben, brutal zu Boden. Marc hat wirklich Glück, dass wir keinen Schiri haben. Andererseits ist er da nicht der Einzige. Die Jungs spielen quasi Fußball ohne Regeln. Da kann es auch schon mal passieren, dass der Torwart sein Tor verlässt, um dem Mittelstürmer der gegnerischen Mannschaft die Leviten zu lesen – was im Grunde nichts anderes als eine wohlwollende Umschreibung für ein blaues Auge und einen beherzten Schlag in die Magengrube ist. Auch dass sich plötzlich Leute aus der eigenen Mannschaft in den Haaren liegen und mit Schimpfwörtern um sich werfen, als wären es gratis iPods und sie besonders spendabel, ist keine Seltenheit.

Leo ist da die Ausnahme. Er ist Stürmer in unserer Mannschaft, schießt also die meisten Tore, aber er spielt immer fair, macht keine Fouls, und er schlichtet immer sofort zwischen den aufgebrachten Spielern. Er ist so etwas wie Stürmer, Schiri und Schlichter in einer Person – und darauf war ich immer wahnsinnig stolz. Gerade passt er den Ball zu Hussein, der zum Torschuss ansetzen will, als sich ein anderer Junge – einer vom Goethe – vor seine Füße wirft und den Ball mit den Händen wegstößt. Hussein kann nicht mehr rechtzeitig reagieren. Er tritt dem anderen Jungen erst mit voller Wucht in die Magengrube und fällt dann auf dessen Kopf. Als beide wieder aufstehen, sehe ich den Schmerz in den Augen des Goethe-Spielers, aber gleichzeitig lächelt er. Seine Lippe blutet ein wenig. Soweit ich das erkennen kann, ist er Verteidiger.

»Ey, sag mal, spinnst du?«, schreit Hussein. »Spielen wir hier Handball, oder was?«

Sag ich ja, Fußball kann man das hier eigentlich schon fast nicht mehr nennen.

Natürlich geht es nicht immer so zu. Ganz oft laufen die Spiele friedlich ab. Nur gerade zwischen den Goethe-Jungs und meinen Leuten vom Gymnasium am alten Hafen war schon immer irgendwie so eine Spannung in der Luft, die fast schon greifbar ist.

»Hussein, lass dich nicht ablenken, Mann!«, ruft Leo, denn ohne ordentlichen Schiedsrichter kann auch keiner abpfeifen, folglich geht das Spiel einfach weiter.

Hussein wendet seine Aufmerksamkeit daraufhin wieder dem Ball zu, und auch der andere läuft unbekümmert weiter – nachdem er auf den Boden gerotzt hat. Ekelig. Dann läuft der »Abwehrspieler« zu Marc und klatscht ihn ab. Ah! Ich vermute, er ist sein Bruder, da sich die beiden, jetzt wo sie so nebeneinanderstehen, auffällig ähnlich sehen.

Ich habe zehn Euro auf einen Sieg für unsere Jungs gesetzt und bin guter Dinge, dass ich das Geld vernünftig investiert habe. Die Goethe-Leute sind zwar gut – vor allem im Vergleich zum letzten Mal –, aber wir sind einfach besser.

Und baaam! Schon fällt das nächste Tor. Für uns.

Leo hat einen langen Pass von Henning wunderschön verwandelt. Auf einer Seite seiner weißen Turnshorts sind grüne Grasspuren, und die am Ansatz schweißnassen Haare stehen in alle Richtungen von seinem Kopf ab. Er sieht einfach hinreißend aus, als er jetzt seine Teamkollegen abklatscht. Die Fans von meiner Schule jubeln und rufen laut: »Leo, Leo, Leo!«

Ich weiß, dass er das genießt. Da dreht er sich plötzlich zu uns Zuschauern, schaut sich angestrengt um, als würde er etwas suchen, und bleibt einen kleinen Moment bei mir hängen. Mein Herz setzt einen Schlag aus. Leo guckt mich an. Guckt mich richtig an. Nur einen Moment stelle ich mir vor, es wäre alles wie früher – es wäre alles gut. Da runzelt Leo plötzlich die Stirn und hält kurz überrascht inne, bevor er sich dann wegdreht, als sei nichts gewesen, und sich wieder voll auf das Spiel konzentriert, das längst weitergeht.

»Frau Fischer?«, höre ich ein Mädchen in einiger Entfernung rufen, das mich damit aus meiner Schockstarre reißt.

Ich kenne nur einen Menschen, der mich so nennt – und das mit einer Sturheit und Vehemenz, die beinahe schon bewundernswert ist. Ich drehe den Kopf und sehe Zoe mit ihren wild wippenden dunklen Locken freudig winkend auf mich zukommen.

Als wir klein waren, haben Zoe und ich viel Zeit miteinander verbracht. Neben Leo war sie in der Grundschule meine beste Freundin. Am Gymnasium sind wir dann in unterschiedliche Klassen gekommen und haben uns irgendwie auseinandergelebt. Ich hatte Leo und Mara, und sie hat in ihrer Klasse neue Freunde gefunden. Ab und zu machen wir noch etwas zusammen, zum Beispiel Fußballgucken und Jungs-Anfeuern, wobei sie sich meistens zu Mara und mir gesetzt hat, aber in der Regel geht unser Kontakt nicht über ein nettes Lächeln auf dem Schulflur hinaus. Schade eigentlich, weil Zoe wirklich sehr lieb ist. Manchmal ein bisschen direkt, immer unter Strom, aber eben auch einer der warmherzigsten Menschen, die ich kenne.

»Hey du! Dich hab ich hier ja schon 'ne ganze Weile nicht mehr gesehen!«, sagt sie, als sie mich erreicht hat, und umarmt mich dann überraschend fest.

Sofort hüllt mich ihr vertrauter Duft nach Sommerblumen und frischem Kuchen ein. Zoe bakt eigentlich die meiste Zeit ihres Lebens und isst ihre Kreationen mindestens genauso gerne. Trotzdem ist sie gertenschlank. Das einzig Runde an ihr sind ihre großen, schokokuchenbraunen Augen, die mich, als sie mich jetzt loslässt und auf Armlänge von sich entfernt hält, erwartungsvoll mustern.

»Alles okay bei dir?«, fragt sie und bläst sich eine dicke dunkle Haarsträhne aus der Stirn.

»Natürlich, was hast du denn gedacht?« Ich versuche mich an einem tapferen Lächeln.

»Was ich gedacht hab? Dass du ganz schön beschissen aussiehst. Das hab ich gedacht, Frau Fischer.« Dann lacht sie, und ich muss mitlachen, weil Zoes Lachen einfach total ansteckend ist. Habe ich schon erwähnt, dass Zoe immer geradeheraus sagt, was sie denkt? Wenn nicht, tue ich das an dieser Stelle. Nur so als Vorwarnung.

»Danke für das Kompliment.« Ich schiele an ihr vorbei aufs Spielfeld, wo Leo sich gerade einen Zweikampf mit einem der Goethe-Jungs liefert. Irgendwie bin ich ein bisschen stolz, als es ihm gelingt, den Ball zu erobern.

»Und? Warum warst du so lange nicht mehr hier?«, fragt sie geradeheraus und lässt sich, ohne meine Antwort abzuwarten, einfach so auf den Boden plumpsen. Dann klopft sie einladend auf das Gras neben sich.

Ich zucke die Schultern und lasse mich neben sie fallen. Der Boden ist immer noch ziemlich kalt, aber wenigstens ist es heute trocken. Ich habe echt keine Lust, nachher mit einem nassen Hintern ins Kino zu gehen.

»Keine Ahnung … Du weißt schon.« Es fühlt sich nicht richtig an, es auszusprechen, eher wie ein schlechter Scherz, aber da muss ich jetzt durch. »Leo hat sich getrennt.«

Zoe schnaubt verächtlich. »Ja, ich glaube, jeder hat inzwischen mitbekommen, dass der großartige Leo Harms wieder zu haben ist.«

»Und danach hat es sich komisch angefühlt, hierherzukommen.« Ich fahre mit der flachen Hand über das stoppelige Gras.

»Schon klar, aber davor warst du auch schon nicht mehr so häufig da.«

»Ja?«

Zoe nickt.

Ich muss kurz überlegen, aber mir fällt auf Anhieb wirklich nicht mehr ein, welches das letzte Spiel war, das ich gesehen habe. Es war definitiv vor den Winterferien und bevor es Mitte Dezember endlich doch noch kalt geworden ist – und ich auf nasse und kalte Zehen am Spielfeldrand verzichtet habe. Natürlich aus rein gesundheitlichen Gründen! Trotzdem. Das sind jetzt knapp zwei Monate. Ist mir gar nicht aufgefallen.

»Stimmt.«

Aus dem Augenwinkel bemerke ich, wie diesmal Henning das 4:1 gelingt.

Ha, Marc, denke ich zufrieden, hab ich dir doch gesagt, dass ihr uns nicht schlagen könnt.

»Und wo ist Mara?«, fragt Zoe und sieht sich kurz suchend um. »Kommt sie noch?«

»Mara?«, frage ich verwundert, bis mir einfällt, dass sie unsere Jungs ja ab und zu ohne mich angefeuert hat. »Die, ähm, hatte keine Zeit.«

»Echt jetzt?« Zoe sieht mich ungläubig an.

»Ja. Warum? Ist sie oft hier?«

»Eigentlich immer.«

»Auch in den letzten beiden Wochen?«

»Bist du taub, Frau Fischer?«

»Oh.« Mara war also immer hier? Nicht nur ein paar Mal? Eigenartig. Hat sie die Sache runtergespielt, weil sie wieder Rücksicht auf mich und meinen Dickschädel nehmen wollte? Gut, ich muss zugeben: Ich wäre mit absoluter Sicherheit mit zu jedem Spiel – und das, obwohl ich es kaum ertrage, Leo nahe zu sein, ohne wirklich bei ihm zu sein. Trotzdem. Dass sie auch ohne mich kein Spiel auslässt und mir nichts davon erzählt, versetzt mir entgegen aller Vernunft doch einen kleinen Stich.

»Und was bringt dich ausgerechnet heute hierher?«, unterbricht Zoe meine Gedanken.

»Der da.« Ich nicke vage in Richtung Marc, der Leo gerade den Ball abnimmt.

Kurz überlege ich, ob ich Zoe von meinem Plan erzählen soll, aber nach Maras Reaktion heute in der Pause lasse ich das lieber erst mal bleiben.

»Klingt ja sehr begeistert«, stellt Zoe trocken fest, bevor sie anerkennend nickt. »Das ging ja schneller als gedacht. Sehr gut.«

Ich bin kurz irritiert, zucke dann aber mit den Schultern. »Man tut sein Bestes.«

Da dreht Marc sich auf einmal zu mir um und zwinkert mir zu, bevor er den Ball mit einem unheimlich harten Schuss im Tor versenkt. Nun steht es 4:2. Einige Leute springen jubelnd auf, manche recken sogar ihre Fäuste in den Himmel und schreien vor Begeisterung. Ja, ja, die Goethe-Jungs sind gut. Aber nicht so gut, dass sie uns ernsthaft gefährlich werden könnten.

»Warte mal.« Zoe sieht mich ungläubig an. »Hat er dir gerade zugezwinkert?«

»Kann schon sein.« Marc wollte wohl sichergehen, dass ich sein tolles Tor gegen unsere Jungs auch ja sehe.

»Du … bist gar nicht wegen Leo hier?« Zoe beginnt zu grinsen. »Sondern wegen Schnuckel?«

»Schnuckel?«, frage ich mit erhobenen Augenbrauen.

»Na, Schnuckel vom Goethe.« Ihre Stimme klingt plötzlich vielsagend tief. »Ihr kennt euch?«

»Flüchtig?« Ich versuche mich an einem unschuldigen Lächeln. Immerhin habe ich mich – wie mir gerade klar wird – mit einem unserer Erzrivalen auf dem Spielfeld eingelassen. Vielleicht sollte ich Zoe doch schnell von meinem Plan erzählen?

»Anne Fischer, ich dachte bis eben, dass du gekommen bist, um deinen Ex da drüben anzuschmachten, und auf einmal sehe ich, dass dieser Traumtyp vom Goethe dich anschmachtet. Holla!«

Ich merke, dass Zoe die Welt nicht mehr versteht. Tue ich im Übrigen auch nicht, aber ganz sicher aus anderen Gründen. Ich muss es ihr sagen. Auf der anderen Seite steigert jeder Mitwisser die Gefahr aufzufliegen – und es ist ganz schmeichelhaft, dass sie denkt, dass jemand wie Marc ernsthaft Interesse an mir finden könnte. Blödsinn. Es ist Zoe. Ich weiß, dass sie mein Geheimnis für sich behalten wird. Also nehme ich einen tiefen Atemzug und rücke ein wenig näher an sie heran.

»Ja, das ist eigentlich ganz witzig. Schnuckel heißt eigentlich Marc und ist der größte Herzensbrecher, den das Goethe Gymnasium – beziehungsweise die Mädchen dort – je gesehen haben. Er hat also einen gewissen Ruf und das, obwohl er dort erst seit den Winterferien ist«, erkläre ich mit gesenkter Stimme, damit niemand anderes etwas mitbekommt. »Oh, und er hat mit seinen Freunden gewettet, mich rumzukriegen. Richtig schnuckelig, was?«

»Und trotzdem bist du hier?« Zoe sieht mich alarmiert an.

»Er verfolgt sein Ziel, ich verfolge meins.« Meine Stimme wird zum verschwörerischen Flüstern. »Wenn Leo mich zusammen mit Marc sieht, Händchen haltend und so, dann wird ihm vielleicht klar, dass ich immer noch ziemlich begehrenswert bin, und dann will er mich zurück.«

»Und dann gibt's Friede-Freude-Eierkuchen?«, fragt Zoe skeptisch.

»Und dann gibt's Friede-Freude-Eierkuchen«, bestätige ich trocken.

»Das ist dein Plan?«

»Das ist mein Plan.«

»Also für mich klingt das nach ’nem Scheißplan«, findet sie, bindet sich ihre dicken, dunklen Locken zu einem noch dickeren Dutt zusammen. »Aber was weiß ich schon über Männer? Für mich sind und bleiben sie ein Rätsel – ebenso wie die Reaktionen der meisten Mädchen auf sie. Was hingegen Kuchengelüste betrifft, kann ich kompetente Abhilfe leisten«, erklärt sie, während sie ihre Umhängetasche auf den Schoß zieht und den Reißverschluss öffnet. »Okay, Kuchen wäre jetzt zu viel versprochen. Du wirst dich mit Muffins zufriedengeben müssen, aber die schmecken auch sehr gut. Apfel mit Karamellkern.«

Dann hält sie mir eine große und vor allem großzügig gefüllte Tupperdose voller köstlich duftender Minikuchen unter die Nase. Das hat vorhin also so verführerisch gerochen, als wir uns begrüßt haben. Bereits während ich zugreife, läuft mir das Wasser im Mund zusammen.

»Du bist unglaublich«, grinse ich, beiße herzhaft vom Muffin ab – himmlisch! – und sehe dann zusammen mit Zoe fröhlich kauend den Rest der ersten Halbzeit an.

♥ ♥ ♥

Es sind keine weiteren Tore gefallen, und nach 45 Minuten steht es nach wie vor 4:2, als Marc breit grinsend auf mich zugetrabt kommt. Zoe ist zum Supermarkt um die Ecke, um uns ein wenig Milchkaffee zu den Miniküchlein zu organisieren. Außerdem ist die Tupperdose noch gut gefüllt, und bei der Vorstellung von Apfel-Karamell-Muffins mit Milchkaffee bekomme ich definitiv Schmetterlinge im Bauch.

Die verschwinden allerdings sofort wieder, als mir klar wird, dass ich wegen Zoes Mission nun alleine hier am Spielfeldrand stehe – mit Macho Marc Rothe, der mich schon wieder mit diesen verwirrend blauen Eisaugen ansieht. Jetzt, so aus der Nähe und da wir einander zum ersten Mal direkt ge-

genüberstehen, fällt mir erst auf, wie groß Marc ist. Mindestens 1,80 m, wenn nicht 1,90 m, und ja, ich hasse es, zu ihm aufschauen zu müssen.

»Du bist ja tatsächlich da«, stellt er fest und fährt sich durch die kurzen schwarzen Haare.

»Hab ich doch gesagt«, entkommt es mir ruppig, und ich zwinge mich sofort, wesentlich süßer weiterzusprechen. »Ich habe es kaum erwarten können, dich wiederzusehen.«

»Stimmt, das hast du.« Er schenkt mir sein selbstzufriedenes Lächeln. Idiot. Moment, meint er damit jetzt eigentlich mein Versprechen, dass ich heute zum Fußballspiel komme, oder meine vorgetäuschte Vorfreude auf unser Wiedersehen? Das Letztere, oder?

Einen Augenblick bin ich verunsichert, ob ich das mit der Vorfreude vielleicht doch nicht übers Herz – beziehungsweise die Lippen – gebracht habe. Habe ich es gesagt oder nur gedacht? Doch-doch, ich bin mir sicher, das habe ich laut ausgesprochen. Ich kann den süßlichen Nachklang meiner Lüge noch immer hören.

Marc schweigt mich jetzt allerdings schon ein bisschen zu lange an und beobachtet mich mit leicht schief gelegtem Kopf. Das war's? Ich gestehe ihm meine angebliche Sehnsucht, und er schaut mich nur dämlich an? Da hätte ich mir aber ein bisschen mehr Begeisterung bei meinem Gegenüber gewünscht.

Und jetzt? Keine Ahnung. Schweigen? Herzlichen Glückwunsch, nicht einmal eine Minute und schon habe ich – Flirtprofi Anne – mein gesamtes Know-how ausgeschöpft. Ich weiß nicht, was ich erwartet habe, aber nach Marcs selbstbewusstem Auftritt im Café habe ich schon irgendwie damit gerechnet, dass er das Ruder in die Hand nehmen würde. Vielleicht fliegen ihm die Mädchen an seiner Schule ja aber auch einfach so zu – wenn er ihnen gegenübersteht und sie einfach nur anstarrt.

Aber so bin ich nicht. Da muss er sich schon ein bisschen mehr anstrengen, wenn er seine Wette gewinnen will. Andererseits … darf ich es Marc zwar nicht zu leicht, aber eben auch nicht zu schwer machen. Immerhin soll Leo ja eifersüchtig werden. Vor allem muss ich mich aber dazu zwingen, immer mein schönstes Sonntagsstrahlelächeln aufzulassen, hinter dem ich all die gemeinen Dinge verstecken kann, die ich ihm so gerne an den zugegebenermaßen sehr hübschen Kopf werfen würde. So etwas wie: »Hey, dein durchgeschwitztes Shirt steht dir gut, ich würde dich damit gerne erwürgen, wenn du mich weiter so anstarrst, nein, dein dämliches Grinsen hilft dir jetzt auch nichts mehr.« Warum grinst er jetzt schon wieder? So wie er können auch nur Leute grinsen, denen nie etwas Schlimmes im Leben passiert ist. Die immer genau das bekommen, was sie wollen – und zwar sofort.

»Sooo«, sage ich und dehne den Vokal, um Zeit zu schinden.

O Mann, wenn ich jetzt schon wieder sehe, wie großspurig er dasteht und sich schon wieder durch diese blöden Haare fährt, die auch verschwitzt und verwuschelt noch großartig aussehen. Mein lieblich-schönes Lächeln beginnt auch langsam wehzutun, und ich beschließe, es doch lieber ein bisschen abzumildern, bevor da noch irgendein Muskel in meinem Kiefer anfängt, komisch zu zucken, und mich wie eine totale Psychopathin aussehen lässt.

»Sooo«, ahmt Marc mich nach und steigert die Intensität seines selbstbewussten, frechen Grinsens noch einmal um ein paar Watt – und ich zwinge mich, freundlich zu bleiben.

»Hätte nicht gedacht, dass ihr so gut spielt.« Okay, das ist jetzt der verzweifelte Griff nach allen Halmen von nettem Small Talk, die ich erreichen kann (und ich bin klein und habe demzufolge eher kurze Arme). Außerdem ist es nicht einmal eine Lüge.

»Ich hab dich noch nie bei einem Spiel gesehen. Schätze, du bist eigentlich gar nicht qualifiziert genug, um das zu beurteilen.«

Ich pruste empört los. Er kann doch nicht ernsthaft glauben, mich rumzukriegen, indem er mich andauernd so provoziert! Ich finde, ein bisschen mehr Mühe habe ich doch verdient, oder? Wenigstens mal ein paar nette Worte. Ein »Schön, dass du da bist!« wäre ja schon einmal ein guter Anfang gewesen. Das kann doch nicht so schwer sein!

Aber was erwarte ich? Immerhin sprechen wir hier von Marc, dem Egomanen!

»Nicht qualifiziert? Hallo?! Zumindest in der Blumenstraße habe ich auf jeden Fall mehr Spiele gesehen als du!«

»Sicher.« Ein Wort. Mehr nicht. Und mehr braucht es auch nicht, um mich innerlich vor Wut schäumen zu lassen.

»Ja! Sicher! Die Jungs sind meine Freunde!«, rege ich mich auf, obwohl es eher »Einer der Jungs …« und »… ist mein Exfreund« heißen müsste, aber das werde ich Marc jetzt nicht auf die Nase binden. »Außerdem, du Genie, war deine Mannschaft, bevor du und dein Bruder in den Ferien hergezogen seid, einfach nur grottenschlecht.«

»Ach, hat sich da etwa jemand über mich informiert?« Da ist er wieder: dieser belustigte Tonfall, der in mir das starke Verlangen auslöst, ihm eine zu scheuern. »Wie reizend. Beste Voraussetzungen für eine Karriere als Stalker.«

Hat er seine Wette komplett vergessen? Die Art, wie er sich mir gegenüber verhält, wäre nämlich unter normalen Umständen ziemlich kontraproduktiv für das Gewinnen der selbigen. Wenn ich nicht selbst Interesse daran hätte, ihn hier neben mir stehen zu haben, würde ich ihm spätestens jetzt meine Meinung über das geigen, was ich über ihn und seinen Ruf wirklich weiß – und vor allem, was ich darüber denke. Nur so viel: Das ist nichts Gutes. Dann würde ich erhobenen

Hauptes von dannen ziehen und keinen weiteren Gedanken an den Idioten verschwenden. Was ist noch mal das Gegenteil von Stalker? Egal, ich wäre es jedenfalls.

»Und? Hat dir gefallen, was du über mich gehört hast?« Marc sieht mich herausfordernd an. »Weißt du inzwischen, worauf du dich einlässt?«

Da dämmert es mir plötzlich. Ahnt Marc vielleicht, dass ich von seiner Wette weiß und ihn nur benutze? Hier und jetzt. Hat er meinen Plan durchschaut oder irgendwie davon Wind bekommen? Ich versteife mich kurz, während ich in Gedanken alle Mitwisser durchgehe und zu dem Schluss komme, dass das mehr als unwahrscheinlich ist – und von alleine ist der selbstgefällige Idiot nie darauf gekommen, dass ich ihm nicht wirklich verfallen bin. Wahrscheinlicher ist – und das kann ich mir auch ohne Frau Dunkelmanns Stochastik zusammenreimen –, dass Marc immer so ist. Er ist immer so ein Arschloch, immer so ein Idiot, immer so unhöflich und immer so verletzend, und trotzdem hat er diesen Ruf als Herzensbrecher. Das kann nur bedeuten, dass die Mädchen, mit denen er etwas hatte, sich so von seinem Äußeren haben einlullen lassen, dass sie ihren gesunden Menschenverstand (der normalerweise dafür sorgen sollte, dass man die Beine in die Hand nimmt, sobald Marc den Mund aufmacht) vollkommen ausgeblendet haben.

Schlimm – und ein bisschen traurig. Ich hatte mit Leo wirklich sagenhaftes Glück. Ich meine, Leo sieht auch wahnsinnig gut aus, aber im Gegensatz zu Marc ist er sich dessen nicht wirklich bewusst, oder es scheint ihm zumindest nicht wichtig zu sein. Für Leo zählen die inneren Werte. Er ist so viel mehr als ein Paar schöne Eisaugen und ein selbstgefälliges Lächeln. Viel mehr. Leo hätte es auch nie zugelassen, dass ich böse auf ihn werde, oder mir das Gefühl gegeben, peinlich zu sein, sodass ich hätte rot werden müssen. O Gott, wie ich ihn vermisse … Ich halte das nicht für den Rest meines Lebens aus. Ich will ihn zurück. Deshalb der Plan. Das mache ich alles für dich, Leo, wegen dir gebe ich mich jetzt mit diesem Arschloch ab und lasse mich piesacken.

Apropos piesacken.

»Ich bin kein Stalker, und ich habe auch keine Ahnung, was du für einen Ruf hast. Darum geht es jetzt doch auch gar nicht!«

»Stimmt.« Marc grinst nur weiter arrogant vor sich hin. »Es geht darum, dass du keine Ahnung von Fußball hast.«

Ach, Leo …

Als ich den Mund zum Protest öffnen will, fällt Marc mir ins ungesagte Wort.

»Und dass du es nicht einsehen willst.«

Schon wieder dieses blöde Grinsen und dieses amüsierte Funkeln in seinen eisblauen Augen, das mir so auf die Nerven geht. Wäre da nicht die Bande zwischen uns, wäre genau das der Moment, in dem ich ihm an die Kehle springen würde. Das Schlimmste ist aber, dass es jetzt um die Ehre geht und dass ich plötzlich das Gefühl habe, ihm beweisen zu müssen, dass ich sehr wohl Ahnung von Fußball habe.

»Eure Verteidigung ist komplett unstrukturiert«, fahre ich ihn deshalb wütend an.

»Was?« Ach, wie ich diese raren Momente liebe, in denen er für den Bruchteil einer Sekunde die Fassung verliert.

»Eure Verteidigung«, sage ich jetzt wieder etwas ruhiger – und mit einem zuckersüßen Lächeln. »Die ist euer größter Schwachpunkt. Klar, ihr spielt sehr offensiv, und ihr könnt damit gut Druck machen, alles prima, aber eure Verteidiger haben alle einen viel zu starken Angriffsdrang. Ich meine, guck mal, alle Tore, die wir bis jetzt gemacht haben, konnten wir erzielen, weil eure Abwehr nicht da war, wo sie sein sollte.«

»Ach, bist du jetzt plötzlich Fußballtrainer, oder was?«, fragt er herablassend, aber ich merke, wie es in ihm arbeitet.

»Ihr seid da einfach zu langsam.« Ich hätte nicht gedacht, dass mir der Satz so viel Genugtuung verschafft. »Weißt du, man kann sich nur leisten, so risikoreich zu spielen, wenn man schneller wieder vorm Tor ist als der Angriff der Gegner. Ganz einfach. Da entstehen immer viel zu große Lücken bei euch.«

»Ah, okay«, brummt Marc, klingt dabei aber alles andere als einsichtig. »Ich richte meinen Jungs dann gleich aus, was die Kleine vom alten Hafen über unsere Spielweise denkt. Ich weiß allerdings nicht, ob sie auf deine Expertenmeinung hören.«

»Solange ihr eure Verteidigung nicht in den Griff bekommt, weiß ich zumindest, wer am Ende gewinnen wird.«

»Und?«

»Wir natürlich.«

Marc lacht kurz auf. »Wer's glaubt.«

Ich ziehe die Augenbrauen hoch und sehe ihn herausfordernd an. »Wollen wir wetten?«

»Ums Recht?«

»Nein, das ist was für Weicheier. Ich weiß was Besseres«, beschließe ich dann spontan. »Wenn ihr gewinnt, darfst du dir den Film heute Abend aussuchen, und ich bezahle. Wenn wir gewinnen, darf ich mir den Film aussuchen, und du zahlst. Inklusive Popcorn und allem Drum und Dran.«

»Und du musst dann auch Popcorn und Getränke und so bezahlen?« Ich sehe, wie es in seinen Augen kurz aufblitzt. »Also, wenn meine Leute das Spiel machen, wovon ich ausgehe?«

»Ich bezahle dann alles, was du essen willst.« Ich schenke ihm mein aufrichtigstes mitleidiges Lächeln. »Dumm nur, dass diese Situation nicht eintreten wird.«

»Abgemacht«, sagt Marc feierlich und hält mir seine Hand in einer ausladenden Geste hin.

»Abgemacht.« Ich schlage ein.

Überraschenderweise ist seine Hand überhaupt nicht schweißnass, sondern nur angenehm warm und vielleicht etwas rau. Es ist mir ein bisschen peinlich, dass meine wahrscheinlich kalt und feucht vor Angst- beziehungsweise Wutschweiß ist, so viel vorsätzliches Flirten (oder was auch immer das war) kann einem ganz schön an den Nerven zerren. Das Endergebnis stimmt jedenfalls: Ich werde heute Abend mit Marc ins Kino gehen – und er zahlt.

Da ertönt auch schon der schrille Pfiff, der die zweite Halbzeit einleitet. Für den Job haben wir immer jemanden, den Schiri will hingegen keiner mehr machen, weil der immer mit ein oder zwei Veilchen aus der Sache gegangen ist.

Plötzlich beugt sich Marc zu mir rüber. »Ein kleiner Tipp«, flüstert er mir ins Ohr, sodass mich sein Atem kitzelt. »Heb schon mal 'n bisschen Geld ab. Nach einem Sieg hab ich immer riesigen Hunger!«

Dann zwinkert er mir zu und trabt zurück aufs Feld. Okay, auch wenn die Befehle an meine Mundwinkel anders lauten, kann ich mir ein kleines Lächeln nicht verkneifen. Das hat aber nichts damit zu tun, wie Marc mich am Ende unserer kleinen Unterredung angesehen hat. Wirklich nicht. Es hat einzig und allein mit meinem Gratis-Kinoabend zu tun.

Als ich meinen Blick zufrieden über das Spielfeld wandern lasse, habe ich plötzlich das Gefühl, beobachtet zu werden. Von jemandem, der wie zu Stein erstarrt auf dem Spielfeld steht. Ich wage es nicht, ihn direkt anzusehen, aber aus dem Augenwinkel erkenne ich, dass derjenige die Szene beobachtet hat und die Lippen zu einer schmalen Linie zusammenpresst.

Leo.

Und er sieht nicht glücklich aus.

Gut so.

In der zweiten Halbzeit geht es noch härter zu als in der ersten. Leo, den ich bei den Spielen immer in einer schlichtenden Rolle erlebt habe, fährt Marc an der Mittellinie auf einmal wütend von der Seite an, nachdem der geschickt einen Pass abgefangen hat, der für Leo bestimmt war.

»Hey, du Pisser, was soll das?«, schreit er und nimmt die Verfolgung auf.

Unterdessen läuft Marc auf unser Tor zu, und Leo, eigentlich Stürmer, verlässt seine Position und rennt in unseren Strafraum. Er ist Marc dicht auf den Fersen.

»Laber mich nicht dumm von der Seite an, Lackaffe!«, keucht Marc, laut genug, dass ich das Gespräch hören kann. Vielleicht sind die anderen aber auch einfach zu leise, denn alle sind ziemlich schockiert, dass Leo, der sonst immer ausschließlich an der spielerischen Ebene interessiert ist, auf einmal rumstichelt.

Marc passt zu seinem Bruder, der schon wieder mitgelaufen ist, und versenkt den Ball in unserem Tor zum 4:3.

Das ist nicht gut.

Seit dem Anpfiff hat sich etwas verändert. Irgendwas hat Marc mit seinen Leuten angestellt, dass sie diese Halbzeit noch giftiger spielen, wesentlich aggressiver und sogar noch konfuser als vorher – falls das überhaupt möglich ist. Schon kurz nach dem nächsten Anstoß ist kaum jemand mehr auf seiner ursprünglichen Position. Würde ich die Leute nicht kennen, wüsste ich nicht einmal mehr, wer zu welcher Mannschaft gehört.

Auch jetzt, nach dem Tor, wird es nicht besser. Leo stolpert gerade und fällt der Länge nach auf den Boden, und Marc kann im letzten Moment noch über ihn hinwegspringen. Dabei erwischt er den Ball, spielt ab und läuft mit. Leo rappelt sich sofort wieder auf und rennt hinterher. Er ruft seinen Leuten etwas zu, allerdings kann ich nichts mehr verstehen, weil auch die Zuschauer inzwischen alle wild durcheinanderreden, schreien, sich angiften und lachen.

Auf Marcs Gesicht kann ich hingegen ein breites, zufriedenes Lächeln erkennen. Er ist ganz offensichtlich berauscht von der Dynamik, die das Spiel auf einmal gewonnen hat. Mir hingegen wird schön langsam schwindelig. Es geht mir hier einfach zu schnell und zu wild her, deshalb lasse ich mich wieder auf den Boden sinken, schließe die Augen und warte auf Zoe. Außerdem ahne ich nichts Gutes für mich und mein Portemonnaie. Warum musste ich Marc auch herausfordern? Ich hätte mir ja denken können, dass das nur der nötige Anreiz für ihn war, um beim Spiel noch einmal alles zu geben. Jetzt leide aber dummerweise nicht nur ich darunter, sondern vor allem unsere Jungs, die von den Goethe-Leuten nun einiges einstecken müssen. Ich höre es nur, denn hinsehen kann ich nicht mehr.

Als Zoe schließlich kommt, ist mir eigentlich längst nicht mehr nach Essen. Doch dann lässt mir der Duft von frischem Milchkaffee und Muffins doch das Wasser im Mund zusammenlaufen, und als das 4:4 fällt, nehme ich ihr meine Henkersmahlzeit dankbar ab.

♥ ♥ ♥

Nach dem Spiel ist Marc noch kurz zu mir gekommen, um zu erklären, dass er eben duschen geht und mich danach abholt. Leo hingegen habe ich nach dem Spiel nicht mehr gesehen. Ich schätze, er ist noch zu Freunden oder gleich nach Hause gegangen. Überhaupt hat sich alles nach dem Abpfiff unheimlich schnell zerstreut. In der einen Sekunde wurde noch laut gejubelt, in der nächsten sitze ich alleine am Boden, vor mir der platt gelaufene, traurig demolierte Fußballplatz, und warte und warte und warte. Auf Marc.

Gerade als ich mich mit der Tatsache abgefunden habe, dass Marc sich durch irgendeine Hintertür davongeschlichen hat, um nicht noch mehr »awkward moments with Anne« erleben zu müssen, kommt er lässig auf mich zugeschlendert. Über seiner Schulter baumelt eine große Sporttasche, die sich an einigen Stellen deutlich ausbeult. Als er näher kommt, wirkt er mit sich und der Welt ziemlich im Reinen. In seinen Haaren kann ich noch einige Wassertropfen glitzern sehen. Sie strahlen im Licht der langsam untergehenden Sonne mit seinen Augen um die Wette.

»Hast du genug Geld abgehoben? Ich habe nämlich vor, das hier voll auszureizen!«, lacht er glücklich und geht dann weiter, an mir vorbei – einfach davon ausgehend, dass ich ihm folgen werde. Was ich, sehr zu meinem Leidwesen, auch tue. Ich schätze, ich bin einfach noch immer vom Lauf der Dinge überrumpelt.

Ja, man kann es erahnen: Die Jungs vom Goethe haben gewonnen. Endstand: 4:6. Ich bin zutiefst enttäuscht und noch dazu um zehn Euro ärmer, die ich bei Marcs offensichtlichem Interesse daran, mich heute in den Ruin zu treiben, gut hätte gebrauchen können.

Ich murre ein bisschen über meine verlorene Wette – keuchend, weil ich mich beeile, mit Marc und seinen langen Beinen Schritt zu halten – und wittere dann die Gelegenheit, meinem Peiniger doch noch etwas Honig ums Maul zu schmieren. Vielleicht zeigt er sich dann gnädiger.

»Aber so gut wie du spielst, hätte ich mir das ja gleich denken können«, sage ich beeindruckt und klimpere dazu noch einmal ein wenig mit den Wimpern, so wie ich es bei Lena und ihren langbeinigen Gazellenfreundinnen manchmal beobachte. »Mit dir in einer Mannschaft kann man vermutlich gar nicht verlieren.«

»Hast du was im Auge?«, fragt Marc, der jetzt stehen bleibt und sich zu mir herunterbeugt. Er mustert mich neugierig, wenn auch mit einer Spur … wissendem Wiedererkennen. Mist, wahrscheinlich bin ich nicht das erste Mädchen, das versucht, ihn mit einem Augenaufschlag zu verführen – und genauso wahrscheinlich ist es, dass diejenige, die es vor mir versucht hat, darin wesentlich besser gewesen ist.

Und da spüre ich auch schon wieder, wie ich rot werde. Na super.

»Ähm … ja. Genau. Immer diese … Mücken … in … den Augen«, erkläre ich und wedle etwas zeitverzögert noch einmal mit meiner Hand in der Luft herum, um die imaginären Insekten zu verscheuchen. Im Februar. Das macht die ganze Sache auch nicht besser. Um ihn davon abzulenken, probiere ich mich noch einmal am anhimmelnden Grinsen.

Marc runzelt daraufhin aber nur die Stirn und schüttelt ungläubig den Kopf, bevor er wieder anfängt loszulaufen. Ein zweites Mal an diesem Tag sehe ich mich gezwungen, ihm hinterherzulaufen, als hätte er Zucker im Arsch. Fehlt nur noch, dass ich seine Tasche tragen darf.

»Jetzt mal die Spendierhosen runter«, ruft er mir über die Schulter zu. »Wie viel Kapital haben wir?«

»Genug«, seufze ich und versuche unauffällig aufzuholen.

♥ ♥ ♥

»Ich hätte gerne zwei Schachteln Eiskonfekt, ach was, machen Sie drei. Oh, und eine Schale Nachos, aber die mit der scharfen Soße, und bitte nicht damit geizen! Mhh … und einen großen Becher Popcorn und zwei große Cola, bitte, nein, nicht in dem normalen Becher, sondern in dem bunten. Ja genau, der mit den Bildern drauf. Ja, beide Getränke in so einem Becher. Oh, und dann hätte ich auch noch gerne ein Slushy, das Blaue, bitte. Ja, natürlich ein großes! Und machen Sie mal zwei Strohhalme rein. Ich muss ja auch an meine Begleitung denken.«

Marc hat nicht zu viel versprochen, als er meinte, er würde die Situation voll ausreizen. Und was soll das überhaupt mit den albernen bunten Kinderbechern? Ich wette, er wollte sie nur, weil sie 50 Cent mehr kosten. Na, der hat vielleicht Nerven. Leo würde mich nie so ausbeuten. Er hat immer ganz gentlemanlike für mich mit bezahlt, und ich war dann auch ein wenig sparsamer als Marc.

»Klar, gerne.« Die Kassiererin an der Futtertheke ist total überfordert mit der riesigen Bestellung. »Soll ich das dann als Partnermenü abbuchen?«

»Ist das nur für Partner?«, fragt Marc gelassen und grinst mir kurz zu.

Ich lache gehässig auf, verstumme dann aber sofort wieder, als ich sehe, wie Marcs Grinsen kurz flackert. Was denn? Er und ich ein Paar? Im Leben nicht! Trotzdem muss ich mich besser zusammenreißen, wenn ich nicht will, dass er misstrauisch wird. Immerhin soll es ja durchaus so aussehen, als wären wir eines.

»Nicht unbedingt«, die junge Frau sieht uns irritiert an. »Es geht nur um die Abrechnung.«

Marc wäre nicht Marc, wenn er sich nicht längst wieder gefasst hätte, sich lässig über den Tresen lehnen und die Kassiererin verführerisch anlächeln würde. »Und ist es dann günstiger?«

Hinter Marcs Rücken verdrehe ich die Augen. Stimmt, so klingt es, wenn er flirtet. Widerlich. Fast so schlimm wie der Spruch mit dem Aus-dem-Himmel-Fallen.

»Ja«, erwidert die junge Frau angenehm überrascht, die bei genauerer Betrachtung eigentlich doch nicht viel älter sein dürfte als ich. Sie hat Piercings in den Wangen, dort wo eigentlich Grübchen wären, und mehrere an den Ohren. Ihre braunen, von blonden Strähnchen durchzogenen Haare sind mit einem schwarzen Stirnband nach hinten gestylt. Vermutlich soll es den breiten, fettigen Ansatz verdecken, den sie hat, aber es bewirkt eher das Gegenteil.

»Dann möchte ich auf gar keinen Fall das Partnermenü«, sagt Marc nonchalant. »Wissen Sie, meine Begleitung hier bezahlt.«

Das Kassenmädchen guckt mich an und zieht eine ihrer dünnen, nachgezeichneten Augenbrauen hoch, aber ich nicke nur und zucke mit den Schultern, Widerstand zwecklos.

»Er ist der Boss. Was kostet mich der Spaß denn?«

Sie nennt mir einen Betrag, der für mich als eher sparsamen Menschen unheimlich hoch ist, und während ich in meiner Geldbörse nach ein paar Scheinen fische, reden Marc und das Kassenmädchen miteinander.

»Du brauchst mich übrigens nicht zu siezen. Ich bin Liz«, sagt sie und schenkt Marc ein wirklich beeindruckendes Lächeln, bei dem die Piercings in ihren Wangen wie kleine Sterne funkeln.

»Freut mich, dich kennenzulernen. Ich bin Marc«, sagt meine – ich wiederhole: meine – Verabredung mindestens genauso kokett. »Liz … Ist das eine Abkürzung für etwas oder einfach nur mit coolen Eltern begründet?«

Er wirkt ehrlich interessiert. Nett und höflich kann der also doch! Und wie er ihren Namen ausspricht – so langsam, als ob er sich die eine Silbe auf der Zunge zergehen lässt wie ein kleines Bonbon!

Er hat doch jetzt nicht wirklich Interesse an dem Kassenmädchen, oder? Ich mustere Liz noch einmal eingehender. Stellt sie eine ernsthafte Bedrohung für meinen Plan dar?

»Ich wünschte Letzteres, aber leider stimmt das nicht. Eher

das Gegenteil. Ich heiße eigentlich Elisabeth, aber das ist so was von letztes Jahrtausend«, erklärt sie und zwinkert. Auf einmal ist sie mir unsympathisch.

»Hallo. Ich bin übrigens Anne«, klinke ich mich jetzt doch endlich ein und winke ein wenig mit meiner Hand, um meinen Worten mehr Ausdruck zu verleihen.

Die beiden ignorieren mich einfach.

»Zeig mal eure Karten her«, bittet Liz und wirft Marc einen verführerischen Blick zu.

Marc reicht sie ihr mit einem charmanten Lächeln, das mich abermals zu der Vermutung führt, dass er auf dem Weg hierher gegen seinen netten Zwilling ausgetauscht wurde. Nein, Moment, der hätte sich mit einer Tüte Popcorn und einer kleinen Cola begnügt.

»Ich lieeeebe diesen Film!«, seufzt Liz, nachdem sie die Karten ausgiebig begutachtet hat. »Die Stelle, in der diesem einen Kerl der Kopf abgeschlagen wird und seine Freunde versuchen, ihm den einer Kuh aufzusetzen, ist einfach genial! Total geil gemacht! So voll retro.«

Ich schüttle innerlich den Kopf. Ihr Name ist ihr zu altbacken, aber der Film ist plötzlich retro? Der ist auch »so was von letztes Jahrtausend«, nämlich von 1980.

»Ja, echt genial! Ich freue mich schon total drauf.« Marc wirft mir einen kurzen amüsierten Blick zu. »Wir kommen grade von einem Fußballspiel und feiern den Sieg mit einem klasse Film und jeder Menge Essen.«

Ja, lieber Marc, jede Menge, das sehe und bezahle ich.

»Kennst du den Film?« Liz sieht mich jetzt beinahe mitleidig an.

»Nein«, antworte ich möglichst unschuldig. »Warum?«

»Liz, nichts verraten«, fährt Marc schnell dazwischen. »Ich will Anne überraschen.«

Netter Versuch, Marc. In Wirklichkeit kenne ich den Film

in- und auswendig, aber das muss er ja nicht wissen. Ich schätze, er will mich mit dem Horrorfilm ein bisschen einschüchtern. Vielleicht hat er aber auch vor, die Kinokuschelnummer abzuziehen und mich in dem Film zu beschützen. Was er nicht ahnen kann: Ich liebe Horrorfilme jeglicher Art, am meisten die, wo das Kunstblut nur so spritzt. Ich kann nicht genau sagen, was mich daran so fasziniert, aber irgendwie liebe ich diese Art von Filmen.

»Hast du Lust mitzuschauen?« Marc hängt noch immer halb über der Theke.

»Würde ich echt voll gerne«, seufzt Liz. »Aber ich muss noch arbeiten, und mein Chef hat mich eh schon auf'm Kieker.«

Okay. Die beiden scheinen meine Existenz vollkommen ausgeblendet zu haben. Charmant.

»O wie schade«, gebe ich trocken zum Besten. »Marc, nimmst du die Cola, die Nachos und das Eis? Ich finde, wir können uns jetzt langsam mal hinsetzen. Ich will den Anfang nicht verpassen.«

Nachdem ich daraufhin einen bösen Blick von Liz und einen belustigten von Marc ernte, gehe ich mit dem Popcorn und dem Slushy in den Händen voraus, so wie er es zuvor mit mir gemacht hat – mit dem Unterschied, dass er mir nicht folgt.

»Hallo?!«, rufe ich – und das ziemlich empört.

Dann gehe ich einfach weiter und setze mich auf unsere Plätze. Der Saal ist leer, und man sieht sofort, dass dieses Kino schon ziemlich alt ist. Allerdings nicht auf die charmante, sondern auf die »Es hat seine besten Zeiten hinter sich«-Art. Schon komisch, ich lebe in einer großen Stadt, von daher gibt es auch recht viele Kinos hier, aber obwohl ich behaupten möchte, in den meisten schon einmal gewesen zu sein, wusste ich bis gerade eben nicht einmal von der Existenz von diesem hier. Der Saal ist klein und mehr als unzureichend beleuchtet, weil nur noch die Hälfte der seitlich angebrachten Lampen funktioniert. In der Luft hängt der Geruch von altem Popcorn, alten Menschen, altem Gebäude und sehr lebhaftem Schimmel, und ich könnte schwören, dass unter meinem Sitz mindestens zehn Kaugummis kleben. Minimum. So genau will ich das aber auch gar nicht wissen.

»Tut mir leid, Liz und ich haben noch schnell Nummern ausgetauscht«, erklärt Marc, als er sich endlich neben mich in den rot gepolsterten Sitz fallen lässt, dessen Bezug an den Seiten schon ziemlich abgenagt ist.

»Ernsthaft«, hake ich inzwischen mehr verwundert als empört nach und stelle das Slushy in die dafür vorgesehene, allerdings mehr als fragwürdig aussehende Halterung zwischen uns. »Ihr tauscht Nummern aus, während ich dabei bin?«

Marc reicht mir meine Cola und beugt sich dann über meinen Sitz, um die Nachos auf dem Sitz neben mir abzustellen. Offensichtlich geht er nicht davon aus, dass sich noch jemand dort hinsetzen wird. Und jetzt, wo er mir plötzlich so nahe ist, kann ich seinen Geruch überdeutlich wahrnehmen: eine Mischung aus sportlichem Duschgel, kalter Luft und etwas, das ich jetzt einfach mal als »Marc« definieren würde und das mir – zu meiner Verwunderung – sehr gut gefällt. Obwohl ich noch immer sauer auf ihn bin, bin ich kurz davor, mich ein bisschen zu ihm zu lehnen, um mehr von diesem Duft einzuatmen. Eigenartig. Und ein bisschen erschreckend!

»Genau genommen warst du ja gar nicht mehr dabei.«

Da ist der Moment auch schon wieder vorbei, und ich bekomme endlich meinen klaren Kopf zurück. Er lehnt sich wieder in seinen Sessel und sieht mich jetzt mit seinen eisblauen Augen durchdringend von der Seite an.

»Na, dann ist ja alles prima«, murre ich bitter und drücke ihm den Becher Popcorn in die Hand.

»Ist da etwa jemand eifersüchtig?«, fragt er schmunzelnd.

Um Himmels willen nein, du Scherzkeks! Das bin ich ganz sicher nicht, weil: Wir beide – du und ich – sind definitiv kein Paar. Das habe ich sogar schriftlich! Soll ich dir den Bon zeigen? Das sind alles Dinge, die mir sofort in den Kopf schießen, aber dann atme ich tief durch und gebe die für mein Vorhaben einzig richtige Antwort.

»Also, vielleicht ein bisschen.«

Einen Moment lang scheint er von so viel vorgetäuschter Ehrlichkeit überrascht zu sein, denn plötzlich sind das amüsierte Funkeln und auch die herablassende Kälte aus seinen Eisaugen verschwunden. Zurück bleibt ein Blick, der so ernsthaft und intim ist, dass ich – wäre ich davon nicht so überrascht und in seinen Bann gezogen – sofort weggucken würde.

»Wenn du es genau wissen willst: Ich war nur kurz auf'm Klo. Wir haben nicht Nummern ausgetauscht.« Sogar seine Stimme klingt plötzlich weicher. »Wobei ich es mir kurz überlegt habe. Weißt du, es ist nicht leicht, jemanden zu finden, der einen guten Slasher-Film zu schätzen weiß.«

O Marc. Wem sagst du das?

Eigentlich ist es schade. Wenn wir unter anderen Umständen hier wären und ein wirkliches Date hätten, bei dem er mich nicht schamlos ausnehmen würde, und wenn es die Wette nicht gäbe und ich Leo nicht kennen und lieben würde und wenn Marc nicht so ein Arschloch wäre, dann wäre es – denke ich – echt cool, dass wir einen ähnlichen Filmgeschmack haben. Aber das hier ist kein Date, und er nimmt mich – oder besser gesagt meinen Geldbeutel – aus, außerdem gibt es diese Wette nun mal, und ich liebe Leo. Nicht zu vergessen: Marc ist ein Arschloch. Die Tatsache, dass wir auf dieselbe Art von Filmen stehen, ist einfach nur ein dummer Zufall. Gut, davon scheinen mir in letzter Zeit ziemlich viele über den Weg zu laufen, aber ich kann das auch nicht beeinflussen. Allerdings ist es schon witzig, dass ausgerechnet Marc und ich den gleichen abseitigen Geschmack haben. Frau Dunkelmann würde sich vermutlich die Haare raufen, wenn sie wüsste, wie ich eine ihrer geliebten Wahrscheinlichkeiten austrickse.

Der Vorhang öffnet sich quietschend, und ich höre, wie hinter uns die Filmrolle eingelegt wird. Dann geht der Film endlich los, begleitet von diesem eigenartigen leisen Rattern des Projektors. Ich sehe den Streifen heute zum gefühlt hundertsten Mal, aber trotzdem fesseln mich die Szenen, in denen das Kunstblut nur so fließt, noch genauso sehr wie an dem Tag, an dem ich den Film zuerst gesehen habe.

Ohne nachzudenken greife ich genüsslich in den Popcorn-Jumbo-Eimer neben mir, als meine Finger plötzlich eine Hand streifen. Marcs Hand. Sofort halte ich in der Bewegung inne, besinne mich dann aber eines Besseren, nehme mir ein wenig von dem Popcorn und stecke es mir entschieden in den Mund. Wie erwartet ist es nicht besonders gut, viel zu pappig und zu wenig süß, nicht mehr warm und irgendwie alt. Aber all das macht nichts, denn Popcorn ist Popcorn, und ich meine, wo bekommt man schon welches, das wirklich so schmeckt, wie es sollte?

Da erst bemerke ich aus dem Augenwinkel, dass Marc mich beobachtet. Ich habe mir Mühe gegeben, heute Abend hübsch auszusehen, und frage mich plötzlich, ob ich dabei nicht ein bisschen zu dick aufgetragen habe. Im wahrsten Sinne des Wortes. Der fette Lidstrich und die zweite Schicht Wimperntusche, die ich über die obligatorische erste, ohne die ich nicht aus dem Haus gehe, aufgetragen habe, fühlen sich auf einmal tonnenschwer an. Fällt ihm auf, dass die schwarze Jeans, die ich trage, enger ist als alle anderen Hosen, die in meinem Kleiderschrank liegen? Nicht, dass das besonders viele sind, aber ganz allgemein. Merkt er, dass ich den blauen Pullover trage, der – laut Mara – meine Augenfarbe betont, den ich aber nie anziehe, weil der Ausschnitt für meinen Geschmack ein ordentliches Stück zu tief geht? Und gefällt ihm, was er sieht? Aber was denke ich hier eigentlich?! Stopp!

Außerdem sehe ich wahrscheinlich immer noch viel zu normal aus. Ganz sicher geht er normalerweise mit viel hübscheren und modebewussteren Mädchen aus. Mit solchen, die ihren Bauch nicht die ganze Zeit einziehen müssen, ganz einfach aus dem Grund, weil sie keinen haben, und deren Beine lang und elegant anstelle von kurz und knubbelig sind.

Warum sieht Marc mich dann noch immer an? Wahrscheinlich fragt er sich gerade, was er hier mit mir – diesem seltsamen Mädchen – im Kino macht und wie er überhaupt in diese unangenehme Situation geraten ist. Das ist es zumindest, was ich mich frage. Die einzige plausible Antwort, die mir dazu einfällt: Bei der Wette muss es um verdammt viel Geld gehen.

Aber was bedeutet das eigentlich genau: rumkriegen? Heißt das »rummachen«? Oder »miteinander schlafen«? Oder hat er schon gewonnen, wenn wir im Kino rumknutschen? Nicht, dass ich daran in irgendeiner Weise interessiert wäre! Denn dann hätte er seine Wette womöglich gewonnen – und ich folglich kein Date mehr, mit dem ich Leo eifersüchtig machen kann. Aber, Moment, wie steht jemand wie Marc überhaupt zum Daten? Also, generell? Meinem bisherigen Wissensstand nach hat er immer nur Herzen gebrochen, anstatt sich auf eine feste Beziehung einzulassen. Ich kann also davon ausgehen, dass er es nicht lange mit einem Mädchen – sprich mit mir – aushält. Es ist nur eine Frage der Zeit, bis eine neue Liz auftaucht und ich samt Wetteinsatz abgeschrieben bin. Umso mehr muss ich ihm also das Gefühl geben, dass er ganz kurz davor steht, seine Wette zu gewinnen, ohne dass er sie tatsächlich gewinnt. O Mann.

Ich fühle mich plötzlich wie eine Seiltänzerin in schwindelerregender Höhe, die die Balance halten muss – zwischen Marc, der nicht ahnen darf, dass ich Leo mit ihm eifersüchtig mache, den ich also einigermaßen bei Laune halten muss, und seiner Wette, die nicht erfüllt werden darf, weil er mich dann sofort fallen lassen wird. Aber das Schlimmste ist, dass das Seil, auf dem ich gerade mühsam balanciere und auf dem ich nur gerade so das Gleichgewicht halten kann, von niemand Geringerem gehalten wird als von Marc – Prinz Charming höchstpersönlich. Mit ihm steht und fällt alles: der ganze Plan, Leo und meine Zukunft, ich. Marc ist der Schlüssel zum erwünschten Friede-Freude-Eierkuchen-Ergebnis, und ich hoffe, dass ich mein Leben in die Hände des Richtigen gelegt habe.

Aber eins nach dem anderen, bevor ich noch anfange zu hyperventilieren. Im Moment sitzen Marc und ich nämlich ganz nach Plan zusammen in diesem muffigen Kinosaal, der bis auf uns beide leer ist. Alles gut. Noch ist die Wette am Laufen, noch kann alles gut werden.

Da beginnt Marc plötzlich zu gähnen und dabei genüsslich die Arme nach oben zu strecken. O nein! Instinktiv springe ich auf, da ich ahne, wohin er die Arme sinken lassen will – meine Schultern – und was er danach vorhat – mich küssen, um seine Wette zu gewinnen. Er ist sich doch echt für nichts zu schade!

»Wo gehst du hin?«, flüstert Marc mir überrascht zu.

Keine Ahnung! Auf die Toilette? Nach Hause? Geistesgegenwärtig halte ich einen Finger an die Lippen und bedeute ihm, ruhig zu sein. Das verschafft mir ein paar Sekunden Bedenkzeit – und da habe ich plötzlich eine ausgezeichnete Idee!

»Ich will nur kurz nachsehen, ob das Kino so ist, wie ich es am liebsten habe: leer.«

Ein weiterer Grund, weswegen ich Horrorfilme so liebe. Da ist die Chance einfach am größten, in den Genuss eines heutzutage eher seltenen Abenteuers zu kommen. Ich meine, wie kann man es nicht lieben, einen ganzen riesigen Saal, eine riesige Leinwand und einen himmlischen Film ganz für sich alleine zu haben?

Ich drehe mich schnell um und gehe vorsichtig an das Ende des Saales, über dem sich der Raum befindet, in dem der Film an die Leinwand projiziert wird. Langsam und vor allem bemüht, keine Geräusche zu machen, klettere ich auf einen Sitz in der letzten Reihe, aber ich bin trotzdem zu klein, um hineingucken zu können.

Ärgerlich winke ich Marc zu mir herüber, der mich neugierig beobachtet. Er scheint noch immer nicht ganz zu verstehen, was ich vorhabe, aber nach einiger Zeit lässt er sein Eiskonfekt – die inzwischen zweite Packung – zurück und kommt auf mich zu.

»Ich brauche mal eben eine Räuberleiter«, sage ich möglichst leise, aber laut genug, dass er mich versteht, und bedeute ihm, sich auf den Sitz zu stellen.

Nachdem er meinen Anweisungen gefolgt ist, lasse ich mich von ihm hoch genug heben, um in den winzigen Raum über uns gucken zu können. Erst als ich mich weit über seinem Kopf befinde, kann ich vorsichtig hineinlinsen.

»Dafür, dass du so klein bist, wiegst du ganz schön viel«, ächzt Marc unter mir. »Kein Popcorn mehr für dich heute!«

»Und dafür, dass du dich für so stark hältst, jammerst du ganz schön viel«, gebe ich zurück und stelle ihn damit tatsächlich für einen Moment ruhig.

Wie ich es erwartet habe, ist der Raum leer. Ich schätze, wer auch immer die Filmrollen einlegt, wird nur zum Auswechseln anwesend sein. Ein Blick auf die Armbanduhr verrät mir, dass wir noch ungefähr eine halbe Stunde Zeit haben, hier unbemerkt zu tun und zu lassen, was auch immer wir wollen.

Herrlich!

»Du darfst mich jetzt runterlassen«, gebe ich Marc in normaler Lautstärke zu verstehen. »Da oben ist niemand. Wir haben das Kino für uns allein.«

»Na toll. Vielen Dank«, erwidert er halbherzig und macht sich, nachdem ich sicher auf dem Boden angekommen bin, wieder zu seinem Platz auf.

»Hey. Wohin willst du? Wir sind alleine und völlig unbeobachtet!«, rufe ich ihm zu – und hoffe noch im selben Moment, dass er mich nicht falsch versteht.

Marc scheint wohl auch gerade darüber nachzudenken, ob er sich verhört hat, denn er bleibt abrupt stehen, dreht sich zu mir um und zieht erst eine, dann beide Augenbrauen in die Höhe, während er mich überrascht angrinst.

»Ich … ähm … Was ich damit sagen will … ist, wir können tun und lassen, was wir wollen.« Nein, das macht die Sache auch nicht besser. »Keiner sieht uns!« Himmel, was stimmt denn nicht mit mir?! »Also, nein. Ich meine, ich liebe es einfach, in einem leeren, unbeobachteten Kinosaal zu sein.« Okay, ich gebe auf.

Selbst im schwummerigen Licht kann ich erkennen, wie Marc mich noch immer mit hochgezogenen Augenbrauen und breitem Grinsen im Gesicht ansieht.

»Ach so?«, fragt er mit bedeutungsschwerem Unterton in der Stimme und macht einen Schritt auf mich zu.

»Ja, ich meine, nein!« Also, wenn es jemals in meinem Leben einen Moment gegeben hat, in dem es einen Anlass gab, ernsthaft an meiner geistigen Gesundheit zu zweifeln, dann, schätze ich, ist der in diesem Augenblick gekommen.

Wenigstens stehen die Chancen ganz gut, dass Marc bei dem Licht nicht mitbekommt, wie ich gerade knallrot anlaufe.

Da fängt er plötzlich an loszulachen.

»Was?!« Meine Stimme klingt wie eine schrille Mischung aus Quietschen und Fiepen.

»Weißt du, dass du richtig witzig sein kannst, wenn du nervös bist?«

Witzig? Empört stemme ich die Hände in die Hüften, bringe aber kein Wort mehr über die Lippen.

»Also, was schwebt dir vor?«, fragt Marc und blickt sich gut gelaunt um. »Freie Platzwahl?«

Ich nicke und beobachte, wie Marc zurück zu unseren Sitzplätzen schlendert, sich die Nachos schnappt und sich in die erste Reihe setzt, mitten vor die Leinwand, wo man den Kopf so weit in den Nacken legen muss, dass es nach kürzester Zeit schmerzt. Ich suche mir erst mal einen Platz möglichst weit von ihm entfernt. So ist es schon viel besser. Meine Wangen werden endlich auch wieder kühler.

Eine Weile bleiben wir in stummer Übereinkunft getrennt voneinander sitzen. Dann wird der Film aber so spannend, dass ich, obwohl ich weiß, was gleich passieren wird, etwas zum Knabbern brauche, um meine Nerven zu beruhigen. Also klettere ich direkt über die eher niedrigen, dafür aber zum Teil gefährlich wackeligen Sitze wieder zu unserem ursprünglichen Platz in der Mitte des Saals zurück.

Offensichtlich bin ich bei meinem Manöver ziemlich laut, denn Marc dreht sich zu mir um und starrt mich an, als wäre ich völlig übergeschnappt.

»Was?!«, frage ich vorwurfsvoll und lasse mich in meinen Sitz gleiten. Zu meiner Freude sehe ich, dass Marc das Popcorn und das Eiskonfekt zurückgelassen hat. Auch das blaue Slushy, das sich inzwischen etwas verflüssigt hat, steht noch an seinem Platz.

»Nichts!«, ruft er genervt zurück, aber ich kann genau sehen, dass er ein Grinsen unterdrückt.

Da hallt plötzlich ein gellender Schrei quer durch den Saal, und unsere beiden Köpfe darten sofort gebannt zurück in Richtung Leinwand. Das hier ist mit Abstand einer der besten Filme aller Zeiten. Marc scheint das genauso zu sehen, denn ab jetzt verfolgt er mindestens ebenso gespannt wie ich, wie sich die Zahl der Schauspieler rasch dezimiert. Das Einzige, was ich jetzt noch von Marc mitbekomme, sind leise Kaugeräusche, die mir vor allem dann auffallen, wenn aus den Lautsprechern an den Wänden kaum noch Geräusche klingen, um die Spannung im Film ins Unermessliche zu steigern.

Nach einer Weile dreht er sich dann aber doch zu mir um. »Ich hab immer noch Hunger. Hast du noch was zu essen? Immerhin gehört es ja mir …«

Kurz überlege ich, ob ich ihm das Slushy an den Kopf werfen soll, aber sein beinahe flehender Gesichtsausdruck ist gerade so hinreißend niedlich, dass ich kurz vergesse, ihn zu hassen.

»Kannst du fangen?« Ohne eine Antwort abzuwarten greife ich nach dem Popcorneimer und werfe mit einem der großen, schwer gezuckerten, nur halb aufgepoppten weißen Körner in einem möglichst hohen Bogen in die ungefähre Richtung seines Mundes.

Schnell reagiert er und springt ein wenig hoch, sodass er das Popcorn äußerst sportlich fängt. Nicht schlecht.

»Also, das schmeckt echt ekelig!«, beschwert er sich kauend. »Mach das lieber mit dem Eiskonfekt!«

Ich greife nach der Schachtel.

»Mit dem Eiskonfekt hier?«, frage ich und wedle damit herum.

Als Marc nickt, kann ich einfach nicht widerstehen und stecke mir genüsslich eine der Pralinen mit dem inzwischen schon ganz weichen Eiskern in den Mund.

»Mhhh … Sind die gut!«

»Du miese Diebin!«, regt Marc sich auf und klettert nicht weniger elegant als ich über die Sitze auf mich zu.

Instinktiv springe ich auf und setze mich in Bewegung, und schon rennen wir kreuz und quer durchs Kino. Wir jagen lachend durch die nur spärlich beleuchteten Reihen und bewerfen uns mit allem, was wir im Halbdunkel zwischen die Finger bekommen. Popcorn, Eiskonfekt, leere Cola-Kinderbecher, Jumbo-Eimer, leere Gummibärchentüten vergangener Vorstellungen … alles. Es werden keine Gefangenen gemacht.

Als ich merke, dass mir die Puste ausgeht, renne ich nach hinten, husche schnell in eine der letzten Reihen und verstecke mich mit meinem noch verbliebenen Vorrat an Eiskonfekt in einer dunklen Lücke zwischen zwei Sitzen, in der vor langer Zeit sicherlich einmal ein dritter gestanden hat. Aufgrund meiner eher geringen Körpergröße und der unzureichenden Beleuchtung im Kino gelingt mir das so gut, dass ich Marc an mir vorbeihuschen sehe. Ich unterdrücke ein siegessicheres Lachen und will mir als Belohnung gerade eine weitere Eispraline genehmigen, als ich auf einmal die Schritte meines Verfolgers näher kommen höre. Mein Herz schlägt mir bis zum Hals. Jetzt hilft mir nur noch das Überraschungsmoment. Todesmutig springe ich auf und hoffe, Marcs daraufhin eintretende Schockstarre zu nutzen, um mich mit meiner Beute in Sicherheit zu bringen. Allerdings habe ich nicht mit Marcs Dickschädel gerechnet.

Im wahrsten Sinne des Wortes.

Denn gerade als ich aufspringe, beschließt Marc, auf mich zu zustürmen, um mir meinen Schatz zu klauen, und so krachen wir mit voller Wucht mit den Köpfen gegeneinander.

»Au!«, jaule ich auf, und Marc gibt einen nicht weniger klagenden Laut von sich.

Wir reiben uns beide die Schädel. Es tut verdammt weh. Ich tapse ein paar Schritte zur Seite und lehne mich an die Wand. Das Pochen in meinem Kopf beginnt zum Glück bereits wieder abzuflauen, und ich lasse mich – die fast leere Schachtel Eiskonfekt fest umklammert – daran herabsinken. Ich weiß nicht genau, was hier alles auf dem Boden liegt, auf jeden Fall ist es klebrig, aber im Grunde macht es mir auch nichts mehr aus. Ich brauche einfach eine kurze Verschnaufpause.

Marc scheint die Idee zu gefallen, denn auch er setzt sich nun auf den Boden, so dicht neben mich, dass ich seinen Körper an meiner Seite spüren kann.

»Wozu braucht man überhaupt Stühle?«, höre ich seine Stimme neben mir. »Ich finde, die werden doch total überbewertet.«

Ich drehe den Kopf in Marcs Richtung, aber dank des von der Leinwand ausgehenden Gegenlichts kann ich nur sein Profil sehen, das sich jetzt dunkel von den kreischenden Jugendlichen im Film abhebt, die im Hintergrund um ihr Leben rennen.

Einen Moment lang betrachte ich ihn schweigend und stelle mir vor, dass das hier, der Junge neben mir, nicht Marc Rothe ist, sondern jemand ohne dieses durchsetzungsfähige Arschlochgen und die blöden Sprüche, jemand ohne die fiesen Blicke und die bissigen Bemerkungen. Einfach nur Marc. Ein Typ mit einem bemerkenswert guten Geschmack, sowohl was Süßigkeiten als auch Filme angeht, der Popcorn mit dem Mund fangen kann und sich mit mir eine Verfolgungsjagd im Kino liefert. Der Marc hier, der Kino-Marc, gefällt mir – was vermutlich daran liegt, dass er nichts sagt.

Als würde er meine Gedanken lesen können, macht er plötzlich Anstalten, seinen Mund zu öffnen. Schnell greife ich in die Schachtel mit dem Eiskonfekt und stecke ihm eine

Praline in den Mund – obwohl es, wie ich gerade zu meinem Bedauern feststellen muss, die Letzte ist, aber Opfer müssen gebracht werden.

Ich möchte jetzt einfach keinen dummen Kommentar von ihm hören, keine abfällige Bemerkung. Einfach nur den Moment genießen, das möchte ich jetzt.

Ich brauche ihn nicht anzugucken, um zu wissen, dass er lächelt, denn ich lächle auch.

Plötzlich greift Marc nach meiner Hand, steht auf und zieht mich mit sich hoch. Aber anstatt mich danach loszulassen, hält er weiter meine Hand und geht auf die Leinwand zu, und ich, was soll ich auch anderes machen, immerhin hält er meine Hand fest umklammert, laufe ihm hinterher. Mal wieder. Zusammen klettern wir auf die Erhebung, die die Zuschauer normalerweise vom Film trennt.

Marc lässt meine Hand los, stellt sich in die Mitte der Leinwand und scheint auf etwas zu warten. Dann breitet er plötzlich die Arme aus, und ein riesiges Klavier fällt vom Himmel, direkt auf Marc, und er geht zu Boden. Vor Schock wie gelähmt kann ich nichts anderes tun, als die Hände im stummen Schrei vor meinen Mund zu halten und zuzusehen, wie Marc sich fallen lässt, als das Klavier ihn trifft. Es dauert ein paar Wimpernschläge, bis ich verstanden habe, was hier wirklich passiert. Natürlich liegt nicht Marc gerade blutend auf dem Boden. Seine Gestalt wird sanft von der des männlichen Hauptdarstellers überstrahlt, sodass die beiden nun zusammen im Film sind.

Das hier ist viel besser, als einen Film in 2D zu gucken, viel besser, als einen in 3D anzusehen, das ist einfach atemberaubend! Nach der kurzen Schrecksekunde setze auch ich mich in Bewegung und laufe synchron zu einer der weiblichen Figuren auf Marc zu, um mich dann wie sie vor seinem zuckenden Körper auf die Knie sinken zu lassen. Immerhin kenne auch ich den Film in- und auswendig. Einen Moment lang sehe ich es überrascht in Marcs Augen aufblitzen, doch dann schließt er die Lider schnell wieder. Schließlich stirbt er gerade. Er macht seine Sache wirklich gut, das muss man ihm lassen, und ich werde zu dem Mädchen, das auf meine Haut gestrahlt wird. Ich schluchze, schreie, verdamme alles und jeden und frage nach dem Warum. Ganz nach Drehbuch. Vorsichtig beuge ich mich über Marc, so wie es das Mädchen im Film macht, bis unsere Gesichter nur noch wenige Zentimeter voneinander entfernt sind. Marcs Augen sind geschlossen, aber seine Mundwinkel sind erwartungsvoll angehoben. Seine Atmung ist auf einmal zittrig, so als ob er nicht weniger aufgeregt wäre als ich. Er kennt den Film und weiß genau, was gleich passiert, weiß, dass sich das Mädchen gleich mit einem Kuss von ihrem Geliebten verabschieden wird – und er fordert mich heraus, will sehen, wie weit ich sein Spiel mitspiele.

Unsere Lippen sind nur noch wenige Millimeter voneinander entfernt. Ich kann bereits die Wärme, die von seinem Körper ausgeht, auf meiner Haut spüren und bekomme eine wohlige Gänsehaut davon. Plötzlich schlägt er die Augen auf und sieht mich herausfordernd an. Und ich … ich sehe, wie das Eis darin einen kleinen Riss bekommt, und spüre, wie mein Herz das mit schnellem Schlagen zur Kenntnis nimmt. Mit sehr schnellen Schlägen.

Nein. O nein. Nein, nein, nein. Das darf nicht passieren. Ich darf jetzt nicht anfangen, etwas für ihn zu empfinden!

Meine Hände, mit denen ich mich etwa auf seiner Augenhöhe neben ihm abstütze, beginnen zu zittern, was dafür sorgt, dass meine Arme peinlich schlottern. Und Marc? Ist das wirklich alles noch die Wette? Das, was ich gerade in seinen Augen sehe, kann nicht gespielt sein. So gut ist keiner, oder?

Da fällt auf einmal Licht in den Kinosaal, erleuchtet das ganze herrliche Chaos, das Marc und ich in der letzten halben

Stunde angerichtet haben, und macht mir sein volles Ausmaß bewusst. Überall liegt Popcorn. Leere Pappschachteln, Becher und Tüten sind wie schlecht versteckte Eier an Ostern auf den Sitzen platziert. Die Hälfte des Slushys, die ich nicht getrunken habe, ergießt sich in einer blauen Pfütze über den Boden, außerdem steckt in einer der Rückenlehnen ein Kinderstrohhalm wie ein Pfeil – und dann sind da noch Marc und ich, vor der Leinwand, er liegend, ich dicht über ihn gebeugt, kurz vor dem Kuss.

Ich möchte gar nicht wissen, wie das in den Augen des Mannes dort in der Tür – vermutlich ist er der Kinobesitzer – wirken muss. Keiner bewegt sich, beide starren wir ihn an, wie Rehe, die das Scheinwerferlicht eines zu schnellen Autos erblicken, und warten, was jetzt passiert.

»Was macht ihr hier?«, beginnt er wütend zu schreien und sieht dabei aus, als würde er gerade erst anfangen.

Nachdem der Kinobesitzer – ja, er war es tatsächlich – seine Schimpftirade beendet hat, konnte Marc ihn davon überzeugen, uns den Saal putzen zu lassen und die Sache damit zu vergessen. Also habe ich meinen geplanten Kino-Date-Abend am Ende nicht mit Filmegucken, sondern mit Kinoschrubben verbracht. Mal was Neues. Der Zitronengeruch vom Putzmittel hängt mir noch immer in der Nase. Ich wette, so sauber war das Kino seit Jahren nicht mehr!

Ich schließe die Augen und lehne meinen Kopf an die kühle Scheibe des Busses. In meinen Ohren Musik, in meinem Kopf ein einziges Chaos und in meinem Herzen so ein komisches Ziehen – und alles nur wegen einem Beinahe-Kuss. Was ist denn da überhaupt in mich gefahren?! Ich muss mir den Kopf schwerer gestoßen haben, als ich gedacht habe. Was ja auch kein Wunder ist, bei so einem Dickschädel wie Marc.

Die Situation, kurz nachdem wir aufgeflogen sind, kommt jedenfalls definitiv unter die Top 5 meiner merkwürdigsten Momente. Der Kinobesitzer hat es sich natürlich nicht nehmen lassen, uns bei unserer Aufräumaktion die ganze Zeit über genauestens zu beobachten und uns ununterbrochen auf unsere unzureichende Arbeit hinzuweisen, sodass sich die Gespräche mit Marc auf ein Minimum begrenzt haben. Abgesehen davon, dass ich auch gar nicht gewusst hätte, was ich sagen soll, gab es zwischen gelegentlichen Fragen wie »Gibst du mir mal den Staubsauger?« und »Meinst du, dieses Kaugummi hier ist älter als ich?« auch wirklich kaum die Chance, über unseren Beinahe-Kuss zu reden.

Außerdem: War es denn überhaupt einer? Ich meine, hätte ich, wenn wir nicht unterbrochen worden wären, wirklich die letzten Millimeter zwischen unseren Lippen überbrückt? Hätte ich den Mund geküsst, der mich erst ein paar Stunden zuvor noch so in den Wahnsinn getrieben hat – und das meine ich jetzt nicht im positiven oder gar romantischen Sinne! Ich möchte gern glauben, dass ich es nicht getan hätte. Dass ich ihm im letzten Moment anstelle eines Kusses vielleicht eine Kopfnuss gegeben und irgendeine witzige Bemerkung gemacht hätte, weil die ganze Situation so vollkommen irrsinnig war. Möchte ich wirklich, aber da ist dieses kleine Fünkchen Unsicherheit, das an mir nagt. Ich kann nicht hundertprozentig sagen, was ich getan hätte, und das ärgert mich ungemein. Denn eigentlich sollte es eine klare Entscheidung sein: kein Kuss für den stadtbekannten Herzensbrecher Marc Rothe. Schon allein aus dem Grund, dass ich dann womöglich auch nichts weiter als eine Kerbe im sprichwörtlichen Bettpfosten sein würde, ein weiterer Name auf der Liste von Marcs zahlreichen Eroberungen. Außerdem – und das ist der Hauptgrund – liebe ich Leo. Punkt.

Mein Schädel brummt, und die Stelle an der Scheibe, an

der meine Stirn lehnt, ist mittlerweile schon beinahe körperwarm oder fühlt sich zumindest so an. Deswegen verlagere ich meinen Kopf ein Stückchen weiter nach vorne. Das ist zwar etwas unbequem, aber dafür wenigstens wieder angenehm kühl.

Mein Magen zieht sich leicht zusammen, als ich daran denke, wie Marc und ich schließlich alleine vorm Kino gestanden haben, schweigend und vor plötzlicher Kälte zitternd.

»Ich muss in die Richtung«, habe ich Marc schließlich mit schlotternden Knien erklärt und nach rechts genickt, wo ein paar Straßen weiter meine Bushaltestelle ist.

»Ich lauf ein Stück mit«, hat er geantwortet und seine Worte sofort in die Tat umgesetzt, sodass sich mein »Brauchst du nicht« erübrigt hat.

Den Weg über waren wir weiterhin in ein unbehagliches Schweigen gehüllt, das auch dann noch anhielt, als ich mich auf die Bank im Bushäuschen gesetzt und Marc sich an die Plexiglasverkleidung des selbigen gelehnt hat.

»Danke, dass du mit mir wartest«, habe ich gesagt und nervös auf den Busfahrplan geschielt. Drei Minuten. Rückblickend betrachtet die längsten drei meines Lebens. Mit Marc breche ich wirklich alle Rekorde.

Seine Antwort war ein Nicken und irgendeine Art undefinierbares Brummen. Ich habe ihn angesehen und erwartet, dass Marc mich jeden Moment mit dem potenziellen Beinahe-Kuss aufzieht, aber nein: Er hat – buchstäblich – nichts gesagt. Die Wahrscheinlichkeit, Marc Rothe sprachlos zu erleben, muss auch gegen null gehen.

»Das ist mein Bus«, habe ich schließlich erleichtert bemerkt, als sich die Scheinwerfer des Fahrzeuges näherten.

»Okay, alles klar«, meinte Marc und hat sich daraufhin lässig vom Haltestellenhäuschen abgestoßen.

Als sich die Bustüren öffneten, haben wir beide gleichzeitig den Mund aufgemacht, sind dann aber, als wir die Idee des jeweils anderen bemerkt haben, ebenso plötzlich und sogar beinahe synchron wieder verstummt. Keiner hat den anderen aufgefordert, zuerst zu reden. Dabei würde ich, wenn ich jetzt so darüber nachdenke, zu gerne wissen, was Marc sagen wollte.

Er hat noch einen Schritt auf mich zu gemacht, und ich habe die Augen erschrocken aufgerissen und ihm etwas unbeholfen meine Hand hingestreckt, die er schmunzelnd genommen und sanft geschüttelt hat.

»Dann bis dann«, hat Marc gesagt und meine Hand einen Tick zu lange festgehalten.

»Ja«, habe ich schnell erwidert und mich von ihm befreit. »Dann bis dann.«

Ich bin daraufhin in den Bus gestiegen, dessen Türen sich keine Sekunde später quietschend geschlossen haben.

Jetzt wünschte ich, dass ich Mara anrufen könnte, um mit ihr alles zu bereden und ausgiebig zu deuten, aber es ist schon entsetzlich spät, und ich habe Angst, sie zu stören. Außerdem hat sie in letzter Zeit schon genug von meinen Männerproblemen aushalten müssen. Kein Wunder, dass sie sich zurückgezogen hat. Nach zwei Wochen Trübsal blasen hat sie sich eine Pause von mir verdient.

Hinter meinen geschlossenen Lidern kann ich die Lichter der letzten noch erleuchteten Schaufenster und Häuser vorbeitanzen sehen. Alles bewegt sich, zieht vorbei, während ich mich fühle, als würde ich still stehen.

Außerdem habe ich Mara aber auch gar keine Chance gelassen, über sich zu reden, immerhin habe ich in der letzten Zeit in meinem eigenen Kummer förmlich gebadet, völlig blind dafür, dass auch das Leben meiner besten Freundin wichtig ist. Wahrscheinlich wollte sie mir sogar erzählen, dass sie ohne mich zu den Fußballspielen geht, und ich Idiotin habe ihr einfach nie die Chance gelassen, weil ich davon ausgegangen bin, dass sich alles nur um mich dreht. Klingt leider nicht unwahrscheinlich.

Der Tag morgen, beschließe ich, wird offiziell zum »Mara Tag«, an dem sich alles nur um meine beste Freundin dreht. Marc, seine Wette und mein Leo Plan müssen Pause machen.

Mit einem Ruckeln kommt der Bus zum Stehen. Schnell klaube ich meine Sachen zusammen, stopfe sie in meine Tasche und springe dann eilig in die kalte Nacht hinaus. Draußen ist es mittlerweile stockdunkel. Die Putzaktion hat ganz schön lange gedauert, und morgen schreibe ich auch noch eine Matheklausur in Stochastik. Die Wahrscheinlichkeit, dass ich die bestehe? Nicht sehr hoch! Das weiß ich auch, ohne dafür gelernt zu haben.

Ich brauche ein paar Versuche, um die Haustür zu öffnen, da ich mich bemühe, möglichst leise zu sein. Die Tatsache, dass wir in einem Altbau wohnen, macht mein Vorhaben nicht unbedingt leichter. Noch im Treppenhaus schlüpfe ich aus meinen abgelaufenen Turnschuhen und angle sie dann an den Schnürsenkeln, um auch ja kein Geräusch zu verursachen. Auf Zehenspitzen balancierend schleiche ich vorsichtig in die Wohnung und bemühe mich, die Tür so leise wie möglich zu schließen. Ich gehe bis ans Ende des Flures, wo sich mein Zimmer befindet, und bin so glücklich wie noch nie, dass die Tür nur angelehnt ist, denn so kann ich geräuschlos in mein Reich eintauchen. Licht anzumachen traue ich mich nicht. Man könnte es im Flur sehen.

Ich meine, es ist nicht so, dass ich total strenge Eltern habe, eher das Gegenteil. Für Elternverhältnisse sind sie wirklich locker, manchmal sogar zu locker. Mein Papa lebt am anderen Ende der Stadt zusammen mit seiner Freundin Carola und einer Katze, deren Namen ich mir nie merken kann, weil das irgend so ein absolut lächerlicher ist, den nicht einmal Promieltern in Amerika mit ihren Früchteeisbechersprösslingen toppen können. Vielleicht ist es auch ein Kater, keine Ahnung, auf jeden Fall ist es eines der fettesten Tiere auf diesem Planeten, zumindest wenn man das Verhältnis von Größe zu Gewicht als Maß nimmt. Ich habe ein gutes Verhältnis zu meinem Papa und unternehme auch oft etwas mit ihm und Carola, mit der ich mich auch gut verstehe. Meine Eltern haben sich getrennt, als ich gerade etwas älter als ein Jahr alt war, also kenne ich es nicht anders. Bevor sie zusammenkamen, waren sie gute Freunde, und jetzt sind sie es wieder. Ich bin nichts anderes gewohnt, und ich kann mich auch nicht beschweren und sagen »Ach, es wäre schön gewesen, mit meinem Vater aufzuwachsen!«, weil ich genau das getan habe. Er lebt nur eben immer eine Dreiviertelstunde von mir entfernt.

Hätte ich nicht schon die tollste beste Freundin der Welt in Mara gefunden, wäre meine Ma eine optimale Besetzung. Ich meine, es ist wirklich schön, eine Mutter zu haben, mit der man über alles reden kann, die sich zusammen mit dir beim Chinesen um die Ecke den Magen vollschlägt und dir erlaubt, die Schule zu schwänzen, wenn du mal keine Lust hast. Nur in dem Moment, in dem sie, während ihr miteinander in der Fußgängerzone bummelt, anfängt, sich mit dir über die Hinterteile von Jungs zu unterhalten und dabei Wörter wie »knackig«, »wohlgeformt« und »prall« verwendet … Das geht eindeutig zu weit. Mir zumindest. Vor allem, wenn man bedenkt, dass Marc ein optimaler Kandidat für ihre Kommentare wäre.

Jedenfalls versuche ich, sie wegen solcher Sachen nicht aufzuwecken, während ich mich bettfertig mache. Wie gesagt, ich schreibe morgen eine Matheklausur in der ersten Stunde, und würde Ma mich bemerken, würde sie darauf bestehen, mich jetzt sofort ausgiebig bei einer Tasse heißer Schokolade über den Grund meines späten Heimkommens auszufragen. Da mir, selbst wenn ich auf der Stelle einschlafen sollte, nur noch etwas mehr als fünf Stunden Schlaf bleiben, kann ich so ein langes Gespräch echt nicht auch noch gebrauchen. Besonders, weil meine Ma noch nicht einmal weiß, dass ich mich von Leo getrennt habe. Ich habe es einfach nicht übers Herz gebracht, ihr davon zu erzählen. Nicht nur, weil sie Leo so gern hat, sondern auch, weil es sich noch immer nicht echt anfühlt, dass wir kein Paar mehr sind.

Langsam kuschle ich mich in mein Bett, atme den vertrauten Waschmittelgeruch ein, der an meinem Kissen haftet, und genieße das Gefühl der weichen Matratze unter mir, während ich sachte in tiefen Schlaf falle. In meinen Träumen erklärt Leo mir, dass er einen furchtbaren Fehler begangen hat und küsst mich so wie früher.

Donnerstag

»Anne!«, schreit meine Mama, und wenn ich sage, sie schreit, dann meine ich auch genau das.

Nein, ich will meine Augen noch nicht aufschlagen. Nein, nein, nein, nein! Ich weiß, wenn ich die Lider anhebe, wird Leo, der jetzt in meinem süßen Halbschlaf noch ein wenig bei mir ist, verschwinden.

»Anne! Steh sofort auf!«, ruft meine Mama hartnäckig.

Ich höre, wie in der Wohnung unter uns ein Fenster aufgerissen wird.

»Ja, Anne! Bitte steh auf!«, ertönt die wütende Stimme von Herrn Schmidt, unserem Nachbarn. Er schiebt immer Spätschichten, und wenn ich aufstehe, geht er üblicherweise ins Bett.

Ich seufze, zähle noch einmal bis 17. Das ist meine Glückszahl. Dann strecke ich meine Arme und Beine so weit von mir, bis ich die Gelenke knacken höre, und taste dann nach dem Lichtschalter an der Wand neben meinem Bett.

Die Tage werden draußen zwar schon wieder länger, aber es ist noch lange nicht so, dass mich morgens die ersten Sonnenstrahlen wach kitzeln können. Um der winterlichen Dunkelheit trotzdem irgendwie ansatzweise entfliehen zu können, brauche ich immer noch drei Glühbirnen à 60 Watt, die mein Zimmer in ekelig gelbes Licht tauchen. Der kleine Raum mit strahlend weißen Wänden, an denen hie und da ein paar Fotos hängen, ist mit einem vollgestellten Schreibtisch gegenüber vom Bett und einem Kiefernholzkleiderschrank nur spärlich möbliert. Auf dem Boden liegen meine Klamotten von gestern sowie die Wäsche der letzten Tage, und an meine Zimmerdecke haben Mara, Leo und ich vor langer Zeit mit fluoreszierender Farbe Tausende Sterne gemalt. Kurz muss ich daran denken, wie wir damals den ganzen Tag geschuftet und danach die ganze Nacht wach gelegen haben. Alle drei auf mein ohnehin schon recht kleines Bett gequetscht, ein einziges Knäuel aus verschränkten Gliedern. Wir haben an die Decke gestarrt und alte Geschichten ausgegraben. Wir waren einfach glücklich. Damals. Ich weiß nicht warum, aber das war der schönste Tag meines bisherigen Lebens. Im Baumarkt haben Mara und ich zusammen im Einkaufswagen gehockt und sind von Leo angeschoben worden, als wir die Farbe gesucht haben, danach sind wir den ganzen Weg zu Fuß nach Hause gelaufen, weil es so ein schöner Sommertag war. In meinem Zimmer haben wir dann nicht nur die Decke, sondern uns auch gegenseitig angemalt. Das alles, diese Ausgelassenheit, das war einfach wundervoll. Wie vertraut wir miteinander gewesen sind. Ich vermisse das. Sehr. Aber das ist vorbei. Zumindest, bis mein Plan aufgeht.

Ich möchte mein Bett nicht verlassen, aber ich weiß, ich muss. Probeweise strecke ich einen Fuß unter meiner Decke hervor, nur um ihn dann ruckartig wieder zurückzuziehen. Warum muss es auch so kalt sein? Da kann doch niemand ernsthaft von mir erwarten, morgens mit einem Lächeln im Gesicht aus dem Bett zu hüpfen. Am besten noch fünf Minuten bevor mein Wecker klingelt, in freudiger Erwartung auf den Tag. Aber es hilft ja nichts. Langsam stehe ich doch (widerwillig) auf und schlurfe ins Badezimmer.

Nachdem ich mit meiner morgendlichen Routine fertig bin, gehe ich, meine Schultasche schon umgehängt, in die Küche, wo Ma mich bereits mit einem freundlichen Lächeln auf den Lippen erwartet. Vor ihr liegt eine aufgeschlagene Zeitung, aber es wirkt willkürlich. Ich sehe meine Mama hier immer mit einer Zeitung vor sich liegen, aber ich sehe sie niemals darin lesen.

»Danke«, sage ich und nehme mir die Tasse mit heißem Kakao, die sie für mich auf die Arbeitsplatte gestellt hat. Vorsichtig nippe ich an dem Getränk, frei nach dem Motto: »Wenn ich trinke, kann ich nicht sprechen.«

»Warum bist du eigentlich so spät nach Hause gekommen?«, fragt Ma noch immer lächelnd, allerdings ohne irgendeine Gefühlsregung in der Stimme.

Das ist so eine Sache. Einerseits ist meine Ma unheimlich locker, andererseits erwartet sie im Gegenzug, dass ich ihr alles erzähle.

»Jaaa-ha, ich hab noch mit Mara für die Matheklausur heute gelernt. Hat ein bisschen länger gedauert, und ich hab ganz vergessen, dir Bescheid zu sagen. Tut mir leid«, erkläre ich und versuche überzeugend zu wirken. Ich, die wohl schlechteste Lügnerin aller Zeiten.

Aus Mas Lächeln wird ein überlegenes Grinsen. »Ich habe Mara angerufen.«

Mist.

Ich verbrenne mir die Zunge am heißen Kakao und haste zum Waschbecken, um mir den brennenden Mund mit kaltem Wasser auszuspülen. Wahrscheinlich nicht gerade die klügste Reaktion.

»Willst du etwas dazu sagen?«, fragt Ma, nun doch ziemlich ungeduldig.

Ich fühle mich plötzlich wie beim Kreuzverhör in einer Gerichtsverhandlung. Kurz muss ich den Drang unterdrücken, mir die Haare zu raufen, auf die Knie zu sinken und an die Decke gerichtet zu schreien: »Schuldig im Sinne der Anklage!« Aber das ist vermutlich nur der Schlafmangel, der da aus meinem Unterbewusstsein spricht.

»Ja, okay, gut, ich habe nicht für Mathe gelernt.«

»Und ich habe nicht bei Mara angerufen. Anne, ich kenne dich, und ich weiß, dass du in diesem Leben nicht mehr für Mathe lernen wirst. Deine Ausrede war zu schlecht. Jetzt bin ich neugierig. Also, was war los?«, löchert sie mich weiter, klingt aber eher enttäuscht als gespannt.

»Maaa«, sage ich gedehnt, bekomme aber keine Antwort, und so starren wir uns eine Weile an, ohne ein Wort zu verlieren.

»Ich muss wirklich los, wenn ich nicht zu spät zur Klausur kommen will!«, bettle ich.

Ma lächelt mitfühlend. »Ob du jetzt pünktlich kommst oder nicht, wird auch nichts mehr daran ändern, dass du die Arbeit verhaust!«

»Ist das ein Freifahrtschein zum Schwänzen?«, erlaube ich einem winzigen Funken Hoffnung in mir den Weg an die Oberfläche.

»Nein, eher eine Versicherung, dass du nicht drum herumkommen wirst, mir zu erzählen, was du gestern Nacht so lange getrieben hast. Immerhin hast du dir ja große Mühe gegeben, mich nicht aufzuwecken«, Ma grinst mich wissend an. »Und jetzt husch, ich will eine Eins sehen!«

Ich lächle müde zurück. »Sicher«, sage ich, gehe auf sie zu und drücke ihr sanft einen Kuss auf die Wange. »Hab dich lieb, Ma.«

Ihr »Ich dich auch« geht irgendwo zwischen mir und der Tür, durch die ich hetze, unter.

Ein großer Vorteil von kurzen Haaren ist, dass sie schnell trocknen. Nur einmal hektisch zum Bus rennen, um die letzte Linie zu erwischen, die einen halbwegs pünktlich zur Schule befördert, und schwups: Die Haare sind trocken und bereits fertig frisiert. Ich meine, wozu Geld für Haarstylingprodukte ausgeben, wenn man die beliebte Sturmfrisur umsonst haben kann? Das, wofür andere Mädchen – und angeblich auch

Jungs – eine Stunde früher aufstehen – und das jeden Tag! –, bekommen der Wind und ich in unter zwei Minuten hin. Wenn ich könnte, würde ich mir jetzt selbst ein High-Five geben. Gut gemacht, Anne!

Den Bus erreiche ich gerade noch rechtzeitig und ernte ein missbilligendes Schnauben vom Busfahrer sowie eine Ermahnung, nächstes Mal früher da zu sein. Ich bin eigentlich ein pünktlicher Mensch, nur morgens … Das ist einfach nicht meine Tageszeit, und da ich mich von diesem Busfahrer nur morgens kutschieren lasse, vermute ich, dass er mich völlig falsch einschätzt. Trotzdem hat er mich irgendwie gern, denn er wartet jedes Mal auf mich, wenn ich mit windgetrockneten Haaren um die Ecke sause und mit wild wedelnden Armen auf ihn zu renne.

Siehst du, Leo, wie liebenswert ich bin?

♥ ♥ ♥

Der Bus hält ein paar Straßen von meiner Schule entfernt, sodass ich noch ein kleines Stückchen zu Fuß laufen muss. Während ich das tue, stecke ich mir die Haare mit jeder Menge kleiner Klammern zurück, damit sie nicht ganz so sehr in alle Himmelsrichtungen abstehen und mich stören.

Das Schulgebäude sieht von außen fast schlimmer aus als von innen. Wie ein Gefängnis aus grauen, abgekauten Backsteinen. Vor dem Gebäude stehen meine Mitschüler schon in zahlreichen kleinen Gruppen und diskutieren angeregt über dieses und jenes. Froh, nicht zu spät zu sein, verlangsame ich meine Schritte und lasse den Blick nach bekannten Gesichtern suchend durch die Menge schweifen, während ich über den Schulhof in Richtung Eingang gehe – und bleibe überrascht an einem hängen, das eigentlich nicht hierhergehört. Ich hätte nicht damit gerechnet, ihn hier zu sehen. Er steht etwas abseits und beobachtet die anderen, ebenfalls nach etwas oder jemandem Ausschau haltend. Im Gegensatz zu mir, die vermutlich aussieht, als hätte sie zwei Runden zu viel im Wäschetrockner hinter sich und mindestens acht Stunden zu wenig Schlaf, wirkt er wie das blühende Leben. Frisch aus dem Ei gepellt, die schwarzen Haare auf den Punkt zerzaust, und soweit ich das aus der Entfernung erkennen kann, keine Anzeichen von Müdigkeit in den eisblauen Augen.

Gerade als ich mich frage, was er hier sucht, findet sein Blick meinen und lässt ihn nicht mehr los, bis er vor mir steht.

»Hey«, sagt Marc und grinst dabei selbstgefällig, als würde er erwarten, dass ich jetzt vor Freude gleich auf und ab springe, nur weil er hier ist. Vielleicht ist das ja die übliche Reaktion auf seine Anwesenheit, aber nicht mit mir. So charmant ist er nicht.

Plötzlich streckt er mir seine Hand entgegen, genau so wie ich es gestern zum Abschied getan habe, und ich ergreife sie, ganz als wäre ich die Marionette irgendeiner höheren Macht, und schüttle sie. Meine Finger sind auf einmal butterweich, und meine Knie scheinen es ihnen gleichtun zu wollen. Okay, vielleicht ist er doch ein bisschen charmant. Vor allem wenn der eine Mundwinkel wie jetzt ein bisschen mehr lächelt als der andere.

»Hey«, erwidere ich, aber ich habe meine Stimme nicht richtig unter Kontrolle, und sie kiekst ein wenig, obwohl man meinen müsste, bei einer einzigen Silbe sollte das gar nicht möglich sein. Ich hoffe, es ist Marc nicht aufgefallen.

Jetzt, wo er direkt vor mir steht, kann ich doch ein paar blassdunkle Schatten unter seinen Augen erkennen. Ich weiß nicht, wie er es anstellt, aber irgendwie wirkt er dadurch noch attraktiver, verwegener, irgendwie aufregender. Echter.

Ja, es macht mich nervös, dass er hier ist. Dass er auf einmal über das Wann und Wo entscheidet und mir so die Kontrolle über den Leo Plan entzieht. Ja, ihn sogar ein bisschen ins Wanken bringt, denn da ist seit gestern ein kleiner Teil in mir, der Marc mag und der rasch zu wachsen beginnt, wenn er mich so anlächelt wie jetzt. Ein klitzekleiner Teil, dem es plötzlich nicht einmal mehr schwerfällt zurückzulächeln, obwohl er genau weiß, dass es die Wette gibt.

»Was machst du hier?«, frage ich endlich, weil es mir unangenehm ist, wenn wir uns schon wieder nur anschwiegen.

»Ich dachte, ich lade dich auf 'nen Kaffee oder so ein. Du weißt schon, um Kinoschulden zurückzubezahlen.« Marc zwinkert mir verschwörerisch zu, und mein Lächeln wird noch breiter – bis mir wieder einfällt, wo ich gerade stehe und was in wenigen Minuten auf mich wartet.

»Glaub mir, auch wenn die Vorstellung von einer Dosis Koffein wirklich verlockend ist, kann ich nicht einfach schwänzen. Ich schreib gleich 'ne Mathearbeit«, erkläre ich, obwohl Marcs Vorschlag mit jedem Wort verlockender klingt.

»Sicher?« Er sieht mich herausfordernd an.

»Die Klausur? Ja. Leider«, seufze ich.

»Ganz sicher?« Da hebt Marc seine Hand an mein Gesicht und streicht mir mit den Fingerspitzen eine Strähne hinters Ohr, die es aus dem Klammergriff einer der Haarspangen geschafft hat – und ich erstarre, während die Stelle, an der er mich berührt hat, anfängt, leicht zu kribbeln.

»Ja.« Mehr bekomme ich nicht raus, denn ich bin viel zu sehr damit beschäftigt, panisch den Schulhof nach Leo abzusuchen, um zu sehen, ob er mich dabei erwischt hat, wie ich hier mit Marc … Moment, genau das ist doch der Plan. Eigentlich wäre es sogar klasse, wenn er es täte. Ich meine, auf Leo muss es wirken, als würden Marc und ich hier hemmungslos miteinander flirten und als wäre das mit Marc und mir etwas relativ Ernstes. Welcher Junge, mit dem man sich einfach nur ein Mal getroffen hat, taucht schon bei einem an der Schule auf und will blaumachen, während er einem sanft die Strähne hinters Ohr streicht? So was machen zukünftige feste Freunde. Oder – und bei dem Gedanken wird mir doch wieder etwas flau im Magen – Jungs, die eine Wette zu gewinnen haben. Warum verdränge ich dieses kleine, aber nicht unwesentliche und vor allem von einem seiner Freunde eindeutig bestätigte Detail eigentlich immer wieder? Marc will mich rumkriegen, und ich nutze das aus. Er meint es nicht ernst mit mir, Leo hingegen meint es ernst mit mir, wenn ich ihn denn wieder so weit kriege, dass er etwas von mir will.

»Tja, schade. Aber da kann man wohl nichts machen.« Kurz wirkt es so, als würde meine Abfuhr Marc wirklich treffen. »Dann habe ich den weiten Weg fast umsonst gemacht.«

»Fast?«, frage ich, obwohl ich bereits ahne, was gleich kommt. Er hat auf einmal wieder dieses verdächtige, selbstgefällige Grinsen im Gesicht.

»Na ja, ich habe dich wenigstens gesehen.« Bitte nicht. Der alte Marc ist zurück, und er flirtet auf die plumpste Weise, die ich je gesehen habe. Dabei schaut er mir tief in die Augen, und er weiß genau, wie hypnotisierend sein eisblauer Blick auf Frauen – also auch auf mich – wirkt.

Ich blinzle ein paarmal, versuche mich etwas zu fangen. »Woher wusstest du überhaupt, dass ich hier zur Schule gehe?« Das interessiert mich wirklich, weil Marc aufs Goethe geht, quasi am anderen Ende der Stadt.

»Das war nicht so schwer.« Er zuckt mit den Schultern. »Du hast gestern beim Spiel von ›deinen Leuten‹ gesprochen, und die Jungs vom alten Hafen gehen hier zur Schule.«

Er hört mir also doch zu. Wer hätte das gedacht?

»Komm schon, Anne. Mach dich endlich mal locker.« Diesmal schaut er mich überraschend ernst an. »Es kann doch echt nicht so schwer sein, sich zwischen mir und einer Matheklausur zu entscheiden, oder?«

Ich seufze und lasse meinen Blick umherwandern, um nicht

von seinen blauen Augen und seinem verlockenden Angebot eingelullt zu werden. Wenn ich doch nur Mara oder meinetwegen Zoe entdecken würde! Ich habe das Gefühl, mit einer der beiden an meiner Seite wäre es leichter, Marc zu widerstehen und ihn zum Gehen zu bewegen. Stattdessen bleibt mein Blick an Lena hängen, die zusammen mit ein paar anderen Mädchen zu uns rüber starrt und dabei hektisch die Lippen bewegt. Ich kann mir ziemlich gut denken, was sie sagt, und es ist nichts Nettes. Zumindest nicht über mich. Als sie sieht, dass ich sie entdeckt habe, wirft sie trotzig ihre langen, goldenen Haare zurück und stiert mich herausfordernd an. Auch auf sie muss es wirken, als würde zwischen Marc und mir etwas laufen. Ihr Neid und ihre Eifersucht sind quasi in der Luft um uns herum zu spüren, und irgendwie verschafft mir das ein Gefühl von Genugtuung – von überraschend großer Genugtuung –, und die Klausur würde ich ohnehin verhauen.

»Okay«, gebe ich nach und schenke dem verdutzten Marc ein Lächeln. »Wohin geht's?«

»Echt jetzt?« Marc sieht mich erfreut, wenn auch noch etwas skeptisch an.

»Echt jetzt«, bestätige ich, wobei ich mir nur allzu genau darüber bewusst bin, dass Lena jede meiner Bewegungen verfolgt.

»Na, dann.« Plötzlich sehe ich so etwas wie echte Freude in Marcs Augen aufblitzen. »Es gibt da diesen Laden … Der hat den besten Milchkaffee der Welt. Komm, es ist nicht weit.«

Heute muss ich ihm nicht hinterherlaufen, als wir uns gleichzeitig in Bewegung setzen. Dieses Mal laufen wir dicht genug nebeneinander, dass sich unsere Arme hin und wieder wie selbstverständlich streifen.

Um den Schulhof zu verlassen, müssen wir an Lena und ihren Freundinnen vorbeigehen, und als wir sie erreicht haben, bleibe ich kurz stehen.

»Morgen, Lena«, sage ich gut gelaunt und nicke auch den anderen kurz zu. »Mir ist irgendwie ganz plötzlich total schlecht geworden. Kannst du mich bei Frau Dunkelmann entschuldigen?«

Ohne eine Antwort abzuwarten, gehen wir weiter. Ich weiß nicht, ob Leo uns gesehen hat, aber ich schätze, das macht jetzt auch keinen Unterschied mehr, denn ich weiß, dass Lena schon dafür sorgen wird, dass er davon erfährt.

♥ ♥ ♥

»Hey!«, beschwert sich Marc, als ich einen Keks in seinen Kaffee tunke. »Du hältst wohl auch nicht so viel von anderer Leute Privatsphäre, was?«

»Tut mir leid, wusste nicht, dass das ein privater Kaffee ist«, entschuldige ich mich mit vollem Mund.

Wir sitzen in einem kleinen Café, das nahe genug an meiner Schule ist, um es problemlos zu Fuß zu erreichen, das aber zugleich weit genug weg ist, um bisher von mir bemerkt zu werden. Es ist faszinierend, dass Marc, der noch gar nicht so lange hier wohnt, sich besser in der Stadt auskennt als ich, die ich hier schon mein ganzes Leben verbracht habe.

»Hast du noch ein paar andere Geheimtipps für mich? Irgendwelche dunklen Straßenecken, die ich in meiner Heimatstadt sehen sollte?«

Statt zu antworten, legt er den Kopf ein bisschen schräg. Sein Blick hält meinen die ganze Zeit fest, und es ist fast ein wenig unheimlich, mit was für einer Intensität er mich ansieht. Aber nur fast. Vermutlich liegt es nicht nur an dem urigen Café, dass ich mich hier so wohlfühle, sondern auch an meiner Begleitung. Ja, ich gebe es zu: Ich verbringe gerne Zeit mit Marc. Manchmal. Wenn sein Arschlochgen gerade nicht so sehr ausschlägt – und ich habe das Gefühl, dass das immer seltener passiert, je besser wir einander kennenlernen. Einen

Moment lang lasse ich mich sogar von der Vorstellung hinreißen, dass wir vielleicht sogar so etwas wie Freunde sein könnten, würde es seine Wette und meinen Plan nicht geben.

»Ich glaube, genau das ist das Problem.« Marc hält weiterhin den Blickkontakt.

»Wie bitte?« Kann er jetzt etwa meine Gedanken lesen?

»Du bist hier geboren und aufgewachsen und hast die Orte, an denen du gerne bist, durch deine Familie und dein Umfeld mehr oder weniger vorgegeben bekommen.« Endlich löst er den Blickkontakt und nimmt einen Schluck Kaffee, in dem jetzt ein paar Keksbrösel schwimmen. »Ich hingegen wohne noch gar nicht so lange hier. Chris und ich haben hier erst mal niemanden gekannt, der uns sagen konnte, wo man gut hingehen kann. Wir mussten das selber herausfinden, und das geht durch Ausprobieren nun mal am besten.«

»Klingt logisch.« Ich muss lächeln, überrumpelt von seiner unaufgeregten Ehrlichkeit. Ich kenne Marc so nicht. Seine Worte lassen mich zum ersten Mal erahnen, dass da noch etwas anderes in ihm schlummert. Etwas Nettes. »Wer ist Chris? Dein großer Bruder?«

»Ja. Er war es auch, der rausbekommen hat, dass es ganz praktisch ist, viele Orte über die Stadt verteilt zu kennen, wenn man mehrere Freundinnen gleichzeitig hat«, fährt Marc grinsend fort und macht damit all meine Hoffnungen mit einem Schlag zunichte. »Planung ist alles, wie mein Bruder sagen würde, und da stimme ich ihm voll zu.« Dann schnappt er sich einen meiner Kekse und beißt herzhaft ab.

Wie kann man nur so ein Idiot sein?

»Klar, Planung ist alles.« Vor allem sollte ich meine eigene Planung nicht immer aus den Augen verlieren. Marc verheimlicht es nicht einmal, dass er ein fremdgehender Frauenheld ist. Diese Erkenntnis hinterlässt einen faden Beigeschmack – und ein kleines bisschen enttäuschte Wut im Bauch. »Aber sag mal, planst und timest du das dann alles ganz genau? Acht Uhr Kaffee mit Anne, Viertel vor neun Abhängen mit Liz, und um zehn Uhr triffst du dann … Lina?«

»Lina treffe ich immer nur abends«, sagt er grinsend und fischt meine Kekskrümel mit dem Löffel aus seinem Kaffee. »Nein, im Ernst. Ob du's glaubst oder nicht: Du bist heute mein einziges Date.«

Ich pruste in meinen Kaffee, betrachte kurz fassungslos, wie sich meine Spucke mit der braunen Flüssigkeit vermischt, und beschließe, das Getränk nicht mehr umzu-, geschweige denn anzurühren. Als ich mich wieder gefasst habe und zu ihm aufblicke, ist der ernsthafte und beinahe hoffnungsvolle Gesichtsausdruck, den Marc zur Schau stellt, eindeutig das Schlimmste an der ganzen Situation: die Augenbrauen ein wenig angehoben, ebenso wie die Mundwinkel.

Ohne mein spezielles Hintergrundwissen würde ich ihm das vorgetäuschte ehrliche Interesse an mir glatt abnehmen und mich vollkommen einlullen lassen. Mannomann, hat er es drauf, einem vorzuspielen, man sei für ihn die Einzige, die Eine, dieses ganz besondere Mädchen, das den berüchtigten Weiberheld Marc Rothe zwar erst seit vorgestern kennt, für das er aber jetzt schon bereit ist, sich von Grund auf zu ändern. Einen kurzen Moment lang habe ich es ihm sogar fast geglaubt. Kein Wunder, ich meine, vermutlich hatte er schon mehr als genug Zeit und Gelegenheiten, die Masche zu perfektionieren – wobei er für meinen Geschmack ein bisschen zu dick aufträgt.

Nichtsdestotrotz weiß ich jetzt definitiv, dass es Marc noch immer einzig und allein darum geht, seine Wette zu gewinnen und mich rumzukriegen. Ich bin eben doch nur eine von vielen. Ein weiteres Gesicht, das er vermutlich spätestens eine Woche, nachdem er sein Ziel erreicht hat, wieder vergessen haben wird. Ach was, einen Tag später. Ich kann von Glück reden, dass er sich meinen Namen überhaupt gemerkt hat und nicht gleich zu dem Kosenamen umgestiegen ist, den er wahrscheinlich allen seinen flüchtigen Bekanntschaften gibt, um nicht aus Versehen den falschen Namen zu sagen.

Wie konnte ich auch nur eine Sekunde daran zweifeln? Ich bin so eine Idiotin, dass ich einem klitzekleinen Teil von mir erlaubt habe, ihn zu mögen, und insgeheim gehofft habe, dass er es vielleicht doch ernst mit mir meint. Zumindest ein wenig. Dass die ganze Geschichte mit der Wette doch irgendwie auf eine verquere Weise ein Missverständnis ist und er tatsächlich einfach Interesse an mir hat. Oder dass es vielleicht erst eine Wette für ihn war, dass seine Gefühle für mich dann aber … Ja, was denn? Echt wurden? Dass ich vielleicht einen kleinen Teil seiner harten Schale geknackt und einen winzigen Riss in das Eis in seinen Augen schlagen könnte? Denn das, genau das ist es doch, was Marc bezwecken möchte. Ich soll das Gefühl haben, dass mir etwas gelungen sein könnte, was noch kein Mädchen vor mir geschafft hat. Ziemlich verlockend und leider auch eine dicke, fette Lüge. Er hat es wirklich verdient, dass man den Spieß einmal umdreht und er ausnahmsweise derjenige ist, der verarscht wird. Ja, Marc ist gut, aber ich schätze, dieses Mal wird ihm sein Talent zum Verhängnis werden. Er wird seine Wette verlieren.

Ich verschränke meine Finger vor mir auf dem Tisch. »Du hast recht.«

»Ich weiß«, sagt er selbstzufrieden und schiebt sich noch einen meiner Kekse in den Mund. »Aber sag mir doch trotzdem bitte, wobei genau ich recht habe.«

»Das glaube ich dir tatsächlich nicht«, gebe ich zu, allerdings darum bemüht, total locker und lässig zu klingen. »Ich? Dein einziges Date?«

»Du hast mich mal wieder durchschaut. Hört sich aber sehr romantisch an, oder?« An seinem Mundwinkel hängen ein paar Kekskrümel. Er isst wie so ein kleines Kind. Der ganze Tisch verrät, was er heute so verspeist hat: meine Kekse.

Ich nicke. »Absolut.«

Er hält mich schon wieder mit seinem leuchtend blauen Blick gefangen. Einen kurzen Moment lang glaube ich zu sehen, wie das Eis in Marcs Augen einen weiteren kleinen Riss bekommt, so wie im Kino – und einen Moment lang fühlt es sich tatsächlich fast so an, als würde ich die Distanz, die sonst in seinem Eisblick liegt, endlich durchbrechen können, wenn ich nur wollte. Er ist gut. Ich wüsste nämlich trotz allem gerne, was dahinter liegt.

Ich seufze. So was sollte ich gar nicht denken.

»Liz kommt in fünf Minuten.« Da ist der Augenblick aber auch schon wieder vorbei, und Marc ist wieder er selbst: unausstehlich, selbstverliebt, der größte Idiot im Umkreis von mindestens 100 Kilometern. »Wir müssen uns also ein bisschen beeilen, wenn das für dich in Ordnung ist.«

Ich weiß, das ist nur ein schlechter Scherz, aber – ehrlich gesagt – fürchte ich, dass ich ihm meine ehrliche Meinung geige, wenn ich noch eine Minute länger hierbleibe.

»Du, kein Problem.« Ich gucke auf meine Armbanduhr und seufze. »Ich schätze, ich sollte dann ohnehin mal zurück in die Schule.«

»Das meinst du doch jetzt nicht ernst?!«, hält Marc sichtlich überrascht dagegen. »Wenn schon schwänzen, dann auch richtig!«

»Was heißt hier ›richtig‹?«

»Na, den ganzen Tag.«

»Ja, aber guck mal: Wenn du nur eine oder zwei Stunden fehlst, dann wird dir das nicht angerechnet. Du musst schon acht Stunden fehlen, um einen ganzen Fehltag im Zeugnis zu bekommen, und meistens sind die Leute an der Schule nicht gut genug organisiert, das zu bemerken«, erkläre ich ihm.

»Den ganzen Tag schwänzen ist also nicht richtig, sondern eigentlich ziemlich ungeschickt.«

Ich möchte jetzt nicht, dass das jemand falsch versteht. Ich bin kein Dauerschwänzer oder so. Wenn ich ehrlich bin, macht mir Schule sogar irgendwie Spaß, aber manchmal, besonders mittwochs, klingt ausschlafen doch sehr verlockend.

»Ach, da hat jemand Erfahrung!«, stellt Marc amüsiert fest. »Na, dann. Ab in die Schule.«

Er winkt die Kellnerin zu uns herüber, um zu bezahlen. Ich werde ihn nicht aufhalten.

Während er seinen Geldbeutel zückt, sehe ich mich um. Das Café ist sehr schön. Ich denke, ich werde öfter herkommen, mich tief in einen der pastellfarbenen Sessel sinken lassen, den herrlichen Geruch von frisch gemahlenem Kaffee einatmen und diese leckeren Kekse essen.

♥ ♥ ♥

»Da muss ich einsteigen«, erklärt Marc und nickt zu einer etwa 50 Meter entfernten U-Bahn-Station links von uns.

»Okay, ich muss auch los, sonst komme ich zu spät zur dritten Stunde.«

»Okay, und pass auf dich auf«, verabschiedet Marc sich.

Pass auf dich auf? Hat er das gerade wirklich gesagt? Ich schätze, Marc fragt sich gerade dasselbe, denn er guckt mich ungläubig an. Nur eine Sekunde, dann fährt er sich durch die Haare, und Marc, wie ich ihn kenne und nicht ausstehen kann, ist wieder zurück.

»Anne?« Er bleibt noch kurz stehen und kann sich ein Grinsen nicht verkneifen.

»Ja?«

»Du siehst übrigens *schick* aus heute.« Das Glitzern in seinen Augen verrät mir, dass er mich nur ein wenig ärgern möchte, aber trotzdem.

»Das ist bequem!«, versuche ich, meine weite, am Saum zerfranste Jeans und den grauen Schlabberpulli, den ich meinem Papa vor ein paar Wochen geklaut habe, zu verteidigen. Ich habe ja schließlich nicht damit gerechnet, ihn heute zu sehen, und mich deswegen in Schale geworfen.

»So sieht das auch aus. Ich habe so was samstags nach dem Training an, wenn ich auf der Couch faulenze«, ärgert mich Marc, aber seine Augen glitzern noch immer fröhlich.

»Wow«, erwidere ich und versuche mir nicht anmerken zu lassen, dass mich sein Kommentar schon ein bisschen wurmt. »Es gibt also doch einen Ort, an dem wir zusammenpassen würden. Wenn auch nur rein äußerlich.«

»Okay, am Samstag hab ich sturmfrei. Du kannst so gegen sechs vorbeikommen.«

Während er mir detaillierte Anweisungen gibt, wo er wohnt, frage ich mich, warum ich nicht widerspreche. Ich will ihn doch am Samstag gar nicht treffen! Wir werden alleine sein, und er wird versuchen, mich rumzukriegen. Andererseits kann ich ihm jetzt auch schlecht einfach sagen, dass ich ihn nicht treffen will – und für eine gute Ausrede ist es inzwischen viel zu spät. Ich schüttle den Kopf über mich selbst, innerlich natürlich, damit Marc es nicht bemerkt. Meine einzige Hoffnung: Leo will mich heute oder morgen zurück. Oder ich bekomme eine Grippe.

♥ ♥ ♥

Ich erreiche meine Schule, als es gerade zur dritten Stunde klingelt. Von dem schrillen Geräusch bekomme ich eine Gänsehaut. Es hört sich an wie ein erstickter Feuermelder, und vor Feueralarm habe ich immer Schiss. Meine Abneigung gegen diesen Lärm hält übrigens einige Idioten an meiner Schule nicht davon ab, den Alarm mindestens einmal in der Woche völlig ohne Grund auszulösen. Meine Mitschüler nehmen das gar nicht mehr ernst und machen sich über mich lustig, wenn ich mit zittrigen Händen die Fenster schließe und einen Blick auf den Fluchtplan werfe. Aber ich meine, was ist, wenn es eines Tages doch ein echter Alarm ist? Was, wenn wir einfach alle im dritten Stock sitzen und lachen, während unter uns das Feuer lodert? Was wenn wir die Flammen erst bemerken, wenn sie an unsere Klassenraumtür klopfen und es dann schon zu spät ist, um zu entkommen? Ich möchte so nicht sterben.

Ich schüttle einmal kurz den Kopf, um mich wieder zu fangen, und eile durch die Haupteingangstür, die Treppen rauf und in meinen Klassenraum. Die anderen sind schon alle da. Auch Leo, der wie gebannt in sein Biobuch starrt. Eigenartig. Als Mara mich entdeckt, springt sie auf und fällt mir um den Hals.

»Wo warst du?«, murmelt sie in meine Haare.

»Hat Lena dir das nicht erzählt?«, frage ich grinsend und werfe einen kurzen Blick zu Leo, der noch immer angestrengt in seinem Buch zu lesen scheint.

Mara macht eine wegwerfende Handbewegung. »Weil man ja auch so viel auf das geben kann, was aus Lenas Mund kommt!«

»Tja.« Ich löse mich aus ihrem Klammergriff und schlendere auf unsere Plätze in der zweiten Reihe zu. »Wer weiß …«

Meine beste Freundin sieht mich kurz verwundert an, folgt mir dann aber doch, lässt sich auf ihren Stuhl fallen und fängt an, mit den Füßen auf und ab zu trippeln. Mara mag es nicht, wenn sie etwas nicht weiß, und furchtbar ungeduldig ist sie noch dazu, denn es dauert keine Minute, bis ihr Gesicht dicht neben meinem auftaucht.

»Jetzt sag schon, was du wirklich gemacht hast!«, bettelt sie förmlich. »Ich hab dir zig SMS geschrieben!«

Sie ist inzwischen so dicht vor mir, dass sie schielt, und ich muss kichern. »Tut mir leid, mein Handy ist ausgeschaltet.«

Ich liebe es zu sehen, wie Mara sich über meine Geheimniskrämerei ärgert, aber sie kennt mich gut genug, um zu wissen, dass ich sie eigentlich nur ein bisschen auf die Folter spannen will. Außerdem müsste sie die Antwort dank Lena doch längst kennen. Eigenartig.

»Jetzt sag schon!« Sie boxt mich leicht in die Schulter.

Da fällt es mir wieder ein: Heute ist Mara-Tag. Deswegen beschließe ich, dieses Spiel nicht allzu weit auszureizen, obwohl es genau genommen so ziemlich das Gegenteil von dem ist, was ich eigentlich geplant hatte: nämlich, dass es heute nur um sie geht. Aber wenn Mara unbedingt über mich reden will, wenn es das ist, was sie möchte, dann ist das so.

»Hab mit Marc Kaffee getrunken«, sage ich schulterzuckend, als wäre überhaupt nichts dabei, als würde ich so etwas jeden Tag machen. »Hat Lena das nicht rumerzählt?«

Meine beste Freundin gibt ein überraschtes Quieken von sich. Ich weiß nicht, wie man solche Geräusche machen kann. So hoch komme ich mit meiner Stimme gar nicht.

»Mit Marc? Moment, du willst das mit deinem Plan doch nicht wirklich durchziehen, oder?« Mara sieht mich vorwurfsvoll an. »Der Plan ist kompletter Unsinn!«

»Ist er nicht!« Mist, ich klinge wie eine beleidigte Drittklässlerin. »Bisher läuft es hervorragend.«

»Ach ja?« Sie sieht mich ungläubig an.

»Ja! Sogar besser als … hervorragend!«

»Und was genau heißt das?« Mara ist plötzlich ganz aufgeregt und bemerkt deshalb auch nicht, wie unser Biolehrer Herr Schwager den Raum betritt.

Schnell stoße ich sie unter dem Tisch unsanft mit dem Fuß an, was mir erst einen verärgerten und dann, als sie unseren Lehrer bemerkt, einen dankbaren Blick einbringt. Ich meine, Herr Schwager ist im Grunde ziemlich cool, aber leider ist er auch wirklich streng. Sobald seine Stunde beginnt, erwartet er 45 Minuten ungeteilte Aufmerksamkeit.

»Guten Morgen, Freunde der Sonne!«, begrüßt er uns. Für solche Sachen liebe ich ihn – und man merkt: Es ist im Grunde ziemlich einfach, mich glücklich zu machen.

»Morgen«, murmelt die Klasse, und ich krame meine Biologiesachen aus der Tasche und drapiere sie vor mir auf dem Tisch, während Herr Schwager anfängt zu erzählen.

»So, heute wollen wir mit einem neuen Thema beginnen. Ihr solltet es vor einigen Jahren schon mal angeschnitten haben, aber wir wollen das Ganze jetzt noch einmal vertiefen. Ich habe mir gedacht, dass wir damit einsteigen könnten, uns erst einmal wieder grob in die Materie einzuarbeiten. Also dann: Was könnt ihr mir über das Gehirn sagen?«

Ich seufze. Das Einzige, was ich über mein Hirn weiß, ist, dass es mittlerweile nicht mehr fähig ist, zurechnungsfähige Entscheidungen zu treffen.

»Ja, Leonard?«, ruft Herr Schwager Leo leicht genervt auf, weil er mal wieder der Einzige ist, der aktiv am Unterricht teilnimmt. Anatomie. Das ist einfach seine große Liebe. Da ist er, ehrlich gesagt, der Einzige in der Klasse.

»Also, würde man einen Transviseralschnitt …« Leo lässt es sich nicht nehmen, voll aufzutrumpfen.

Ich blende das, was er sagt, aus. Ja, ich liebe diesen Jungen, aber sobald er anfängt, mit Fachwörtern um sich zu werfen, verstehe ich nur noch Bahnhof, und dabei bin ich eigentlich nicht blöd.

Unser Lehrer macht nach einer Weile eine beschwichtigende Handbewegung. »Gut, gut. Ich denke, wir sollten auch noch den anderen eine Chance geben, etwas zu dem Thema beizutragen, was?«

Danach zwinkert er der Klasse hoffnungsvoll zu, und ich gucke in der Gegend rum und tue so, als würde ich mich nicht angesprochen fühlen. Wenn es nicht so auffällig wäre, würde ich jetzt sogar leise vor mich hin pfeifen. Unauffällig herumblicken geht aber. Ich schaue zu Mara, die sich ihre blonden Locken hinters Ohr gesteckt hat und selig lächelt, während sie mal wieder Herzen auf den Rand ihres Collegeblocks zeichnet.

Das macht sie in letzter Zeit ziemlich oft. Es scheint, als hätte unser Gespräch eben nie stattgefunden – als hätte sie andere Dinge im Kopf. Ich blicke auf die Herzchen. Kann es sein, dass … Mara verliebt ist? Meine Mara?

Ich muss grinsen.

Neiiin, Mara doch nicht.

Das hätte sie mir erzählt.

Oder?

Ich betrachte meine beste Freundin. Bis auf den eigenartigen Gesichtsausdruck hat sich nichts verändert. Also, äußerlich. Rein optisch würde sie eindeutig eher zu Lena und ihren langbeinigen Gazellenfreundinnen passen – mit ihren großen Augen, der schmalen Nase und den pfirsichlipglossfarbenen Lippen. Aber ich schätze, Mara wollte einfach nicht dazugehören. Also, sie wollte sicherlich nicht nicht-beliebt sein. Das wäre sie sogar ziemlich sehr gerne. Meine beste Freundin kann sich aber schlecht unterordnen, und Lena hat sich die Krone schneller gekrallt, als man »Mittelpunkt« sagen kann. Ich glaube, ansonsten wären Mara und ich nie Freunde geworden. Nicht weil wir uns nicht mögen würden, sondern weil wir einfach gar nicht erst versucht hätten, einander kennenzulernen. Ich glaube auch, dass Lena und ihr Gefolge mich eigentlich mögen würden – wenn sie sich dazu herabließen, Zeit mit mir zu verbringen. Ich würde sie sicher auch nett finden – wenn sie nicht so oberflächlich und aufgesetzt wären.

Ich seufze. In Bio kommen immer die tiefgründigen Gedanken.

Ich gebe mir wirklich Mühe, den Tafelschrieb auf das karierte Papier vor mir zu bringen, aber ich habe nun mal den

Anspruch, das Ganze nachher auch entziffern zu können, und deshalb habe ich gerade einmal die Hälfte fertiggestellt, als Herr Schwager nach einem angesifften Lappen greift und alles wieder von der Tafel wegwischt. Nur um dann mit einem Tempo, bei dem ein 200-Meter-Olympia-Sprinter vor Neid erblassen würde, etwas Neues an die Tafel zu kritzeln. Alles klar. Wie bekommen die anderen das eigentlich hin?

Vorsichtig linse ich zu Mara hinüber, deren Kugelschreiber kratzend übers Papier fliegt. Anstelle von i-Punkten malt sie kleine schnörkelige Herzchen. Dafür findet sie anscheinend Zeit. Nicht aber dafür, den Querschnitt eines menschlichen Gehirns auch nur im Ansatz realistisch darzustellen. Wenn die Überschrift nicht wäre, könnte man ihre Kritzelei auch genauso gut für ein Herz oder eine Gebärmutter halten – und das liegt nicht an mir und meinem mangelnden Fachwissen in Biologie.

In solchen Momenten vermisse ich Leo noch mehr. Ihn und seine anatomisch korrekten Notizen, die ich mir nach der Stunde so wunderbar kopieren konnte.

Ein Seufzen entfährt meiner Kehle.

»Hm«, gibt Mara kurz angebunden von sich, wobei sie konzentriert damit fortfährt, ein kleines i-Punkt-Herzchen nach dem anderen auszumalen. Sie hat jemanden kennengelernt. So viel steht fest. Nein, ich bin nicht angefressen, dass sie mir noch nichts erzählt hat – und nein, auch nicht darüber, dass andere Leute die Liebe, die so kurz vor dem Valentinstag offenbar in der Luft liegt, einatmen können und ich aus irgendeinem mir nicht ersichtlichen Grund nicht. Ich bin sauer, weil Herr Schwager schon wieder nach dem angesifften Lappen greift.

Als es zur kurzen Zwischenpause klingelt, bin ich unfassbar erleichtert. Jetzt ist die ideale Chance, endlich mal mit meiner besten Freundin zu reden. Mara-Tag, wir kommen!

»Hey du Romantikerin! Wer ist denn der Glückliche?«, frage ich verschwörerisch.

»Himmel, Anne!« Ruckartig schreckt Mara von ihrem Block hoch. »Musst du dich so anschleichen?«

»Ich sitze doch schon seit 45 Minuten neben dir.«

»Ja, aber auf einmal raunst du mir so ins Ohr, und das kitzelt!«

»Ich raune also, soso«, grinse ich und versuche genauso zu klingen wie eben, um sie zu ärgern. »Gibt es denn einen Grund zum Raunen?«

Entspannt kippe ich mich mit meinem Stuhl nach hinten und balanciere ein bisschen, bis mich irgendwer unsanft nach vorne schubst.

»Wollte nur aufpassen, dass du nicht umkippst. Wär ja schade, wenn du dich verletzt und dann schon wieder fehlst«, meint Lena hämisch und lehnt sich an den Tisch vor Mara und mir, wobei sie provozierend gelangweilt eine Kaugummiblase macht, als ob ich ein wahnsinniges Glück hätte, dass sie sich dazu herablässt, mit mir zu reden. »Was läuft da eigentlich zwischen dir und Marc Rothe?«

»Marc Rothe? Hm, warte, ach ja: Wüsste nicht, dass dich das was angeht!«, erklärt Mara stellvertretend für mich. Das ist okay so, weil Mara ohne Zweifel die Schlagfertigere von uns beiden ist.

»Wüsste nicht, dass ich mit dir gesprochen habe«, kontert Lena.

Die beiden können sich auf den Tod nicht ausstehen. Lena wendet sich sofort wieder mir zu und lächelt mich scheinheilig an. Ich weiß, wenn ich jetzt nichts sage, wird sie sich nur mehr falsche Gerüchte ausdenken, als sie es ohnehin schon tut.

»Wir …«, setze ich an, aber dann fällt mir nicht ein, was ich weiter sagen könnte. Wir treffen uns manchmal? Nein, dafür kenne ich Marc nicht lange genug und habe ihn nicht oft genug getroffen. Auch wenn er sich in der kurzen Zeit, in der ich ihn nun kenne, so weit in mein Leben eingeschlichen hat, dass ich das Gefühl habe, er war schon immer ein Bestandteil davon. Ein nerviger zwar, aber trotzdem. Wir verstehen uns ganz gut? Himmel, nein. Ich hätte nichts dagegen, ihm ab und zu eine zu scheuern, nur um ihm das selbstgefällige Grinsen aus dem Gesicht zu wischen. Von gut verstehen kann also nicht wirklich die Rede sein. Aber Lena erwartet eine Antwort, und sie wird langsam ungeduldig.

»… haben Spaß miteinander«, erkläre ich schließlich und hoffe, dass ich nicht zu lange überlegt habe.

»Pah. Den Spaß kann ich mir gut vorstellen«, lacht Lena. »Aber weißt du, Anne, wenn Marc seinen Spaß gehabt hat, dann lässt er dich genauso fallen wie alle anderen davor auch, und da kannst du nicht mal wirklich was dafür. So sind die Rothe-Brüder einfach. Da brauchst du gar nicht so blöd vor dich hin zu lächeln, als wärst du was Besonderes. Das bist du nämlich nicht.«

Das sitzt. Ich merke, wie sich ein wohlbekanntes, verräterisches Brennen meinen Hals hinaufschleicht, und wie meine Handflächen kalt und schwitzig werden. Ich wische sie unauffällig unterm Tisch an meiner Hose ab und hoffe, dass meine Peinigerin nicht merkt, wie sehr mich ihre Worte tatsächlich treffen.

»Sprichst du da aus eigener Erfahrung? Klingt nämlich so«, gibt Mara patzig zurück.

In diesem Moment würde ich meine beste Freundin am liebsten ganz fest umarmen. Was würde ich ohne Mara, die mich in solchen Situationen rettet, nur machen? Auch wenn mir das Ganze furchtbar unangenehm ist und ich mich am liebsten in Luft auflösen würde, komme ich nicht umhin, Lenas säuerlichen Gesichtsausdruck ein wenig zu genießen.

Es hat nämlich ganz den Anschein, als hätte Mara voll ins Schwarze getroffen.

Ich weiß nicht so wirklich, was ich davon halten soll, dass Marc sich mit jemandem wie Lena getroffen hat. Ich meine, sie und ich …

Lena trippelt mit ihren bordeauxroten Fingernägeln auf der Tischplatte, und an der verbissenen Art, wie sie ihr Kaugummi kaut, kann ich sehen, dass nicht mehr viel fehlt, bis sie sich über den Tisch und direkt auf Maras Kehle wirft. Ob ihre Fingernägel wohl die Farbe des Bluts haben, das dann zweifelsohne fließen wird? Das Einzige, was Mara jetzt noch retten kann, ist Lenas Angst, dass bei dieser Aktion der Lack absplittern könnte. Ich hasse Zickenkrieg. Und das ausgerechnet heute, wo es doch überhaupt nicht um mich gehen sollte!

Am liebsten würde ich jetzt weggehen, aber Lena ist zu meinem Platz gekommen und es wird gleich klingeln. Jetzt aufzustehen und das Weite zu suchen käme einer Flucht gleich.

Andererseits: Flüchten muss ja nicht immer schlecht sein. Ich gehe einer Konfrontation aus dem Weg, die auszuarten droht. Das ist nichts weiter als klug von mir. Zwar »nicht gerade konfliktfähig«, wie meine Klassenlehrerin mir immer erklärt, wenn sie mir mein Sozialverhalten erläutert, aber immerhin konsequent.

Mit beruhigtem Gewissen stehe ich auf. »Ich muss mal kurz auf Klo. Mara, sagst du Bescheid, wenn ich's nicht rechtzeitig zurück schaffe?«

»Wieso, willst du kacken oder was?«, fragt Lena schroff.

Aber ich habe schon gesehen, wie Mara mir zugenickt hat, und deshalb bin ich schon halb aus dem Raum raus, als Lena ihren Kommentar abgibt. Meine beste Freundin weiß genauso gut wie ich, dass ich nicht pinkeln muss, sondern nur weg möchte.

Seufzend stoße ich die Tür zum Mädchenklo auf und schlendere an ein paar jüngeren – sehr zu meinem Leidwesen meist trotzdem größeren – Schülerinnen vorbei zum Waschbecken. Dort drehe ich den Wasserhahn auf und lasse mir das kalte Nass erst einen Moment über die Handgelenke laufen, um meinen Puls zu kühlen, obwohl ich jetzt schon zittere und Gänsehaut habe. Dann sammle ich ein wenig Wasser in meinen ausgebreiteten Handschalen, nur um damit dann mein Gesicht zu benetzen. Als ich aufblicke, hängen ein paar dicke Tropfen in meinen Wimpern. (Tja, nichts verschmiert. Ich gebe mir innerlich selbst ein High-Five, dass ich wasserfeste Wimperntusche benutze!) Dann wische ich mir mein Gesicht achtlos mit dem Handrücken ab.

Grinse ich blöd? Das hat Lena zumindest behauptet. Aber warum sollte ich das tun? Doch nicht wegen Marc? Ach, Quatsch. Lena spinnt. Außerdem weiß ich sehr wohl selbst, dass Marc es nicht ernst meint und dass er mich nicht mehr beachten wird, sobald seine bescheuerte Wette gewonnen ist. Das braucht sie mir nicht zu sagen. Mich würde viel mehr interessieren, wann sich seine Wette erfüllt, denn ich fürchte den Zeitpunkt, an dem er mir nicht mehr zur Verfügung stehen wird, um Leo eifersüchtig zu machen. Ich bin doch noch lange nicht bei Phase drei angekommen! Weiß Leo überhaupt schon von Marc?

Während ich versuche, meine Atmung zu beruhigen, wandert mein Blick zum Handtuchspender – beziehungsweise den dort aufgeklebten Hygieneinstruktionen und den hastig mit Edding daneben gekritzelten Kommentaren:

Mindestens 30 Sekunden die Hände waschen. Musste schon zwei Mal die Schulordnung abschreiben weil Frau Schön mich beim Wasserverschwenden erwischt hat!

Warmes Wasser benutzen. Soll ich Mir mein Wasserkocher von zu Hause mit Bringen oda was?

Den Spruch liebe ich besonders, weil da jemand anders in einer anderen Farbe die Fehler berichtigt hat und dazu geschrieben hat:

Ne, aber einen Duden!

Ich lese weiter, weil ich ja nichts Besseres zu tun habe.

Alle Bereiche der Hand gründlich reinigen. YOLO ich lass jetzt mein kleinen finger aus ich gangster

Seife benutzen. Dann gebt uns Seife!

Wirklich zu allem hat sich jemand ausgelassen, und ich finde es im Gegensatz zu Mara unglaublich lustig. Gerade will ich fortfahren, als sich jemand hinter mir räuspert. Ertappt drehe ich mich um, nur um kurz darauf in Zoes vor Freude funkelnde Augen zu blicken.

»Frau Fischer!«, begrüßt sie mich lächelnd und beginnt, sich die Hände zu waschen. »Wir sehen uns diese Woche ja öfter als sonst in zwei Monaten!«

Ich nicke, unschlüssig, ob sie jetzt mit mir reden will oder ob ich wieder in meinen Unterricht gehen soll.

Zoe nimmt mir die Entscheidung glücklicherweise ab. »Wo warst du eigentlich die ersten beiden Stunden?« Ihr Gesichtsausdruck verrät jedoch, dass sie es längst weiß.

Ich stöhne auf, während sie sich die Hände ein paarmal abschüttelt und sie dann gründlich an ihrer hellen Jeans abwischt, wo die Aktion kleine feuchte Streifen zurücklässt.

»Du hast davon gehört?!« Ich hätte nicht gedacht, dass ich

es jemals schaffe, so weit Gesprächsthema der Schule zu werden.

»Ja. Hat sich halt irgendwie rumgesprochen. Natürlich wollen alle wissen, wer Dr. Love spielt und dich von der Schule abholt, weil du Durchfall hast.«

»Das ist … Warte, was? Durchfall?! Ich habe keinen Durchfall!«, verteidige ich mich entrüstet.

Zoe guckt sich vielsagend auf dem Schulklo um, die Augenbrauen hochgezogen und wissend lächelnd. Klar, dass wir uns grade hier aufhalten, untermauert nicht gerade meine Glaubwürdigkeit.

»Brauchst gar nicht so zu gucken. Ich hab keinen Durchfall. Wirklich! O Mann, wer denkt sich denn so einen Schwachsinn aus?« Während ich mich aufrege, fahre ich mir durch die Haare und stoße Luft zwischen meinen Zähnen aus. Kurz spiele ich mit dem Gedanken, mir noch einmal kaltes Wasser über die Handgelenke laufen zu lassen. Das kann doch nicht wahr sein! Was soll Leo denn jetzt denken? Hat er deshalb so angestrengt in sein Biobuch gestarrt?

»Lena hat das rumerzählt, oder?« Ach herrje, jetzt ergibt ihre Bemerkung von gerade eben auch einen Sinn.

Neben mir lacht Zoe. »Ja, und schon gut. Ich glaube dir.«

»Danke. Echt jetzt. Die Leute sind so gemein! Und widerlich.«

»Ich wette, Schnuckel hat sich aufopferungsvoll um dich und deine Genesung gekümmert.« Zoe dreht sich zu mir und setzt sich auf die Waschbeckenfront. Ihre Beine baumeln vergnügt hin und her. »Er war's doch, oder? Schnuckel, meine ich.«

»Ja, er war das. Marc. Wir waren nur 'nen Kaffee trinken. Er ist einfach hier an der Schule aufgetaucht und hat mich quasi entführt. Das war alles.«

»Klar.« Zoe nickt verschwörerisch und versetzt mir einen

Stoß mit der Hüfte, als sie an mir vorbei aus dem Mädchenklo in Richtung ihres Unterrichtsraumes geht.

Keine Ahnung, was sie damit sagen will.

»Das wird noch was mit euch beiden. Ich sag dir das!«, ruft sie mir über die Schulter zu.

Der Rest des Tages siecht ohne besondere Vorkommnisse so dahin.

Freitag

Ich wache auf, weil mein Hintern vibriert. Bevor ich nach dem Störfaktor taste, wische ich mir mit dem Handrücken erst einmal verschlafen den Sabber weg, der von meinem Mundwinkel bis zu meinem Ohr gelaufen ist, während ich gedöst habe. Immer wenn meine Mama freitags ihre Lieblingssendung im Fernsehen guckt, setze ich mich dazu, denn dann fallen mir nach nur wenigen Minuten die Augen zu, und ich dämmere in einen herrlich erholsamen Schlaf. Zwar bin ich gestern früh ins Bett gegangen und hatte heute einen erholsam unspektakulären Schultag, trotzdem konnte ich meine Augen nicht offen halten.

Während ich mir jetzt den Nachmittagsschlaf aus den Augen wische, stelle ich noch etwas verwirrt fest, dass es nicht direkt mein Gesäß ist, das vibriert, sondern viel mehr das, was sich in der Tasche meiner Hose befindet. Murrend fingere ich nach meinem Handy und drücke, ohne auf das Display zu sehen, auf die Annahmetaste.

»Anne«, melde ich mich genervt. Ich bin ein wenig sauer auf die Person, die mich grade versucht zu erreichen – wer auch immer das ist. Immerhin habe ich grade so schön geschlafen. Ich gucke mich um. Nein, die Sendung ist zu Ende, und Mama hockt nicht mehr mit einer Schale Chips auf der Couch.

»Hey«, sagt jemand. Eine männliche Stimme. Ich brauche einen Moment, um zu realisieren, wer mich anruft.

»Marc«, antworte ich bemüht locker. »Du solltest endlich anfangen, dich vernünftig zu melden. Ich meine, wie soll man denn bitte schön wissen, wer dran ist?«

Ich höre, wie es am anderen Ende der Leitung raschelt, weil er ein wenig lacht und dabei den Hörer zu nah an seinen Mund hält.

»Das ist offenbar nicht nötig, da du mich immer sofort erkennst«, sagt Marc, und ich verstehe ihn nur mit Mühe, weil er anscheinend das Prinzip von Lautsprechern an Telefonen noch nicht kapiert hat.

»Außerdem«, redet er weiter, dieses Mal ist die Tonqualität besser, »hast du meine Nummer doch eingespeichert, oder etwa nicht?«

»Doch, natürlich hab ich das. Also, was willst du? Ich hab gerade geschlafen«, erwidere ich lahm, was Marc natürlich dazu verleitet, sich einen Spaß zu machen und mein Alter zu hinterfragen.

»Immerhin ist es erst kurz vor sieben. Wer, der älter als sechs ist, geht denn schon so früh ins Bett?«, fragt er neckisch.

»Meine Mama hat so eine Soap geschaut, und das macht mich immer ganz schläfrig.« Ich bin immer noch nicht so richtig wach und kann mich deshalb nicht ernsthaft verteidigen. »Außerdem bin ich nicht im Bett. Es war eine Runde … Powernapping. Ist doch jetzt auch egal. Warum rufst du an?«

»Weil ich deine Stimme hören wollte«, sagt er beinahe sanft und versucht, dabei charmant zu klingen. Okay, das gelingt ihm auch, aber ich weiß ja zum Glück, was dahintersteckt: reines Kalkül.

Ich quäle mich von der Couch, strecke mich ein wenig und tapse dann ausgiebig gähnend durchs Wohnzimmer, um wieder ein bisschen wacher zu werden.

»Hey, okay, geh vor Begeisterung doch nicht gleich so an die Decke«, erklärt Marc.

»Tu ich doch gar nicht«, antworte ich müde.

»Du weißt aber schon, was Ironie ist?«, lacht er.

Ich verdrehe genervt die Augen, aber dann fällt mir auf, dass er mich ja nicht sehen kann, also erkläre ich noch einmal, was ich mache.

»Manchmal bist du komisch«, erklärt Marc. »Nein, eigentlich meistens. Versteh mich nicht falsch, ich mag das. Irgendwie.«

»Komisch im Sinne von witzig?«, frage ich gespielt hoffnungsvoll.

»Ne, eher im Sinne von merkwürdig, aber mach dir nichts draus, ich finde dich trotzdem cool.«

»Da fühle ich mich aber geehrt!« Es klingt leider nicht ganz so sarkastisch wie beabsichtigt, weil mein Herz auf einmal aufgeregt klopft. Marc findet mich cool?

Okay, Anne. Ruhig bleiben. Der will dich nur einlullen! Alles, was er sagt, sagt er mit dem Hintergedanken, dass er morgen seine Wette gewinnt.

»Apropos merkwürdig: Du hast mir gar nicht gesagt, dass du Harmsterbacke kennst«, wirft er mir dann plötzlich vor, und ich weiß nicht, ob der Vorwurf echt ist oder nicht.

»Tu ich auch nicht.« Ich bin verwirrt und überlege, wen Marc meinen könnte, aber es fällt mir beim besten Willen nicht ein. »Wer soll das denn sein?«

Am anderen Ende der Leitung vernehme ich ein Schnauben. »Jetzt tu nicht so. Leonard Harmsterbacke. Ich weiß, dass ihr euch kennt.«

Jetzt fällt bei mir der Groschen! Er meint Leo! Leonard Harms. Harmsterbacke. Sehr kreativ.

»Findest du, Leo hat Ähnlichkeit mit einem Hamster, oder warum nennst du ihn so?«, frage ich und kratze an meinem Ellbogen.

»Du kennst ihn also doch. Warum hast du mir nicht gesagt, dass du *die* Anne bist?«

Ich übergehe jetzt einfach mal, dass er meine Frage nicht

beantwortet hat, denn etwas anderes hat meine Neugier geweckt. *Die* Anne? Das klingt ja fast, als wäre ich eine Legende, als wäre ich jemand, den man kennt. In meinen Gedanken spiele ich wieder und wieder ab, wie er den Artikel betont hat. Es fühlt sich aufregend an, so als wäre ich jemand, der etwas erleben würde, worüber andere sprechen – so als wäre ich eines der Mädchen, die atemberaubende und total verrückte Geschichten erleben, von denen man noch Jahre später ehrfürchtig spricht.

Einen Moment lang erlaube ich mir den Gedanken, dass ich in Marcs Augen nicht nur irgendjemand, sondern jemand bin. Dass er mich nicht nur als Teil seiner Wette wahrnimmt, sondern dass er mich wirklich als interessantes Individuum sieht. Es gefällt mir.

»He, ich hab dich was gefragt!«, reißt er mich aus meinen Gedanken.

»Äh, ja«, antworte ich etwas benommen. »Wir kennen uns. Wir waren mal zusammen.«

Das lässt einen bitteren Geschmack auf meiner Zunge zurück. Es klingt falsch, aber so ist es. Noch.

»Ach was! Meinst du etwa, das weiß ich nicht? Ich meine, wieso sagst du mir das nicht vorher?«

»Dass ich *die* Anne bin?«

»Ja, dass Harmsterbacke dein Ex ist.«

»Wenn du es doch schon weißt?! Außerdem renne ich garantiert nicht durch die Gegend und schreie: ›Hey, nur dass ihr es wisst, ich bin die Exfreundin von Leo Harms!‹ Oder zählst du etwa die Namen deiner Verflossenen auf, wenn du jemanden kennenlernst?«, rede ich mich in Rage. »Ich kann mich nicht daran erinnern, dass du das getan hättest. Also!«

Außerdem: Was will er denn jetzt überhaupt mit Leo? Da muss irgendetwas anderes dahinterstecken, auf das mein noch immer dösendes Hirn nicht kommt. Also verzeichne ich das alles erst mal als unnötige Aufregung. Wahrscheinlich macht Marc bloß aus einer Mücke einen Elefanten. Oder, wenn ich so darüber nachdenke, gleich eine ganze Herde davon.

»Das ist was anderes! Es wäre einfach wirklich schön gewesen, von dir zu erfahren, dass du Harmsterbackes Ex bist, bevor ich es von ihm hören muss.« Marc spricht auf einmal so laut, dass ich ihn ganz schlecht verstehe.

»Na und? Was geht dich das überhaupt an? Ganz ehrlich, ich bin nicht dein Eigentum oder so, und wenn du meinst, dass du dich jetzt so aufspielen musst, dann ...«, sage ich hitzig und kann mir gerade noch die Hand auf den Mund pressen, bevor ich ihn mit einer wüsten Beschimpfung auf den Mond schieße – und meinen Plan gleich hinterher.

Trotzdem: Er soll sich mal schön an die eigene Nase fassen! Wenn es jemanden gibt, der definitiv nicht in der Position ist, sich über ehemalige Beziehungen aufzuregen, dann ja wohl er! Erst recht nicht nach unserem Gespräch im Café. Von wegen: Planung ist alles!

Um nicht komplett die Nerven zu verlieren, konzentriere ich mich schnell darauf, was Marc da eigentlich gerade gesagt hat: Leo hat ihn auf mich angesprochen. Leo. Mein Leo! Es gibt ihn also noch, den Jungen, den ich liebe, und es kümmert ihn, mit wem ich etwas mache. Vielleicht ist er sogar eifersüchtig. Nein, natürlich ist er eifersüchtig! Warum sonst hätte er mit Marc reden sollen? Der Plan klappt! Zumindest, wenn ich es schaffe, mich zusammenzureißen und Marc nicht anzuschreien. Er klingt jetzt nämlich plötzlich ziemlich sauer, und wenn ich es mir mit ihm verscherze, dann bin ich mir nicht mehr sicher, ob ihm das Gewinnen seiner blöden Wette noch wichtig genug ist, es trotzdem mit mir auszuhalten.

Um wieder in die Stimmung der zuckersüßen Anne zu kommen, die Marc für den größten Hecht im Teich hält, lasse ich dieses unheimliche Glücksgefühl zu, das überall auf und in meinem Körper kribbelt, von meinen Zehen bis in meine Fingerspitzen, und mir ein berauschtes Lächeln aufs Gesicht zaubert.

Dass er mich in der Schule ignoriert, liegt nicht daran, dass ich ihm egal bin. Im Gegenteil!

Am liebsten würde ich jetzt laut loslachen, mich in meinem Zimmer drehen, die Arme weit ausgestreckt, so sehr möchte ich die ganze Welt umarmen. Und am meisten Leo.

»Was mich das angeht?«, fragt Marc noch immer gereizt. »Hm. Warte. Doch: Wenn dein bescheuerter Exfreund mir vor meiner Haustür auflauert und mir androht, mich beim nächsten Spiel krankenhausreif zu schlagen, falls ich dich nicht in Ruhe lasse, dann denke ich, geht mich das sogar eine Menge an! Findest du nicht?«

Oh, sorgt sich Marc etwa um sein hübsches Gesicht? Ich bin mir nicht ganz sicher, was ich jetzt machen soll, weil dieser Abschnitt des Plans eigentlich erst für Phase drei gedacht war. Soll ich Marc jetzt in Frieden lassen und aufhören, ihn zu benutzen? Klingt nur fair, wenn ich ehrlich bin. Vielleicht ist das der Wink des Schicksals. Der mit dem riesigen Zaunpfahl, auf dem steht: »Lass es gut sein, Anne. Das hier nimmt Ausmaße an, die niemandem mehr guttun.« Außerdem will ich wirklich nicht, dass Leo ihn krankenhausreif schlägt – wobei ich nicht glaube, dass er es wirklich tun würde. Das passt einfach nicht zu ihm.

Nur: Was ist, wenn Leo zwar ein bisschen eifersüchtig, aber noch nicht eifersüchtig genug ist? Wenn bei ihm zwar wieder Gefühle für mich hochkommen, aber sie eben noch nicht stark genug sind? Wenn er mich vor Marc beschützen, mich aber noch nicht zurückhaben will? Ich kann das nicht riskieren. Außerdem werde ich wahrscheinlich nicht so schnell wieder einen für meinen Plan so geeigneten Kandidaten wie Marc finden.

»Ja, du hast recht. Tut mir leid«, sage ich möglichst süß und mit großem Widerwillen. Dann stutze ich. »Woher weiß Leo eigentlich, wo du wohnst?«

»Partys nach Spielen«, Marc seufzt. »Ist doch auch egal. Kannst du mal dafür sorgen, dass Harmsterbacke sich ein wenig unter Kontrolle hat? Ist ja gruselig. Schätze, da steckt ein kleiner Psychopath in Leo.« Er spuckt den Namen aus, und ich kann seine Verachtung förmlich spüren – und daneben noch etwas anderes, etwas Bitteres, das ich nicht ganz einordnen kann.

»Ach, komm schon. Der schlägt dich sowieso nicht. Leo weiß, dass er keine Chance gegen dich hat«, sagt die zuckersüße Anne so hingerissen wie möglich. »Außerdem sind ihm seine zukünftigen Chirurgenhände viel zu wichtig«, erkläre ich, ohne großartig darüber nachzudenken, was ich eigentlich erzähle.

Dass ich damit vielleicht besser mal anfangen sollte, wird mir klar, als ich höre, wie Marc zischend Luft zwischen seinen Zähnen ausstößt.

»Es geht mir doch gar nicht um eine Schlägerei«, sagt Marc gepresst. »Auch nicht um eifersüchtige Exfreunde. Das kenne ich, das ist sogar witzig.«

Da weiß ich plötzlich genau, worum es ihm geht: um seine Wette. Das war das Bittere eben!

»Aha, worum geht es dir dann?«, frage ich genervt und kneife mir sofort ganz fest in den Arm, weil das so eine blöde, verräterische Frage ist, die mir eigentlich nicht hätte rausrutschen dürfen.

»Darum, dass ...«, setzt Marc wütend an. »Ich mag es einfach nicht, wenn man mit mir spielt.«

»Ja, das glaube ich dir sofort! Du magst es nur, wenn du mit jemandem spielen kannst«, platzt es plötzlich aus mir heraus. »Wir sind nicht verheiratet, Marc, okay?« Dann halte ich schnell inne und kann mich wieder fassen. »Hör mal. Das ist doch auch ganz klar. Leo ist einfach eifersüchtig. Mach bitte keine große Sache daraus, okay? Es kann dir doch egal sein, was er denkt.«

»Es ist mir egal, was er denkt.« Marc hat sich zum Glück ebenfalls wieder beruhigt. »Und ich mache keine große Sache daraus.«

»Gut. Wir sehen uns morgen, okay?«, sage ich weiter beschwichtigend und in möglichst süßem Tonfall. »Ich freue mich schon.«

»Okay.« Marc atmet tief durch. »Ich mich auch.«

»Sehr schön.« Plötzlich fühle ich mich fast ein klein bisschen mies. »Bis dann.«

»Bis dann.« Er klingt eigenartig erschöpft.

Ich nehme den Hörer vom Ohr, doch bevor ich auflege, höre ich seine Stimme, ganz leise zwar, aber unverkennbar da. »Aber ich weiß nicht, wer hier die große Sache daraus macht.« Und er klingt traurig.

Ich gucke auf meinen Arm, wo jetzt die Stelle, in die ich mich eben gekniffen habe, in einem vorwurfsvollen Rot leuchtet. Schnell ziehe ich den Ärmel von meinem Pulli drüber, damit ich sie nicht mehr sehen muss.

♥ ♥ ♥

»Der meint es doch nicht ernst, oder?«, frage ich Mara und hänge noch ein zweites »Oder?« an, als sie zunächst nicht antwortet.

Nach dem Gespräch mit Marc habe ich sofort bei meiner besten Freundin angerufen, und nun sitzen wir hier bei mir zusammen auf meinem Bett und futtern Eiscreme. Wer hätte gedacht, dass der Tag, an dem es eigentlich nur um Mara gehen sollte, so ausklingt? Ich habe ein dickes schlechtes Gewissen, weil sich das Ganze in eine Richtung entwickelt hat, in der ich Mara einfach nonstop mit meinen Problemen zuquatsche. Aber so wie sie aussieht, scheint ihr das überhaupt nichts auszumachen. Im Gegenteil. Immer wenn ich das Gespräch auf sie lenken will, tut sie meine Fragen mit einem Handwedeln ab und besteht darauf, meine Männerprobleme mit mir auszudiskutieren. Dabei wüsste ich zu gerne, wer sie dazu bringt, Herzchen auf ihren Block zu malen. Aber jedes Mal, wenn ich sie darauf anspreche, muss sie aufs Klo oder lenkt sonst wie vom Thema ab. Da ich meine beste Freundin mit meiner Neugier nicht verscheuchen will, warte ich also einfach, bis sie selbst mit der Sprache rauskommt. Das kann aber, wie es aussieht, noch ein bisschen dauern, denn momentan scheint es ihr lieber zu sein, mir ausgiebig den Kopf zu waschen.

»Du spielst mit den Gefühlen von zwei Jungs. Gleichzeitig! Dabei bist du doch sonst immer so für Fair Play. Davon sehe ich hier wenig!«, schimpft sie mit mir und sticht einmal kräftig mit ihrem Löffel in die Eiscreme. Das wundert mich schon ein bisschen, denn normalerweise ist Mara vorsichtiger bei Produkten, auf denen nicht »light«, »fettreduziert« oder »langweilig« steht. Okay, das mit »langweilig« habe ich mir ausgedacht, aber es ist doch dasselbe. Irgendwie. Energisch schiebt sie sich den Löffel in den Mund, schluckt viel zu schnell runter, und schon nimmt sie sich den Nächsten.

»Ich spiele mit gar keinen Gefühlen. Ich liebe Leo, und Marc hilft mir, ihn eifersüchtig zu machen. Das ist alles«, erkläre ich und komme gar nicht dazu, mir auch eine Portion Eiscreme zu gönnen, weil Mara den Becher noch ein Stückchen näher zu sich zieht. Okay, dann besteht der Mara-Tag heute also darin, dass ich ihr das Eis überlasse.

»Aber was ist mit Marcs Gefühlen?«, fragt Mara mit vollem Mund. »Du hast doch selber gesagt, dass Marc vielleicht Interesse an dir haben könnte.«

»Quatsch!«, wehre ich ab. »So was habe ich garantiert nicht

gesagt! Der simuliert doch nur. Er will seine Wette gewinnen und hat Schiss, dass Leo ihm in die Quere kommt, mehr nicht. Glaub mir, wenn du Marc auch nur ein bisschen kennen würdest, wüsstest du, dass er die emotionale Tiefe eines Käsebrots hat! Hab ich das vom Kaffee erzählt? Die verschiedenen Freundinnen gleichzeitig? Ich meine, wie unsensibel kann man denn sein?«

»Okay.« Mara nickt zögerlich mit dem Kopf. »Aber er ist heiß.«

»Na, dann hat er halt die emotionale Tiefe eines heißen Käsebrots«, murmle ich, und Mara grinst.

»Wozu braucht man Liebe, wenn man Dinge mit heißem Käse überbacken kann?«, fragt sie trocken.

»Ich will aber Leo, ohne Käse«, seufze ich.

Ich sehe zu meiner besten Freundin rüber, die gerade einen weiteren Löffel Eiscreme in den Mund steckt, und beschließe, dass jetzt ein guter Moment wäre, mit ihr über ihr Gefühlsleben zu sprechen. Immerhin sieht es nicht danach aus, als würde sie den Becher so ohne Weiteres aufgeben. Einen erneuten Versuch ist es wert.

»Und? Bei dir so?«, frage ich möglichst entspannt. »Für wen zeichnest du die ganze Zeit Herzchen? Und versuche nicht, es zu leugnen. Ich sehe mir das seit ein paar Wochen an. Aus nächster Nähe. Das sind eindeutig Herzchen.«

Mara lässt sich extra viel Zeit mit dem Runterschlucken. »Für niemanden. Einfach so. Ich mag Herzen, du nicht?«

»Ach komm, wir sind beste Freundinnen«, locke ich und versuche, mit den Augenbrauen zu wackeln, was Mara erst ein Kichern, dann ein gluckendes Lachen hervorlockt, in das ich, froh darüber, sie wieder ein wenig entspannter zu sehen, mit einstimme.

»Na gut«, seufzt sie. »Es gibt jemanden. Aber du darfst es niemandem verraten, okay? Nie-man-dem!«

Ich nicke und halte ihr lächelnd meinen kleinen Finger hin. »Du kennst mich doch.«

»Stimmt«, nickt sie und verschränkt ihren kleinen Finger mit meinem. »Okay. Tut mir leid, dass ich es dir nicht schon früher gesagt habe. Obwohl es da eigentlich auch nicht viel zu sagen gibt. Ich hatte einfach irgendwie Angst, dass du es komisch finden würdest, weil du ja erst die Trennung von Leo hattest und jetzt grade dein Ding mit Marc am Laufen hast.«

»Ich habe nichts mit Marc am Laufen!«, wende ich ein, doch als ich sehe, dass sie schon wieder vom Thema abschweifen will, mache ich eine wegwerfende Handbewegung und sage, sie soll einfach weiterreden.

»Na ja, guck mal. Irgendwie ...« Mara reicht mir den Eiscremebecher und lehnt sich gegen die Raufasertapete am Kopfende meines Bettes. »Ach, das ist komisch. Ich weiß auch nicht. Lass uns das lieber lassen.«

Ich sehe sie so lange streng an, bis sie schließlich redet. Es muss wirklich etwas Besonderes sein, wenn sie mir einfach so den Eisbecher gibt.

»Okay. Es kann sein, dass, na ja ...« Sie verknotet ihre Finger hektisch ineinander.

So habe ich sie bisher wirklich noch nicht erlebt. Nicht wenn sie einfach nur verliebt ist. Dieses Mal muss es anders bei ihr sein. Vielleicht mag sie diesen Jungen wirklich. Ich lächle, hoffentlich meint er es auch gut mit ihr, sie hat es verdient.

»Ich schätze, ich stehe auf ... ähm ... Chris«, gesteht Mara unsicher, mit gesenktem Blick und einem vernichtenden Klang in der Stimme, ganz so, als wäre das etwas Unheilvolles.

»Chris?« Kurz droht mir der Eisbecher aus der Hand zu fallen. »Welcher Chris?«

Mara guckt mich verwundert an. »Na, der Bruder von

Marc«, meint sie dann mit einer hochgezogenen Augenbraue, als wäre es ganz selbstverständlich, dass ich sofort an Marcs Bruder denke, wenn ich den Namen »Chris« höre. Ich meine, klar, ist ja auch so selten. Hört man ja kaum.

Ein Lachen bahnt sich den Weg von meinem Bauch bis zu meinem Mund. »Na und? Ist doch cool! Warum machst du da denn so ein Geheimnis draus?«

»Huff, da bin ich aber froh.« Mara atmet erleichtert aus und beugt sich etwas näher zu mir. »Weißt du, irgendwie fand ich das komisch. Wir sind beste Freunde, und du stehst jetzt auf den kleinen, ich auf den großen Bruder …«

»Ich stehe nicht auf den kleinen Bruder!«, stelle ich klar. »Und komisch finde ich das überhaupt nicht. Ich meine, warum auch? Ich hoffe bloß, dass Chris besser ist als sein Ruf – und als Marc.«

Ich denke an den brutalen Spieler auf dem Fußballplatz, und ich hoffe, dass er außerhalb des Bolzplatzes ein angenehmerer Zeitgenosse ist. Ich weiß nicht warum, aber Mara gerät meistens an die falschen Jungs. An solche, die es nicht ernst mit ihr meinen, die mehr an ihrer Schönheit interessiert sind als an ihr als Mensch. Gut, bis jetzt hat sie sich auch nicht wirklich daran gestört. Sie wollte es selbst gar nicht anders. Aber bisher hat sie noch nie Herzchen auf jeden freien Fleck gezeichnet. Dieses Mal muss es etwas anderes sein. Ich schätze, es hat Mara so richtig erwischt.

»Wie lange kennt ihr euch denn schon?«

»Das ist es ja. Wir kennen uns gar nicht«, seufzt Mara. »Beziehungsweise: Er kennt mich nicht, und ich weiß nicht, wie ich das ändern soll.«

So schüchtern kenne ich meine beste Freundin gar nicht. Wenn ihr ein Typ gefällt, hat sie normalerweise keine Hemmungen, auf ihn zuzugehen und sich von ihm auf ein Getränk oder eine Süßspeise einladen zu lassen. Sie muss Marcs

Bruder echt gern haben, wenn sie sich so davor fürchtet, von ihm zurückgewiesen zu werden.

Da dämmert es mir endlich. »Bist du deswegen immer so oft beim Fußball gewesen? Um Chris zu stalken?«

Kurz zieht Mara überrascht eine Augenbraue hoch, dann sackt sie in sich zusammen und nickt. »Schon ein bisschen, aber nicht in erster Linie. Das war … mehr so ein angenehmer Nebeneffekt.«

Da habe ich eine hervorragende Idee. »Ich treffe mich morgen mit Marc. Soll ich ihm eben schreiben, dass er seinem Bruder Bescheid sagen soll, zu Hause zu bleiben, und dann kommst du mit?«

Ich lächle und freue mich über diesen meiner Meinung nach genialen Schachzug. Immerhin lernt Mara dann endlich Chris kennen, und ich bin nicht alleine mit Marc.

Doch Mara macht große, geradezu panisch schockierte Augen und winkt ab. »Lass mal. Das wäre voll komisch. Danke trotzdem.«

Hm. Schade. Aber vermutlich hat sie recht, und es wäre wirklich komisch. Ich seufze und sehe jetzt erst, dass sie schon den ganzen Eisbecher leer gegessen hat.

Samstag

Dieses Wochenende übernachte ich bei meinem Papa, seiner Freundin Carola und deren fetter Katze. Deshalb muss ich nur einmal die S-Bahn wechseln, um zu Marcs Haus zu kommen. Das letzte Stück gehe ich zu Fuß und ärgere mich über meine Kleiderwahl, da es gegen Abend doch noch einmal eine ganze Spur kälter ist als tagsüber. Warum habe ich es mir überhaupt zu Herzen genommen, als Marc gestern meine Klamotten kritisiert hat? Der hat doch keine Ahnung!

In Maras Trägerkleid, das meiner besten Freundin gerade einmal über den Po und mir immerhin fast bis zum Knie reicht, fühle ich mich verkleidet. Es kommt mir fast so vor, als würden mich die auf den grünen Stoff gedruckten Gänseblümchen auslachen. Damit ich sie nicht so präsent im Blickfeld habe, ziehe ich die dicke weiße Strickjacke, die ich darüber trage, um maximale Eleganz bei minimaler Kälteangriffsfläche zu haben, noch enger um mich. Zu allem Überfluss habe ich noch nicht einmal zu meinem Outfit passende Schuhe gehabt, und Maras Füße sind zwei Nummern zu groß, sodass ich jetzt meine stinknormalen, ausgelatschten Turnschuhe trage.

»Ich wette, Marc freut sich«, hat Mara zu mir gesagt, als sie mir das Kleid in die Hand gedrückt hat. »Da kann er dir gar nicht widerstehen!«

Sie hat sogar behauptet, es würde gut an mir aussehen. Umwerfend. Ich hätte daran denken sollen, dass Mara ebenfalls felsenfest davon überzeugt ist, dass Harry Styles sich augenblicklich in sie verlieben wird, sollte er sie jemals zu Gesicht bekommen. Wieso höre ich überhaupt auf so jemanden?! Außerdem will ich gar nicht, dass er mir nicht widerstehen kann.

Trotzdem kann ich nicht ganz ignorieren, dass mein Herz wild in meiner Brust klopft, als ich die Stufen zu dem Mietshaus, in dem Marc wohnt, hochgehe und mit zitternden Fingern auf die Klingel drücke. Warum bin ich so aufgeregt? Ich möchte das nicht. Wahrscheinlich weil ich außer bei Leo noch nie bei einem Jungen alleine zu Hause war – selbst wenn der nicht sturmfrei hatte. Soll ich vielleicht doch kneifen? Was mache ich hier überhaupt?

Mit einem Surren öffnet sich die Haupteingangstür, und ich laufe dann doch die ersten beiden Treppen hoch, die letzten paar Stufen dann etwas langsamer, um meinen Atem wieder zu beruhigen. Da machen mir allerdings sowohl meine Aufregung als auch meine Kondition einen ziemlichen Strich durch die Rechnung.

Ein letztes Mal streiche ich mir die Haare aus dem Gesicht und atme tief durch. Dann hebe ich meine Hand, um zu klopfen. Just in dem Moment, als meine Knöchel zum ersten Mal das dunkle Holz berühren, wird die Tür aufgerissen.

»Hey, schön, dass du da bist«, sagt ein dunkelhaariger Junge, allerdings nicht Marc. Ich brauche einen Moment, um sein Gesicht zuzuordnen. Dann wird mir klar, dass es Chris ist. Marcs Bruder. Das selbstbewusste Lächeln muss in der Familie liegen.

»Ähm. Hallo«, sage ich verwirrt. »Eigentlich bin ich hier mit Marc verabredet.«

Ich ärgere mich gerade noch über meine Wortgewandtheit, als plötzlich meine eigentliche Verabredung auftaucht und Chris mit der Hüfte zur Seite drängt.

»Bist du auch! Mein Lieblingsbruder hat sich nur gerade von seiner Freundin getrennt und weiß jetzt nicht, wo er den Abend verbringen soll«, erklärt Marc sichtlich genervt.

»Ich bin nämlich so entsetzlich traurig«, führt Chris fort, wobei er eher amüsiert aussieht.

Wie sie so nebeneinanderstehen, kann ich die Ähnlichkeit kaum übersehen. Ihre Augenfarbe ist oberflächlich zwar identisch, aber da, wo Marcs Augen mich an gefrierendes Wasser erinnern, wirken die von Chris wie schmelzendes Eis. Wo Marcs Lächeln zwar selbstgefällig, aber trotzdem immer etwas distanziert wirkt, ist das seines Bruders fröhlich und herausfordernd. Eines haben die Rothe-Brüder allerdings gemeinsam: Beide sehen wirklich sehr gut aus. Ich verstehe durchaus, warum Mara ein Auge auf Chris geworfen hat. Er wirkt eindeutig netter und aufgeschlossener als Marc – wenn auch nicht weniger von sich selbst eingenommen. Was ist das nur für eine Familie?!

»Oh, okay«, sage ich. »Kann ich dann, äh, reinkommen?«

Marc mustert mich noch einen Moment mit diesem prüfenden Blick, bevor er seinen Bruder ganz zur Seite schubst, sodass ich hereinkommen kann. Chris scheint den Wink verstanden zu haben und verschwindet in irgendeinem Raum tief in der Wohnung.

»Na? Hast du vor, da Wurzeln zu schlagen, oder was?«, fragt Marc mit hochgezogenen Augenbrauen und macht eine ziemlich übertriebene, ausladende Bewegung mit seinem Arm, die mich auffordert, einzutreten, während er allen Ernstes Anstalten macht, die Tür zu schließen. Vor meiner Nase!

Doch bevor die Tür nun tatsächlich ganz zugeht – und Marc scheint nicht in der Stimmung für Späße zu sein –, schlüpfe ich noch schnell hindurch. Meine Bewegungen sind so hastig, dass mein linker Fuß dem rechten im Weg ist und ich es irgendwie fertigbringe, mein Gleichgewicht erst dicht vor Marc wiederzuerlangen. Dicht genug, dass ich seinen Geruch einatmen kann, diese wunderschöne Mischung aus herbem Duschgel und ihm selbst. Dicht genug, dass ich den kleinen

Fussel sehen kann, der am Kragen seines blauen T-Shirts hängt, das ihm unverschämt gut steht, und dicht genug, dass er eigentlich jeden Moment mein Herz schlagen hören müsste, wie es in meiner Brust plötzlich wie wild losklopft und all meine Lügen und mein schlechtes Gewissen herausposaunen will. Sowohl er als auch ich stehen wie versteinert da. Wahrscheinlich sind das in Echtzeit nur Sekundenbruchteile, für Marc nur ein winziger Augenblick, aber mir kommt es wie eine halbe Ewigkeit vor. Einatmen, Anne, dein Gehirn braucht Sauerstoff!

Dass das mit der Luftzufuhr keine so gute Idee war, fällt mir in dem Moment auf, in dem mir klar wird, wie präsent Marcs Geruch dadurch wird. Und der ist leider nun einmal nicht unbedingt förderlich, wenn es darum geht, mein Gehirn zum Funktionieren zu bringen. Ich bin mir ziemlich sicher, dass Marc um diese Wirkung weiß und dass er mit diesem Trick schon so einige Mädchen dazu gebracht hat, ihm im wahrsten Sinne des Wortes um den Hals zu fallen.

Der Plan! Ich muss mich auf den Plan konzentrieren! Und darauf, Marc wieder das Gefühl zu geben, die Oberhand zu haben, die Kontrolle über mich, butterweich in seinen Händen zerfließend. Ehrlich gesagt, fällt es mir gerade auch gar nicht so schwer, das alles zu spielen. Immerhin ist Marc nicht umsonst ein Frauenheld. Er ist attraktiv, das will ich gar nicht bestreiten, und diese Attraktivität zeigt auch bei mir Wirkung, aber er ist auch einfach nicht ernsthaft an mir interessiert. Ich wüsste wirklich gerne, wie hoch der Wetteinsatz ist.

Aber zurück zum Plan! Anne, konzentrier dich!

»Wegen gestern …«, murmle ich, traue mich aber nicht, ihm dabei in die Augen zu sehen, und starre deswegen auf meine Füße. »Das tut mir echt leid. Also wegen Leo. Ich weiß nicht, was mit ihm los ist. Das mit uns ist … aus und vorbei. Ich dachte auch, dass er und ich das geklärt hätten.

Ich habe mit der ganzen Sache auch schon abgeschlossen. Deswegen wundert es mich, dass er sich jetzt auf einmal so aufspielt …«

Lüge, Lüge, Lüge, schreit es in meinem Kopf. Gleich hast du zu dick aufgetragen und damit endgültig alles verbockt. Immerhin bin ich vermutlich die schrecklichste Lügnerin aller Zeiten. Er scheint meine Verzweiflung als schlechtes Gewissen dafür zu deuten, dass mir die ganze Situation mit Leo und seinem Aufstand furchtbar peinlich ist und schrecklich leidtut, denn auf einmal legt er eine Hand auf meinen Arm.

Ich erschrecke über die plötzliche Wärme und sehe zu ihm hoch. Dabei muss ich den Kopf ziemlich in den Nacken legen, um seinem Blick zu begegnen. Er lächelt, und in mir zieht sich plötzlich etwas zusammen. Etwas, das ich ganz schnell verscheuche. Verdammt, Marc ist wirklich gut. Ob er so wohl die anderen Mädchen rumkriegt?

»Mir tut es auch leid«, erklärt er. »Ich hätte da nicht so überreagieren dürfen. Du kannst ja nichts für, dass dein Ex so ein Psycho ist. Aber du hättest mir trotzdem von ihm erzählen können.«

Das kann jetzt nicht sein Ernst sein. »Hm. Du meinst also ungefähr so, wie du mir von deinen zahlreichen Exfreundinnen erzählt hast?«, schicke ich eine Gegenfrage zurück und versuche, das Ganze mit einem Lächeln abzumildern. Immerhin will ich nicht, dass er mich doch noch rauswirft. Ich brauche ihn.

Marc zuckt die Schultern, tut alles mit einer Handbewegung ab. »Da gibt es nicht viel zu erzählen.«

»Sicher!«, schnaube ich.

Plötzlich schleicht sich ein undefinierbarer Ausdruck in seine Augen. »Okay, komm. Lass uns mal vernünftig reingehen. Oder würdest du den ganzen Abend lieber im Flur verbringen?«

Huch? Marc Rothe geht einem Streit aus dem Weg? Dreht sich die Erde noch? Ich folge ihm trotzdem – mal wieder.

In der Wohnung wird mir klar, was ich mir schon ansatzweise gedacht (und ausgeblendet) habe, als der Hausflur nicht nach Katzenpisse roch: Marcs Familie muss ganz gut verdienen. An den in Cremefarben tapezierten Flurwänden reihen sich ordentlich eingerahmte Familienfotos, bei denen ich gerne länger verweilen würde, aber Marc drängt mich weiter nach vorne, sodass wir uns im Wohnzimmer befinden. Zumindest schätze ich, dass das ein Wohnzimmer ist. Das Ganze hat ein wenig Loft-Charakter, denn es ist zur modernen Küche und zum Esszimmer hin offen. Bei der Einrichtung treffen wertvoll aussehende alte Stücke auf neue, zweckmäßige, und ich habe sofort Angst, etwas anzufassen. Angst, fettige Fingerabdrücke auf den Möbeln und Haare auf dem Holzboden zu hinterlassen, der aussieht wie vor zwei Minuten gefegt. Ich bin eigentlich niemand, der auf so etwas achtet oder Wert legt, aber ich fühle mich hier sofort ein wenig eingeschüchtert. Ich habe mir den Ort, an dem Marc lebt, irgendwie anders vorgestellt. Obwohl, denke ich mir, eigentlich passt es ganz gut. Marc ist kalt. Diese Wohnung ist kalt. Vermutlich hatte der Platz, an dem diese Familie früher gelebt hat, eine ähnliche Ausstrahlung. Ich stelle mir vor, dass die Menschen, die hier leben, alle ähnlich unnahbar sind und dass Marc möglicherweise gar nicht absichtlich so distanziert ist. Vielleicht passiert das einfach so nebenbei, wenn man in einer Möbelfiliale wohnt. Gut, Chris wäre da eine Ausnahme, aber die bestätigt bekanntlich ja die Regel. Trotzdem kann ich mir Marc hier nicht richtig vorstellen. Es fühlt sich nicht echt an, wenn ich mir ausmale, wie er hier nach dem Training heimkommt, seine Schuhe im Flur abstreift und die Sporttasche lässig in eine Ecke wirft. Wie er zum Kühlschrank schlendert, sich eine Wasserflasche nimmt, den Verschluss abdreht und ihn in der einen Hand behält, während er mit der anderen die Flasche zum Mund führt und daraus trinkt. Wie er den Kopf dabei in den Nacken legt und dann dorthin geht, wo ich das Badezimmer vermute. Wie er die inzwischen halb leere Flasche auf dem Waschbecken abstellt und sich ein paar Wassertropfen vom Kinn wischt, die hinunterzufallen drohen. Wie er in einer geschmeidigen Bewegung seinen Pulli samt T-Shirt auszieht und nachlässig in einen Wäschekorb gleiten lässt und wie er dann oberkörperfrei dasteht und … Wow. Ich schüttle den Kopf, und mir wird plötzlich ganz heiß. Ich weiß doch gar nicht, wie Marcs Oberkörper aussieht! Bestimmt ist der nicht so schön definiert wie in meiner Fantasie. Und selbst wenn. Ich will es gar nicht wissen! Glaube ich! Nein, ganz sicher nicht! O Mann!

Am liebsten würde ich mir jetzt selbst in den Arm kneifen, damit ich wieder zu Verstand komme. Wenigstens kann ich auf diese Art meine ansonsten so einschüchternde Umgebung ausblenden.

Ich drehe mich schnell zu Marc, um zu sehen, ob er etwas mitbekommen hat oder im schlimmsten Fall Gedanken lesen kann, und tatsächlich: Marc scheint mich zu beobachten, mit einem äußerst amüsierten Lächeln auf den Lippen.

»Ähm, also …«, beginne ich schnell, um die peinliche Pause zu beenden, die entstanden ist, als ich meinen Gedanken nachgehangen bin. »Was machen wir jetzt? Gehen wir in dein Zimmer?«

Marcs eisblaue Augen weiten sich, und etwas blitzt überrascht in ihnen auf.

»Die geht ja gleich zur Sache«, bemerkt Chris, der auf einmal wieder bei uns auftaucht, und klopft seinem Bruder auf die Schulter. Dann wendet er sich zu mir. »Meinst du mich auch? Soll ich mitkommen? Bist du so eine?«

Er wackelt mit den Augenbrauen, und ich werde auf der

Stelle knallrot. Okay, ich nehme alles zurück, was ich über Chris gedacht habe. Vielleicht wirkt er nett, aber er ist es definitiv nicht. Ich bin mir ziemlich sicher, dass er sein warmes Lächeln bewusst einsetzt, um Leute ohne ihr Wissen einzulullen. Ich sollte Mara unbedingt vor ihm warnen.

»Hör auf, Anne zu ärgern!«, fährt Marc seinen Bruder an.

»Oh, richtig!«, sagt er und schlägt sich auf einmal mit der Hand auf die Stirn. »Tut mir leid. Ich bin so unhöflich. Sorry. Nur weil mein kleiner Bruder mir die ganze Zeit etwas von dir erzählt, muss das umgekehrt ja nicht genauso sein. Verzeih mir bitte, ich bin Chris – und ich mache gerne schlechte Witze.«

Er hält mir die Hand hin, ich ergreife sie verwirrt. »Ich weiß. Also, dass du Chris heißt. Das mit den Witzen ist neu.« Kurz spiele ich mit dem Gedanken, mich auch vorzustellen, weil man das eben so macht, aber das kommt mir auch komisch vor, denn immerhin kennt Chris mich ja schon.

Er schüttelt meine Hand so kräftig, dass mein ganzer Arm wackelt, und ich befürchte kurz, dass er mir meine Schulter auskugelt. Dann ist die Aktion zum Glück vorbei.

»Woher eigentlich?«, fragt Chris. »Hat Marc dir von mir erzählt?«

»Nein«, antwortet Marc für mich. »Anne hat sich eben *schlau*gemacht.«

Die Art, wie er das betont, veranlasst dieses Mal seinen Bruder, ihn zu bitten, mich nicht zu ärgern. Zwischen den beiden liegt eine neckische Spannung in der Luft, und so eigenartig das jetzt klingt: Mir gefällt es irgendwie.

»Ach«, sagt Marc locker. »Ich darf das.« Und dann zwinkert er mir auch noch zu!

Ich kann nichts weiter tun, als fassungslos den Kopf zu schütteln, überrumpelt von so viel Selbstherrlichkeit und geballter Bruderpower. Am liebsten würde ich Marc für so eine

Reaktion schlagen. Warum so gewaltbereit heute, Anne? Färben die beiden Fußballrowdys etwa ab? Vielleicht sollte ich doch besser gehen, bevor ich Marc umbringe und meinen Plan somit für immer in die Tonne trete.

Ich atme einmal tief durch.

»Ähm, okay, also wenn wir nicht in dein Zimmer gehen, was machen wir dann?«, frage ich und werde auf einmal von zwei Brüdern hoffnungsvoll angeguckt.

Das verwirrt mich.

»Anne, du kannst doch sicherlich kochen, oder?«, fragt Chris und strahlt mich mit seinen hellblauen Augen an.

»Eigentlich hätte Chris heute mit seiner Freundin Chantal gegessen, aber das ging ja in die Brüche, und ich hätte mir was beim Chinesen bestellt«, erklärt Marc und zieht die Schultern hoch. »Aber wir dachten, wenn du schon mal da bist …«

Chris ist zwar nicht ganz so groß wie Marc, aber immer noch erheblich größer als ich, sodass die beiden ziemlich einschüchternd wirken und ich der Situation nicht recht etwas liebenswert Bemitleidenswertes abgewinnen kann.

»Deine Freundin heißt Chantal?«, frage ich, weil ich momentan nicht so genau weiß, was ich sonst sagen soll.

Mit der Gegenfrage haben die beiden offensichtlich nicht gerechnet. Der eine Bruder legt den Kopf etwas schief, und der andere zieht die Augenbrauen hoch.

Chris fängt sich als Erstes wieder. »Ja, Exfreundin, und kannst du jetzt kochen?«

»Ob ich kochen kann?« Ich lache kurz auf. »Ach, und ihr zwei Chauvinisten denkt euch also, nur weil ich ein Mädchen bin, mach ich euch mal eben was zu essen?«

Marc schüttelt den Kopf. »Nein. Eigentlich bin ich da drauf gekommen, weil du bis jetzt noch nichts konntest, und bei irgendwas musst du ja schließlich gut sein. Wir sind nicht chauvinistisch, okay?«

Er wirkt tatsächlich ein bisschen verletzt – vor allem hat er sie aber nicht mehr alle. Wenn die Situation nicht so absurd und die Augen dieser beiden großen, gut aussehenden Jungs nicht so hoffnungsvoll blau strahlen würden, wäre ich wahrscheinlich ernsthaft wütend.

»Dann seid ihr eben … Halunken«, meine ich mäßig aufgebracht. Außerdem bin ich solche schlechten Witze von Marc mittlerweile gewöhnt, und sie treffen mich nicht mehr, weil ich weiß, dass es nur sein sehr verschrobener Humor ist. Schwieriger ist es allerdings, mich davon nicht provozieren zu lassen.

»Wisst ihr, worin ich richtig gut bin?«

Beide schütteln den Kopf.

»Darin, euch beim Kochen zuzusehen«, meine ich trocken. »Kocht euch doch selber was.«

»Aber da ist keine Tiefkühlpizza im Gefrierfach. Nur Grünzeug.« Chris kommt einen Schritt auf mich zu, und in seinen Augen glitzert plötzlich wirkliche Verzweiflung. »Darauf komme ich nicht klar.«

»Dito«, meint Marc und blickt ebenfalls Hilfe suchend zu mir. »Lass uns nicht verhungern. Bitte.«

Ich hingegen gehe in meinem Kopf den schnellsten Weg zur Haustür durch. Das hier läuft ganz und gar nicht so, wie ich es mir vorgestellt habe. Dafür aber ziemlich aus dem Ruder!

Okay, Anne. Denk an Leo und den Plan. Du brauchst Marc. Wenn du jetzt gehst, kannst du es vergessen. Es ist nur ein Essen. Mehr nicht. Du tust das alles hier nicht ohne Grund.

»Das kann doch nicht wahr sein. Wie alt seid ihr? Acht?«, seufze ich, fange aber an, Richtung Küche zu gehen. »Ihr steht nicht im Weg, sondern helft mit. Was ich sage, wird gemacht, und was ich mache, wird gegessen, und den Abwasch macht ihr auch. Alles klar?«

Ich höre Marc leise kichern, als Chris ihm ein amüsiertes

»Die hat aber ’nen ganz schönen Kommandoton drauf.« zuflüstert.

Tatsächlich gibt es in dieser Küche unheimlich viele Küchenschränke, einen riesigen Kühl- und einen noch größeren Gefrierschrank, aber nirgendwo konnte ich bis jetzt irgendetwas finden, das man einfach nur warm machen muss. Ich kann mich eigentlich ganz gut selbst versorgen, aber dafür brauche ich etwas, auf dessen Verpackung ich nachlesen kann, wie ich es zubereiten muss. Jedenfalls kein Obst und Gemüse, das so exotisch und exklusiv ist, dass ich nicht einmal weiß, wie ich es nennen soll.

Aber natürlich will ich mir nicht die Blöße geben und vor den beiden Jungs zugeben, dass ich keine Ahnung habe, was ich machen soll. Ich sende ein stummes Gebet gen Himmel, als ich Tomaten, Zwiebeln und kurz darauf sogar eine Packung Nudeln finde. Während ich Chris auf die Suche nach Öl, Knoblauch und irgendwelchen Gewürzen, die gut riechen, schicke, machen Marc und ich uns daran, Zwiebeln und Tomaten zu zerkleinern.

»Bist du so gerührt, dass ich euch etwas koche?«, hake ich neckend nach, als ich sehe, wie Marcs Augen über der Zwiebel tränen, die er gerade ungelenk schneidet.

Er nickt und fasst sich theatralisch an die Brust. »Und dann auch noch so etwas Kreatives wie Nudeln mit Tomatensoße! Du machst mich fertig!«

Ich zucke mit den Schultern. »Selbst schuld.«

»Besonders erwähnenswert finde ich auch das Chaos, das du hier verursachst und das ich aufräumen muss.« Ich mag es, wie er mich jetzt aus seinen verheulten Augen ansieht.

»Wie lange sind eure Eltern denn weg?«, frage ich, weil ich vermute, dass die nicht gerade begeistert wären, wenn sie sehen würden, was wir in ihrem sonst so aufgeräumten Haus anstellen.

»Die kommen morgen Abend wieder. Verbringen das Wochenende bei Freunden in Hamburg«, erklärt er und sieht nicht aus, als wolle er das noch weiter ausführen.

Da dringt plötzlich Musik aus dem Wohnzimmer zu uns herüber, ein treibender Beat, der erst mich und dann Marc dazu verleitet, leicht im Takt mitzuwippen. Wir sehen uns kurz an und müssen dann beide losgrinsen. Chris hat auf seiner Suche gerade die wichtigste Zutat gefunden: Spaß.

♥ ♥ ♥

»Überraschenderweise hat das sogar ganz gut geschmeckt«, stellt Marc fest, lehnt sich entspannt im Stuhl zurück und streckt die Arme aus, bis die Gelenke knacken.

Wir haben uns zum Essen an den kleinen, runden Küchentisch gesetzt, der irgendwie ein bisschen versteckt und verloren zwischen all den anderen Möbeln steht. Im Hintergrund läuft irgendeine italienische Oper, auf die Chris zum Spaghetti-Essen bestanden hat. Damit es so richtig schön authentisch ist, hat er behauptet.

»Ich fand es nicht so überraschend.« Er beugt sich zu mir und knufft mich in die Schulter. »Hab mir gleich gedacht, dass Anne es draufhat.« Dann lächelt er mich verschwörerisch an.

»Tja.« Ich blicke zufrieden zu Marc und strecke ihm die Zunge raus. »Schneid dir da mal 'ne Scheibe von deinem großen Bruder ab. Der ist nett.«

»Ja, und nett ist die kleine Schwester von scheiße«, stellt Marc unbeeindruckt fest, kann sich ein Lächeln dann aber doch nicht verkneifen.

Auch wenn Marc es nicht so offen wie Chris zeigt, sehe ich genau, dass sich die beiden wirklich über so etwas Simples wie Nudeln mit Tomatensoße freuen, und beim Anblick ihrer strahlenden Augen kann auch ich ein breites Grinsen nicht mehr unterdrücken.

Da bemerke ich ein wenig Tomatensoße an Marcs Kinn. Ohne groß nachzudenken – vermutlich bin ich eingelullt von dem schummrigen Licht, der angenehmen Atmosphäre und dem Gefühl, die beiden schon immer zu kennen –, beuge ich mich über den Tisch und wische den Soßenfleck mit dem Daumen weg. Überrascht trifft sein eisblauer Blick meinen, und ich erstarre vor Schreck zu Stein. So verharren wir. Die Zeit scheint stillzustehen. Hier sind nur Marc und ich. Das Licht der Stehlampe hinter mir spiegelt sich in seinen Augen, und es wirkt fast so, als würde das Eis langsam anfangen zu schmelzen. Der Anblick ist wunderschön.

Dann schallt auf einmal Chris' Lachen durch die entstandene Stille. »Tut mir leid, dass ich euren romantischen Moment zerstöre, aber deine Jacke hängt in der Soße, Anne.«

Ich reiße meinen Blick von Marc los und schaue auf den Ärmel, der tatsächlich im Topf hängt. Hätte ich die blöde Jacke doch nur gleich ausgezogen! Weiß ist einfach nicht meine Farbe!

»Mist«, murre ich und hänge stumm an, dass so etwas mal wieder typisch für mich ist.

Dann stehe ich auf und gehe zum Waschbecken, um die Soße auszuspülen, aber irgendwie versaue ich es damit nur noch mehr, und nun ist mein Arm bis etwas über den Ellenbogen hinauf hellrosa durchnässt. Hinter mir höre ich die beiden Jungs lachen. Sehr witzig.

Genervt ziehe ich die Jacke aus und hänge sie über den Stuhl. Dahin ist er also, der Stoff, hinter dem ich mich so schön verstecken konnte.

»So was Dämliches, echt jetzt!«, schnauze ich vor mich hin, als ich mich wieder an den Tisch setze. »Das wird nachher lustig auf dem Nachhauseweg. Dünnes Gänseblümcheneis und tiefgefrorener rosa Ärmel.«

Ich gucke auf die Küchenuhr und muss ein paarmal ungläubig blinzeln. Es ist schon fünf nach halb zwölf!? Das ganze Zutatensuchen, -schälen, -schneiden, -kochen und schließlich das Essen hat länger gedauert als gedacht.

Gut, ich habe jetzt keine genauen Vorgaben von meinem Papa bekommen, wann ich zu Hause sein soll – hatte ich noch nie –, aber normalerweise gehe ich auch nirgendwohin, wenn ich bei ihm bin, sondern lümmle auf seinem Sofa, mache mich dabei so breit wie möglich, damit die fette Katze nicht auch noch mit raufpasst, und sehe gemütlich fern. Papa sitzt dann meistens auf dem Sessel, seine Freundin hockt irgendwann auf seinem Schoß, und die beiden lachen gemeinsam an den falschen Stellen. Etwas nervig, aber irgendwie auch süß. Jedenfalls habe ich so normalerweise meine Abende verbracht, wenn ich bei meinem Papa bin. Bis heute.

In mir macht sich langsam ein schlechtes Gewissen breit, weil er sich bestimmt schon Sorgen macht und Carola damit zum Verzweifeln bringt. Da ich ihn nicht auf falsche Gedanken bringen wollte, habe ich gesagt, dass ich bei Mara bin. Also in guten Händen. Ich weiß, das ist eine glatte Lüge, aber ich wollte unangenehmen Fragen und einer möglichen Diskussion mit ihm aus dem Weg gehen. Ich meine, wie soll er das alles hier auch verstehen, ohne den Leo Plan zu kennen? Und den werde ich ihm ganz bestimmt nicht erzählen. Wenn mein Papa wüsste, was ich hier gerade mache, wäre er sehr enttäuscht – und besorgt, wenn er mitbekäme, wie gut mir der Abend mit den beiden stadtbekannten Herzensbrechern gefällt, mit denen ich gerade alleine am Küchentisch sitze, weil ihre Eltern heute Abend nicht zu Hause sind. Aber es ist nun mal – auch wenn ich es nur ungerne zugebe – sehr schön hier, und ich will noch nicht gehen. Aber vielleicht hat Papa schon Hunderte Nachrichten geschrieben, in denen er mit der Zeit die besorgten Fragezeichen immer mehr durch panische Ausrufezeichen ersetzt hat. Anne, wo bist du!!!

Mein Handy ist in meinem BH – ein Tipp von Mara –, weil meine Tasche nicht zum Kleid gepasst hat – ebenfalls ein Tipp von Mara –, und das doofe Kleid hat keine Taschen. Jetzt in meinen Ausschnitt zu greifen, um zu checken, ob mir mein Vater besorgte Nachrichten geschrieben hat, käme mir reichlich komisch vor. Allerdings will ich mich trotzdem vergewissern, dass Papa nicht gerade vor Sorge an die Decke geht und die Katze so lange nervös streichelt, bis die kein Fell mehr hat. Das macht er nämlich immer, wenn er aufgeregt ist – wie zum Beispiel bei Basketballspielen im Fernsehen oder bei James-Bond-Filmen. Das eigentliche Problem dabei: Das Vieh haart extrem, und dann regt sich Carola immer auf, weil sie das Katzenfell so schwer aus ihrem Flokati rausbekommt. Auf dem hellen Teppich heben sich die dunklen Katzenhaare ja schließlich so schön ab. Damit macht Carola ihren Standpunkt »Hör endlich auf, das arme Tier so zu malträtieren« mehr als klar. Mein Papa vertritt übrigens die Meinung, »Komm, lass mal den Teppich oder das Tier färben, dann fällt das nicht mehr auf«. Dem dicken Vieh gefällt die Streicheleinheit, glaube ich. Ich selber gehöre zur Fraktion »Die fette Katze oder Kater oder Kalb – was auch immer es ist – muss aus der Wohnung raus!«, finde mit meiner Meinung aber noch weniger Anklang als Papa mit seinem Wasserstoffperoxid.

Schließlich überwiegt meine Sorge. Als die beiden Jungs gerade die Teller und den leeren Nudeltopf wegbringen und ich mich unbeobachtet fühle, greife ich schnell in meinen Ausschnitt.

»So schummeln die Mädchen heute also!« Selbstverständlich hat Marc das Ganze doch mitbekommen. Er zieht fragend die Augenbrauen hoch. »Und ich dachte immer, meine Verabredungen hatten so rasantes Herzklopfen, wenn ich sie im Arm gehalten hab.« Idiot.

»Ne …« Ich lehne mich auf dem Stuhl zurück und gucke auf mein Handy.

Keine neuen Nachrichten. Ich bin erleichtert. Papa kann sich also noch keine allzu großen Sorgen machen. Vielleicht macht er sich ja überhaupt keine. Immerhin bin ich offiziell bei Mara. Andererseits … Was ist, wenn er sich so große Sorgen macht, dass er mittlerweile einen Herzinfarkt hatte und im Krankenhaus liegt? Nein, dann hätte sich Carola gemeldet. Die ist hart im Nehmen. Ich glaube, bevor die etwas aus der Ruhe bringt, darf Papa die Katze blondieren.

»Was ne?« Marc setzt sich wieder zu mir.

»Ne, die hatten kein Herzrasen«, erkläre ich und grinse Marc an. »Wovon auch?«

Ich merke, wie er sich dagegen sperrt, aber dann finden auch seine Mundwinkel einen Weg nach oben.

»So«, wende ich mich an Chris, der sich gerade zu uns setzt und abwesend an dem Nagelhäutchen seines linken Daumens knibbelt. »Wie war das jetzt mit Chantal?«

Es brennt mir schon die ganze Zeit unter den Nägeln, das Thema anzusprechen. Immerhin bin ich mir jetzt schon sicher, dass Mara mich darüber ausfragen wird.

Neben mir unterdrückt Marc ein Kichern, indem er nach seinem Glas greift und hastig trinkt. Ich halte Chris' Blick, bis er schließlich nachgibt.

»Na ja, Chantal ist meine Exfreundin.« Er windet sich, als wäre es ihm unangenehm, darüber zu reden. »Wir haben uns getrennt. Heute Nachmittag.«

Aber er wirkt gar nicht mitgenommen. Als Leo sich von mir getrennt hat, da war ich entsetzlich traurig, okay, ein winselndes Häufchen Elend. Ich konnte mich kaum auf den Beinen halten, geschweige denn Späße machen so wie Chris den ganzen Abend über.

»Du wirkst gar nicht mitgenommen. Fehlt sie dir nicht?«

Plötzlich fängt Marc neben mir an zu prusten und hält sich schnell eine Papierserviette an den Mund.

»Hey, lach nicht!«, tadle ich ihn und gebe seinem Arm einen Klaps mit dem Handrücken. »Das ist nicht witzig, und ich rede gerade auch gar nicht mit dir!«

Marc beißt sich auf die Lippe, setzt sich aufrecht hin und zwingt sich zu einem ernsten Gesichtsausdruck.

»Ja, Chris. Du hast Anne gehört«, wendet er sich seinem großen Bruder zu. »Mein Interesse ist ebenfalls geweckt. Wie war das jetzt genau? Erzähl uns alles, von Anfang an.«

»Also gut, wenn ihr es unbedingt wissen wollt.« Chris setzt ebenfalls ein übertrieben ernstes Gesicht auf. Die beiden haben sie doch nicht mehr alle. »Chantal und ich sind, kurz nachdem wir hierhergezogen sind, zusammengekommen. Also, vor drei Monaten.«

»Drei Monate? Und du bist nicht traurig?«, frage ich erneut. »Das ist eine lange Zeit.«

»Doch, doch! Ich bin traurig.« Chris verzieht die Mundwinkel nach unten und deutet mit seinem Finger auf die Grimasse. »Siehst du, wie traurig ich bin?«

Als ich nichts erwidere und ihn nur vorwurfsvoll bis verständnislos ansehe, bricht er schließlich das Schweigen.

»Okay, vielleicht wollte ich ja, dass sie Schluss macht. Die hat voll geklammert und wollte andauernd hören, wie toll sie ist und dass ich sie liebe und so was. Hat mich ganz schön genervt, die Alte. Aber ihr Hintern … Der war es echt wert, ihr Gejammer zu ertragen. Na ja, zumindest bis zu einem gewissen Punkt, und der war heute Nachmittag erreicht. Nachdem mein lieber kleiner Bruder mir erzählt hat, dass er ein Mädchen mit nach Hause bringt, wollte ich diesen denkwürdigen Moment unter keinen Umständen verpassen. Also rufe ich Chantal an und sage unser Date beim Italiener ab, und sie tickt voll aus – von wegen unser Monatstag und Bla und Blubb.«

»Und deswegen hat sie sich von dir getrennt?«, hake ich spöttisch nach. »Weil du an eurem Monatstag keine Zeit hattest? Echt jetzt?«

Marc grinst, als er meinen abfälligen Blick bemerkt. Vermutlich hat er, was Monats- und Jahrestage betrifft, eine ganz ähnliche Meinung wie ich. Monatstage sind aber auch etwas komplett Schwachsinniges! Also, klar habe ich mich gefreut, als Leo und ich ein halbes Jahr zusammen waren. Ich habe mich aber auch an jedem anderen Tag gefreut, dass wir zusammen waren. Ich war die ganze Zeit das glücklichste Mädchen der Welt. Da habe ich kein bestimmtes Datum gebraucht, um mich an mein Glück zu erinnern. Mit Leo.

Ich seufze innerlich und erwarte, dass mein Herz sich jeden Moment bei dem Gedanken an meine schöne Zeit mit Leo schmerzhaft zusammenzieht, aber der Stich bleibt aus. Ich horche noch mal ganz tief in mich hinein und … nichts. Eigenartig.

»Nein«, antwortet Chris ebenfalls ein wenig verwundert. »Sie hat deswegen nur mal wieder so Stress gemacht. Schrecklich! Ich konnte das nicht mehr aushalten, also hab ich ihr von Mandy, Liza und Candy erzählt, und dann hat sie Schluss gemacht.«

Ich ziehe eine Augenbraue hoch. Allerdings nicht nur, weil ich Mara jetzt definitiv von Chris abraten werde und es mich schockiert, dass er es offenbar geschafft hat, mit vier Mädchen gleichzeitig etwas zu haben, ohne dass sie etwas voneinander ahnen, denn bei dieser Familie wundert mich so schnell gar nichts mehr.

»Mandy, Liza, Candy? Und Chantal?«, frage ich ungläubig und kann mir ein Grinsen schließlich nicht mehr verkneifen. »Wohnen die alle im selben Haus?«

Marc kichert, aber Chris ist nicht so begeistert. »Du brauchst gar keine blöden Witze zu machen. Ich weiß schon, worauf du hinauswillst!«

»Ach ja, Kevin?«

Jetzt kann Marc nicht mehr und lacht los. Zum Glück lacht Chris mit. Da fällt mir etwas anderes ein. Etwas, was eigentlich viel spannender ist als ulkige Vornamen.

»Aber sag mal«, wende ich mich an Marc, der sofort aufhört zu lachen. »Und du bringst sonst keine Mädchen mit nach Hause?«

»Nie!«, antwortet Chris für seinen Bruder. »Er bringt nie welche mit nach Hause. Deshalb war ich ja so neugierig, welche der Tausend Puppen, die er für gewöhnlich so um sich schart, es endlich geschafft hat, an unsere Adresse zu kommen!«

Oh. Auch wenn ich es bereits wusste, schmerzt es doch ein bisschen: Ich bin wirklich nur eine von Tausend, und angesichts der Tatsache, dass Chris von »Puppen« spricht, wird mir sogar ein bisschen schlecht.

Ich atme tief durch und sehe die Situation plötzlich wieder etwas klarer: Die beiden sind Weiberhelden und interessieren sich nicht wirklich für ihre »Puppen«, sondern nur für deren Hintern. In meinem Fall interessiert sich Marc aber nicht mal für den. Ich bin eine Wette, und er wollte heute Abend gleich zwei Fliegen mit einer Klappe schlagen. Er hat mich eingeladen, damit ich für ihn und seinen Bruder zum einen den Cateringservice spiele und ihnen etwas zu essen koche, nur um mich dann – zum anderen – endlich rumzukriegen. Ich frage mich nur, warum es dazu Chris braucht. Soll Chris das Ganze dann bezeugen? Ist er deshalb hier? Ist letzten Endes ja auch egal. Mein Besuch hat jedenfalls nichts mit meinem Charme oder meiner schillernden Persönlichkeit zu tun, sondern mit Hunger und einer idiotischen Wette. Die beiden machen sich hier über mich lustig.

Diese Erkenntnis tut weh. Sie zieht ein bisschen an meinem Herz, kratzt etwas daran und klopft einen Tick zu doll dagegen. Warum tun die beiden so, als würden sie mich wirklich mögen? Denn das Gefühl habe ich – oder hatte ich bis eben.

Ich frage mich ein weiteres Mal, wie hoch der Wetteinsatz sein mag, dass Marc sich diese ganze Mühe macht, mir hier dieses Laientheater vorzuspielen. Für ihn bin ich bloß eine Spielfigur. Wahrscheinlich ist das die gerechte Strafe dafür, dass er in meinem Plan in etwa dieselbe Rolle einnimmt. Ich sollte wirklich nicht mit Steinen um mich werfen, während ich selbst im Glashaus sitze. Genau genommen bin ich keinen Deut besser – und das fühlt sich ziemlich mies an.

Chris steht auf und beginnt damit, den Rest des Geschirrs vom Tisch zu räumen. Ich bin plötzlich wie erstarrt. Auch Marc regt sich nicht mehr und hat den Blick auf seine ineinander verschränkten Finger gerichtet.

»Hey«, flüstert Chris, als er sich neben mir über den Tisch beugt, um nach meinem Glas zu greifen. »Versau es nicht mit meinem Bruder.«

Er flüstert mir so leise ins Ohr, dass ich es über den gewöhnungsbedürftigen Gesang der italienischen Sopranistin erst fast nicht verstehen kann. Dann lächelt er mich wieder warm an, und es scheint, als wäre nichts passiert, aber seine Worte hallen in meinem Kopf nach. Fast wie eine Drohung.

Es fällt mir schwer, mein Stirnrunzeln zu verbergen. Ich soll es mit Marc nicht versauen? Dass ich nicht lache! Also, entweder hat Chris bei der Wette auf seinen Bruder gesetzt und die beiden ziehen hier gerade die ganz große Show ab, um mich einzulullen, oder er hat keine Ahnung von dem abgekarteten Spiel, das sein Bruder da spielt, und hält das alles hier für echt. Schwer zu sagen.

Ich fühle mich jedenfalls immer unbehaglicher, während ich Chris dabei zusehe, wie er mit lässigen, fließenden Bewegungen unsere Gläser in die Spülmaschine stellt. Er sieht gut aus, und er verhält sich mir gegenüber durchaus freundlich. Ich verstehe schon, warum Mara ihn mag. Er hat etwas durchaus Anziehendes an sich. Nur Mandy, Liza, Candy und Chantal stören – seine »Puppen«. Arme Mara.

Ich sehe wieder zu Marc, der noch immer seine Finger anstarrt. Schön langsam wird das Schweigen zwischen uns eigenartig.

»Soso, ich bin also etwas ganz Besonderes?«, frage ich Marc halb im Scherz, halb ehrlich interessiert, um zu vertuschen, dass ich seine Taktik längst durchschaut habe. »Anders als deine Tausend anderen Puppen?« Okay, den Seitenhieb konnte ich mir nicht verkneifen.

Endlich blickt er auf. »Natüüürlich!« Er dehnt den Umlaut aber so, dass es definitiv eher spöttisch als ernst gemeint klingt. »Du bist sozusagen der Teddybär unter den Puppen.«

»Na wunderbar!« Ich versuche mich an einem begeisterten Lächeln und scheitere kläglich. »Ich bin ein Teddy!«

»Genau.« Er lächelt mich verschmitzt an, und plötzlich sieht es schon wieder so aus, als würden seine hellblauen Eisaugen schmelzen und immer mehr Risse bekommen. Auch wenn ich weiß, dass das alles reines Kalkül ist, scheint mein Herz gegen diese Erkenntnis immun zu sein, denn es fängt bei dem Gedanken, dass ich vielleicht doch für diese Eisschmelze verantwortlich sein könnte, schon wieder heftig an zu klopfen.

»Da bin ich wieder.« Chris stellt sich zu uns an den Tisch. »Wollen wir eine Runde ›Mensch ärgere dich nicht‹ spielen?«

Marc und ich ziehen synchron zueinander die Augenbrauen hoch.

»Ein zweites Mal an diesem Abend: Wie alt seid ihr?«, frage ich scherzend.

»Wenn, dann richte die Frage bitte nur an meinen Bruder«, korrigiert Marc lachend. »Zieh mich da nicht mit rein!«

»Ach, kommt schon. Das ist witzig!«, verteidigt sich Chris und steuert in Richtung Flur. »Ich geh es eben suchen.«

»Ich weiß gar nicht, ob wir das beim Umzug mitgenommen haben!«, ruft Marc ihm noch hinterher. »Chris?«

»Ich glaube, er hört dich nicht mehr«, sage ich.

Marc zuckt mit den Schultern. Eigenartig. Müsste Marc nicht widersprechen? Es ist fast zwölf, und wenn er mich heute noch ...

»Du hast dich heute schick gemacht, oder?«, fragt Marc plötzlich amüsiert. »Das Kleid und so.«

Da ich eine Falle beziehungsweise einen gleich folgenden gemeinen Kommentar wittere, vergrabe ich das Gesicht vorsichtshalber in den Händen und ergebe mich meinem Schicksal. »Meine beste Freundin hat mich dazu genötigt.«

»Sieht doch gut aus. Ungewohnt, aber ... ich mag das. Auch das mit deinen Haaren.«

Vorsichtig linse ich durch meine Finger hindurch. War das gerade ein Kompliment? Und breitet sich da auf Marcs Gesicht etwa gerade eine leichte Röte aus? Und ist da ein leichtes, unsicheres Flackern in seinem Blick? Unmöglich. Wahrscheinlich ist das nur das schummrige Licht.

»Das ist ein Haarreif«, erkläre ich wortgewandt wie immer.

Dann passiert etwas sehr Eigenartiges: Irgendetwas veranlasst mich dazu, den Reif abzunehmen, mich über den Tisch zu beugen und ihn auf Marcs Kopf zu schieben. Einfach so.

»Au!«, lacht Marc und zuckt ein wenig zusammen. »Sei doch nicht so grob!«

Ich streife dabei seine weichen, beinahe schwarzen Haare. Ich wüsste plötzlich wirklich gerne, wie es sich anfühlt, wenn meine Finger durch diese leicht zerzausten Strähnen gleiten.

Im letzten Moment wird mir dann aber doch noch klar,

was ich da gerade tue und vor allem denke! Also lasse ich mich schnell wieder zurück auf meinen Stuhl fallen, einen Tick zu hastig, als hätte ich mich an der Berührung verbrannt.

»Steht dir gut«, sage ich, um von meiner peinlichen Reaktion abzulenken, und betrachte mein Werk. »Solltest du öfter tragen.«

»Danke.« Marc justiert amüsiert den Reif nach. »Ich werd's mir merken.«

Was mache ich hier? Lasse ich mich gerade einlullen? Scheint ganz danach, denn mein Puls schnellt gerade wieder in die Höhe.

Nervös spiele ich mit meinem Handy vor mir auf dem Tisch.

Hat Marc mir gerade ernsthaft ein Kompliment gemacht? Es klang zumindest so. Damit hätte ich niemals gerechnet, nicht aus seinem Mund. Anders kann ich mir meine eigenartige Reaktion darauf auch nicht erklären, und vor allem darf ich nicht schon wieder das Wichtigste vergessen: Das ist alles nur ein Spiel für ihn! Er mag mich nicht wirklich, und ich mag ihn auch nicht wirklich. Ich liebe Leo. Eindeutig. Ich muss mich einfach an die Momente klammern, in denen Marc unausstehlich ist. In denen er sein wahres Gesicht zeigt. Ich darf mich nicht immer von fünf Minuten vorgetäuschter Freundlichkeit einlullen lassen. Außerdem sollte ich möglichst schnell gehen. Ich bin offensichtlich nicht mehr ganz zurechnungsfähig, wenn Marc nett zu mir ist. Wenn der Abend beziehungsweise die Nacht so weitergeht wie bisher, besteht die reelle Gefahr, dass Marc seine Wette am Ende noch gewinnt. Wenn mich schon ein kleines Kompliment so aus der Fassung bringt, möchte ich nicht wissen, was passiert, wenn er mir sagt, dass er mich wirklich mag, weil ich angeblich so nett und klug und hübsch bin. Das darf unter keinen Umständen passieren!

Da gibt es plötzlich einen lauten Knall. Es klingt so, als wäre irgendwo in der Wohnung etwas Schweres umgefallen. Hoffentlich ist Chris auf der Suche nach dem Brettspiel nichts passiert. O nein, das Brettspiel! Wie lange dauert so eine Partie »Mensch ärgere dich nicht«? Und wie spät ist es jetzt?

Ein Blick auf mein Handy spricht Bände. Auf der Zeitanzeige des Displays sind genug Nullen zu sehen, um eigentlich schon im Reich der Träume zu sein. Wenn wir jetzt anfangen, sind wir vor ein Uhr bestimmt nicht fertig, und wenn Marc weiterhin so nett zu mir ist, weiß ich nicht, was bis dahin noch alles passieren kann.

Ich trete also schnell den geordneten Rückzug an.

»Wow! Schon so spät?«, frage ich an niemand Bestimmten gerichtet und täusche ein Gähnen vor, das zum Glück schnell echt wird.

»Wie viel Uhr ist es denn?«, fragt Marc.

»Kurz nach zwölf«, gähne ich wieder. »Ich schätze, es wird langsam Zeit für mich, nach Hause zu gehen. Danke für den schönen Abend!«

Ich lächle Marc freundlich an, greife nach meinem Handy und will gerade aufstehen, als er seine Hand auf meinen Arm legt.

»Auf keinen Fall.« Er macht keine Anstalten, seine Hand wieder wegzunehmen. »Du kannst doch um diese Uhrzeit nicht mehr allein rausgehen.«

Die überraschende Berührung bringt mich kurz aus dem Konzept. Seine Hand fühlt sich warm an, trocken und leicht rau. Angenehm. Dann reiße ich mich aber schnell wieder zusammen.

»Klar kann ich das«, sage ich und ziehe meinen Arm weg.

»Außerdem wollen wir doch noch eine Runde spielen.« Er sieht ernsthaft enttäuscht aus.

»Weißt du was, ich finde, für heute haben wir genug gespielt.« Eigentlich will ich sagen, dass wir uns heute lange genug gegenseitig etwas vorgespielt haben, aber das würde alles kaputt machen.

»Sicher?« Der Blick seiner hellblauen Augen wird plötzlich wieder eisig. »Draußen ist es dunkel und kalt und gefährlich.«

Ich starre irritiert zurück. »Na und? Willst du mitkommen oder was? Mich nach Hause begleiten? Und dann? Dann musst du alleine nach Hause. Dasselbe in Grün.«

Marc wirkt alles andere als zufrieden mit meiner Schlussfolgerung. »Ja, aber ...«

»Guck mal«, unterbreche ich ihn. »Ich muss nicht weit, bin das Wochenende bei meinem Papa. In weniger als einer halben Stunde bin ich da. Zwanzig, fünfundzwanzig Minuten. Maximal.«

Da taucht Chris plötzlich auf und setzt sich wieder zu uns an den Tisch. Er trägt einen zufriedenen Gesichtsausdruck zur Schau, der zweifelsohne dem Karton mit Brettspielen in seiner Hand geschuldet ist.

»Hübsch«, kommentiert er Marcs Frisur. »Was hab ich verpasst?«

Aber keiner beachtet ihn so wirklich.

»Außerdem«, wende ich mich wieder an Marc, »was wäre denn in einer Stunde anders – oder besser? Es wird nur noch dunkler, kälter und gefährlicher.«

»Na, dann übernachtest du halt hier«, sagt Marc plötzlich genervt.

»Niemals!«, erwidere ich entschlossen.

Sonntag

Durch meine geschlossenen Lider dringt zaghaft das erste Sonnenlicht.

Als ich langsam die Augen öffne, bin ich im ersten Moment verwirrt und orientierungslos. Ich befinde mich in einem Zimmer, das ähnlich karg eingerichtet ist wie mein eigenes, das aber doch ganz eindeutig nicht mir gehört. Außerdem liege ich in einem Bett, das zwar durchaus bequem ist, aber ebenfalls ganz sicher nicht meins ist. Wo bin ich?

Da bemerke ich einen schweren Arm, der auf meinem Bauch liegt. Mein Blick wandert neugierig daran entlang bis zum Ärmel eines dunkelblauen T-Shirts, der sich um einen trainierten Bizeps spannt, streift kurz eine sich ruhig hebende und senkende Brust, gleitet dann schnell über einen Adamsapfel und ein kantiges Kinn hinauf über schön geschwungene Lippen und bleibt an geschlossenen Lidern hängen, hinter denen es hin und wieder zuckt, als würde er träumen. Er. Marc.

Marc! Schnell befreie ich mich vom Mantel der Gelassenheit, in den mich der letzte Hauch Schlaf gehüllt hat, und alles prasselt auf mich ein. Ich weiß plötzlich genau, wo ich bin und vor allem mit wem! Ich weiß nur noch immer nicht warum!

Ich atme einmal tief durch, um mich wieder etwas zu beruhigen – ein Fehler, wie ich sofort bemerke, denn er riecht wirklich gut. Wenn ich mich ein bisschen drehe, etwas näher an ihn heranrücke, um seinen Geruch besser einatmen zu können … Okay, hiermit ist es amtlich: Ich bin wirklich nicht mehr ganz dicht. Ich sollte schleunigst nach Hause.

Allerdings gibt es da ein kleines – okay, mindestens 1,80 m großes – Hindernis: Marc liegt auf der Seite, mir zugewandt, sein Arm noch immer auf meinem Bauch. Wenn ich nicht will, dass er aufwacht, muss ich jetzt behutsam vorgehen.

Vorsichtig greife ich nach seiner warmen Hand und schiebe sie mit spitzen Fingern und klopfendem Herz zur Seite. Dann versuche ich, langsam und möglichst leise aus dem Bett zu kommen, was mir zum Glück auch gelingt.

Ich mache einen kurzen Check. Mein Kleid hängt in zahlreichen Knitterfalten an mir herab, vermutlich sind meine Haare ein einziges Chaos, und mein Atem muss grausam riechen. Immerhin habe ich gestern keine Chance mehr gehabt, mir ordentlich die Zähne zu putzen. Wie auch, ohne Zahnbürste?

Lautlos schlüpfe ich durch die Zimmertür in den Flur und versuche, mich an den richtigen Raum zu erinnern. War das Bad links oder rechts? Ich würde es im Moment nicht verkraften, aus Versehen in Chris' Zimmer zu platzen. Immerhin hat er, bevor er schlafen gegangen ist, angedeutet, dass er eine Vorliebe dafür hat, nackt im Bett zu liegen. Mara hätte da sicher ihre Freude dran. Ich weniger. Ich glaube, das Bad war links. Augen zu und durch. Zum Glück ist gleich der erste Versuch ein Treffer. Schnell schließe ich die Tür hinter mir.

Die eiskalten Fliesen unter meinen Füßen holen mich zurück in die Realität und sorgen dafür, dass mich die Erinnerungen an gestern Abend geradezu überrollen. Ich kann gar nicht anders, als mich auf den Rand der Badewanne zu setzen und kurz die Augen zu schließen, denn mein Gleichgewichtssinn beschließt just in diesem Moment, dass es doch mal ganz angebracht ist, eine kleine Pause zu machen …

Eigentlich wollte ich gestern Nacht ja noch nach Hause, aber Marc hat mein »Niemals« nicht gelten lassen. Natürlich nicht. Er ist so ein Dickschädel! Auf meinen Einwand hin, dass ich keine Zahnbürste dabeihabe, hat er nur müde gelächelt und gewohnt charmant gesagt, dass ich mich nicht so haben solle und dass man von einem Mal Nicht-Putzen ja wohl keine Löcher bekomme. Außerdem habe er nicht vor, meinem Mund oder meinem Atem zu nahe zu kommen. Er werde natürlich auf dem Sofa im Wohnzimmer schlafen. Ich würde das öffentlich zwar niemals zugeben, aber in dem Moment habe ich einen kleinen Stich der Enttäuschung gespürt. Erst kämpft Marc so darum, dass ich bei ihm übernachte, damit er mich rumkriegen kann, und dann machte er kurz vor dem Schlusssprint einen Rückzieher. Natürlich kam mir das ganz recht, aber … ich meine, ich habe mir so etwas wie eine hübsche Frisur gemacht und ein Kleid angezogen. Ein. Verdammtes. Kleid. Ich habe gut ausgesehen! Trotzdem habe ich einen Korb von einem Typen bekommen, der nicht gerade den Ruf hat, allzu wählerisch zu sein – und eine Wette am Laufen hat!

Jedenfalls wollte ich danach wirklich nur noch nach Hause. Zumindest bis zu dem Moment, als ich mir überlegt habe, was passieren würde, wenn rauskäme, dass ich bei Marc übernachtet habe. Bei Marc Rothe, dem Schwarm aller Frauen. Würde das dem Plan helfen? Wäre Leo rasend eifersüchtig oder würde er aufgeben? Nein, Leo gibt nie auf. Er ist nicht umsonst Kapitän der Fußballmannschaft und angehender Chefarzt. Das Übernachten würde seinem Kampfeswillen wahrscheinlich erst den entscheidenden Schubs geben – solange Marc und ich nicht offiziell ein Paar sind. Und das sind wir definitiv nicht.

Was ist so verwerflich daran, das strategisch Vorteilhafte mit dem Bequemen zu verbinden? Na? Nichts! Außerdem hatte ich wirklich keine Lust, alleine durch die dunkle Eiseskälte zu gehen, und Marcs Bett würde mir alleine gehören. Damit war das Übernachten bei Marc also beschlossene Sache, und ich habe meinem Papa eine kurze Nachricht geschrieben, dass ich nicht mehr nach Hause käme und bei Mara bliebe.

Marc und ich haben uns dann aber irgendwie trotzdem noch bis kurz vor eins gestritten. Am Ende war ich einfach nur noch hundemüde. Im Gegensatz zu mir und Chris hat sich Marc bei dem Streit allerdings regelrecht wachdiskutiert, und als Chris sich verabschiedet hat, wollte Marc doch allen Ernstes noch einen kleinen Nachtspaziergang machen. Ich habe ihn mit großen Augen angesehen, und er hat mit einem genervten »Ja, was? Der Block hier ist sicher. Da begegnen einem maximal senile Bettflüchtige in Morgenmänteln, die nachts beschließen, noch schnell den Müll für morgen früh rauszubringen!« reagiert und sich die Schuhe angezogen. Dass das trotzdem ziemlich inkonsequent war, weil das Rausgehen zu so später Stunde vor ein paar Augenblicken noch eines seiner Hauptargumente dafür war, mich nicht nach Hause zu lassen, hat er damit abgetan, dass er bei mir sei und mich notfalls »vor den zwielichtigen Gestalten der Nacht beschützen« könne.

Das war seine Wortwahl, nicht meine. Er musste aber selbst darüber lachen.

»Ich brauche noch ein bisschen frische Luft, und wir haben keinen Balkon«, hat er schließlich gesagt und mich aufmunternd angesehen. »Einmal um den Block. Das war's. Okay?«

»Senile Bettflucht, verstehe schon. Willst du noch deinen Bademantel holen?« Dabei habe ich gegrinst und mir ebenfalls meine Turnschuhe angezogen.

Als ich meine noch immer halbnasse Strickjacke holen wollte, befand Marc sie für viel zu kalt, weswegen er mir eine Jacke von sich gegeben hat. Er war wohl irgendwie nicht mehr ganz er selbst und hat wirklich dringend frische Luft gebraucht, denn so viel Fürsorge passt definitiv nicht zu ihm.

Während wir also draußen herumgeschlendert sind, weit und breit kein Auto und auch keine zwielichtigen Gestalten der Nacht, nur das gelbliche Licht der Laternen, habe ich etwas getan, was mich da schon hätte stutzig machen sollen: Unter dem Vorwand zu frieren habe ich nämlich seine Jacke ganz dicht um meine Schultern gezogen und mein Gesicht in jedem unbemerkten Moment darin vergraben. Dieser Geruch macht süchtig! Gestern konnte ich nicht genug davon bekommen, und vorhin im Bett ging es mir nicht anders. Marcs Duft ist eine Droge, die mich einlullt und irgendwie entspannt – und von deren High ich gestern nie wieder runterkommen wollte. Also hat es mir auch nichts ausgemacht, dass Marcs Block verdächtig groß zu sein scheint.

»Witzig, wie das auf einmal alles so ruhig ist«, habe ich festgestellt und einen weiteren Zug Eau de Marc eingeatmet. »Kein Mensch weit und breit.«

»Na ja, hier in der Nähe sind ja auch nicht unbedingt viele Kneipen und Diskotheken«, dozierte Marc selbstzufrieden. »Die meisten Leute, die hier wohnen, liegen gerade im Bett und schlafen, und diejenigen, die noch nicht schlafen, sind eben dort, wo es Kneipen und Diskotheken gibt.«

»Also, ich gehöre definitiv zu den Leuten, die jetzt lieber im Bett wären.« Noch während ich es sagte, wusste ich, was für ein Blick mich gleich von der Seite treffen würde.

»Ach ja?« Ich konnte genau hören, dass Marc dämlich grinste. »Du willst also schleunigst zu mir ins Bett?«

»Ja, und zwar alleine«, habe ich betont gelassen angemerkt und einen bedeutungsschweren Blick auf meine schlotternden Knie geworfen. »Falls es dir noch nicht aufgefallen ist: Mir ist kalt.«

Sommerkleider im Winter: ganz schlechte Idee!

»Okay, wer als Erster an der Haustür ist.«

Noch während ich mich zu ihm umdrehte, konnte ich

sehen, wie Marc bereits loslief. Sofort nahm ich die Verfolgung auf.

Turnschuhe: immer eine gute Idee!

Natürlich hat Marc, das Fußball-Ass, mich recht bald abgehängt. Also stand ich plötzlich alleine vor einer dunklen Straßenkreuzung und konnte mich nicht mehr daran erinnern, welche Abzweigung die richtige war.

»Marc?«, habe ich in die kalte Nacht hinein gerufen und meine Schritte ein wenig verlangsamt.

Als er nicht geantwortet hat, ist mir dann doch ein wenig mulmig zumute geworden, und als dann neben mir plötzlich eine finstere Gestalt laut rufend und mit den Armen wirbelnd aus dem Schatten hervorgesprungen ist, hat mir das eine Heidenangst eingejagt.

»Du Arschloch!«, entfuhr es mir, denn natürlich war es Marc.

»Dein Gesicht!« Er hat sich überhaupt nicht mehr eingekriegt vor Lachen. »Herrlich, einfach herrlich.«

Meine Antwort war ein wütendes Schnauben und ein möglichst empörter Gesichtsausdruck. Außerdem habe ich meine Hände schnell in die Jackentaschen geschoben, damit er nicht sehen konnte, dass sie zitterten.

»Also dafür, dass du so ein Horrorfilmfan bist«, brachte er mühsam heraus, »bist du ganz schön schreckhaft!«

»Woher weißt du, dass ich …?« Ich dachte, ich hätte es im Kino einigermaßen gut vor ihm geheim gehalten. Wobei … Gut, spätestens, als ich zu ihm auf die improvisierte Filmbühne gestiegen bin, dürfte er es gemerkt haben. »Ist ja jetzt auch egal.«

Wir haben uns dann wieder in Bewegung gesetzt, und Marc schien bester Laune.

»Woher ich weiß, dass du auf Horrorfilme stehst?« Er sah mich beinahe mitleidig an. »Komm schon. Ich sehe zwar gut aus, aber ich bin nicht dumm. Es war unmöglich, das nicht zu bemerken. Immerhin konntest du dich synchron zu den Schauspielern bewegen. Also, zumindest fast.«

Da musste ich natürlich sofort wieder an unseren Beinahe-Kuss denken, und mir wurde bei dem Gedanken in Kombination mit dem Duft seiner Jacke plötzlich doch ziemlich warm.

Den Rest des Weges habe ich ihn dann lieber über seine Lieblingshorrorfilme reden lassen. Zum einen fand ich es interessant, dass wir tatsächlich einen ziemlich ähnlichen Filmgeschmack haben, zum anderen konnte ich irgendwie nicht mehr aufhören, auf seine Lippen zu starren – und an seiner Jacke zu riechen. Erbärmlich, ich weiß.

Bei ihm zu Hause angekommen, sind wir dann sofort in sein Zimmer. Er wollte mir unbedingt einen seiner Lieblingsfilme zeigen, den ich noch nicht gesehen habe. Dummerweise kannte ich den Film doch schon und hatte ihn – wie sich schnell herausstellte zu Recht – unter »zu wenig Blut, zu viel atmosphärische Landschaftsaufnahmen« abgespeichert, weswegen meine Aufmerksamkeit weniger dem Bildschirm, als vielmehr Marcs Arm gegolten hat, der nur wenige Zentimeter neben meinem war. Hey, immerhin lag ich gerade neben dem verführerisch duftenden Frauenschwarm vom Goethe Gymnasium. Natürlich konnte ich mich da nicht auf einen langweiligen Gruselfilm konzentrieren. Zu viele Fragen schossen mir durch den Kopf: Würde er gleich noch versuchen, mich rumzukriegen? Und wenn ja, wie wäre meine Reaktion? Was, wenn er mich küssen würde? Und was, wenn er mehr wollte? Wie weit wäre ich bereit mitzugehen? Ich meine, irgendwo haben der Spaß und der Plan ein Ende. Oder?

Ich habe Marc immer mal wieder heimlich von der Seite betrachtet, seine Gesichtszüge, den Schwung seiner Lippen, die tiefdunklen Haare – die wie immer auf diese absolut unwiderstehliche Art und Weise durcheinander zu sein schienen. So gebannt, wie er sich den Horrorstreifen reingezogen hat, schien er meine Anwesenheit vollkommen vergessen zu haben. Zum Glück.

Irgendwann hat er mein Starren dann allerdings doch bemerkt, und eine Sekunde lang, als er zu mir gesehen hat und sein Blick sich nicht von meinen Lippen lösen konnte, habe ich fest damit gerechnet, dass er sich gleich zu mir beugen und mich küssen würde. Die Risse in seinen Augen sind tiefer geworden, das Eis darin ist an der Oberfläche weiter angetaut, und ich habe mich gefragt, wie es wohl sein würde, wenn gar kein Eis mehr übrig wäre.

Aber Marc hat dann doch nur »Da vorne spielt die Musik« gesagt und sich wieder diesem langweiligen Film zugewandt. Wenigstens hat er keinen blöden Kommentar losgelassen, sondern sogar ein bisschen gelächelt. Wahrscheinlich habe ich mich deshalb kurz darauf getraut, sein – beziehungsweise mein – Kissen zu nehmen und es an ihn zu lehnen. Als kein Protest von seiner Seite kam, habe ich schließlich meinen Kopf ins Kissen hineingekuschelt. Das war einfach bequemer.

Irgendwann, kurz bevor ich fast ganz weggedämmert bin, habe ich – zumindest glaube ich das – gespürt, wie Marc mit den Fingern federleicht über meine Haare fahren ist. Ich kann mich aber auch täuschen. Ich war wirklich hundemüde. Jedenfalls bin ich irgendwann eingeschlafen, und Marc hat es offensichtlich auch nicht mehr rechtzeitig ins Wohnzimmer auf die Couch geschafft.

♥ ♥ ♥

Langsam richte ich mich wieder auf, blicke in den Badspiegel der Familie Rothe und unterdrücke ein nervöses Kichern. Ich habe die Nacht bei einem Jungen im Bett verbracht, den ich noch nicht einmal eine Woche kenne, der als Frauenheld verschrien ist und eine Wette am Laufen hat, bei der es darum geht, mich rumzukriegen. Ich muss komplett verrückt geworden sein.

Ich hoffe nur, dass er noch immer tief und fest schläft, weil er sonst Gefahr läuft, mich in meinem aktuellen Zustand im Badezimmer zu erwischen. Was ich mir nicht gerade angenehm vorstelle, für keinen von uns.

Ich betrachte mein Spiegelbild etwas genauer und rümpfe bei dem Anblick die Nase. Wie erwartet sind meine Haare total durcheinander, und um meine Augen herum haben sich kleine dunkle Krümel aus Schlaf und Wimperntusche gesammelt. Darunter liegen zartblaue Schatten, die verraten, um welche Uhrzeit ich ins Bett gegangen bin. Mit Marc Rothe.

Ein verräterisches Grinsen erscheint erneut auf meinen Lippen, bis es von einem unangenehmen Gedanken weggewischt wird. O Gott. Bedeutet das jetzt eigentlich, dass er mich rumgekriegt hat?

Wieder stellt sich mir die Frage, was »rumkriegen« eigentlich genau bedeutet. Die verlässlichste Quelle, um das rauszubekommen, wäre natürlich Marc. Dumm nur, dass ich ausgerechnet ihn auf keinen Fall danach fragen kann. Vielleicht Chris? Nein, er steckt mit Marc wahrscheinlich unter einer Decke. Es bleibt mir wohl nichts anderes übrig, als ihn und seine Reaktionen einfach genau zu beobachten. Wenn er mich gleich unfreundlich vor die Tür setzt, dürfte das die Frage ohne viel Interpretationsspielraum beantworten.

»Okay, durchatmen, Anne«, spreche ich mir selbst gut zu. »Du schaffst das.«

Wenigstens um eines meiner Probleme kann ich mich jetzt sofort kümmern, nämlich um mein Erscheinungsbild. Ich habe Wasser, Handseife und einen Spiegel. Das sollte ich wieder hinbekommen!

Als Erstes suche ich aber nach einem Schlüssel für die Tür und könnte verzweifelt gegen die Wand schlagen, als ich keinen entdecken kann. Innerlich flehe ich stumm, dass niemand reinkommt, während ich pinkle. Denn dazu ist es jetzt höchste Zeit.

Als das ungestört erledigt ist, spiele ich kurz mit dem Gedanken, mich doch einfach davonzustehlen, um allen anderen Problemen aus dem Weg zu gehen – einfach schnell aus der Tür raus, in den nächsten Bus rein. Ich müsste mich nur von neugierigen Wildfremden begaffen lassen, dann könnte ich bei Papa ungestört unter die Dusche springen und endlich meine Zähne putzen.

Aber erstens würde ich mir dann wahrscheinlich mein noch sehr fragiles Was-auch-immer-es-ist mit Marc zerstören, falls er das nicht innerhalb der nächsten halben Stunde selbst tut, und zweitens würde Papa unangenehme Fragen stellen, was ich bei Mara so getrieben habe und warum ich in so einem Zustand auftauche. Das steigert natürlich mein Bestreben, wieder wie ein normaler Mensch auszusehen.

Zuerst wasche ich mir die Wimperntusche mit etwas Seife weg und trockne mein Gesicht in Ermangelung eines eigenen Handtuchs mit etwas Klopapier. Dann überlege ich, wie ich das Kleid, das mir heute Nacht als Pyjama gedient hat, wieder halbwegs entknittert bekommen könnte. Da mir aber nichts einfällt, außer ein bisschen daran herumzuzupfen, muss das wohl so bleiben. Nun zu meinen Haaren. Irgendwo muss hier doch eine Bürste sein. Vorsichtig öffne ich die Schubladen und Türen der Badezimmerschränke. Aber alles, was ich entdecke, sind faltenglättende Gesichtscremes, teuer aussehende Parfümflakons und fein säuberlich nach Farben sortierte Nagellacke. Hierbei identifiziere ich Marcs Mutter eindeutig als Eigentümerin. Okay, vielleicht trägt ja auch sein Vater den Nagellack, besprüht sich mit Frauendüften und bekämpft tapfer seine Alterserscheinungen. Immerhin zieht meiner auch manchmal aus Langeweile Carolas Sachen an.

Marc und Chris kann ich ausschließen. Die habe ich nämlich noch nie mit lackierten Fingernägeln gesehen.

Schließlich entscheide ich mich dafür, einen besonders kreativ geformten Parfümflakon zweckzuentfremden, und fahre mir damit durch die Haare. Ziemlich erfolgreich sogar. Hätte ich nicht gedacht. So bekomme ich das nicht mal zu Hause hin. Kurz überlege ich, das Ding einfach mitgehen zu lassen, entscheide mich dann aber dagegen – auch weil ich ja keine Tasche dabeihabe. Im selben Moment erschrecke ich vor mir selbst. So viel kriminelle Energie und böse Gedanken … Das muss von Marc abfärben!

Nun zum Atem. Zwar entdecke ich ein paar Zahnbürsten, aber davor, die von Chris – oder noch schlimmer: der Mutter – zu benutzen, ekele ich mich ein bisschen. Die von Marc wäre noch okay. Ihren Besitzer wird man der Zahnbürste aber leider nicht ansehen. Es ist die Sehnsucht nach einem halbwegs frischen Atem, die mich schließlich dazu treibt, nach der Zahnpasta zu greifen und mir eine große Portion in den Mund zu drücken.

Just in dem Moment öffnet sich die Badezimmertür. Ertappt reiße ich den Kopf herum, während ich weiterhin die Tube zusammenquetsche, sodass sich augenblicklich ein schöner weiß-grüner Zahnpastastreifen einmal quer über mein Gesicht zieht, um dann in einem stetigen Strom neben mir auf die Badezimmerfliesen zu platschen.

Vor mir steht Marc mit zerzaustem Haar und verschlafenen Augen, und mein Herz hat einzig und allein wegen des Schrecks einen kurzen Aussetzer. Wirklich.

»Eff ifft nicht, wonach eff auffffieht!«, gebe ich hektisch mit vollem Mund von mir, nachdem ich mich etwas gefangen habe und die Tube wieder verschlossen auf dem Waschbecken steht.

»Wonach sieht es denn aus?« Marc kichert, und ich kaue

ein wenig auf der Minzpaste in meinem Mund herum, weil ich nicht wage, mir jetzt mit dem Finger über die Zähne zu fahren, um wenigstens so zu tun, als würde ich sie mir putzen.

»Ähm, weifft du …« Ich muss bei dem Versuch, die Zahnpasta runterzuschlucken, plötzlich fürchterlich husten.

»Für mich sieht das aus«, bemerkt Marc und stellt sich neben mich ans Waschbecken, wobei er darauf achtet, nicht in die Paste auf dem Boden zu treten, »als würdest du versuchen, dir die Zähne ohne Zahnbürste zu putzen.«

Dann greift er nach seiner Zahnbürste – der blauen mit den ausgefransten, nach außen gebogenen Borsten – und fängt an, sich seiner morgendlichen Mundhygiene zu widmen.

»Hm, dann ist es vielleicht doch genau das, wonach es aussieht«, gebe ich zu und versuche nun doch, mit dem Zeigefinger so auf meinen Zähnen herumzurubbeln, dass sie sauber werden und mein Atem wieder minzfrisch riecht.

Während wir nebeneinanderstehend unsere Zähne putzen, betrachten wir uns gegenseitig wortlos im Spiegel. Er ist fast einen Kopf größer als ich. Ich versuche, in seinem Blick zu lesen, ob er sich gerade überlegt, wie er mich am schnellsten wieder loswerden will. Aber es sieht eher danach aus, als würde er sich fragen, wer dieses eigenartige Mädchen ist, das hier neben ihm im Badezimmer steht. Ich frage mich, ehrlich gesagt, genau dasselbe.

Dann spuckt Marc aus. »Ich geh schon mal vor. Frühstück gibt's in fünf Minuten in der Küche.«

♥ ♥ ♥

»Hey, du kannst ja doch kochen!«, stelle ich überrascht fest, als ich mich an den Küchentisch setze und Marc dabei beobachte, wie er am Herd steht und Spiegeleier brät.

Er fängt an zu lachen. »Erstens: Das sind nur Spiegeleier,

das kann jedes Kind. Zweitens: Es macht viel mehr Spaß, sich von jemand anderem etwas zubereiten zu lassen.«

»Hm.« Ich tue so, als würde ich darüber nachdenken, und nicke dann. »Stimmt, kann ich nur bestätigen.«

Kurz fürchte ich die Stille, die daraufhin einzusetzen droht. Doch da fängt Marc plötzlich an, über Chris und dessen Schlafgewohnheiten zu reden, als wäre die Tatsache, dass ich morgens hier bei ihm am Küchentisch sitze, während er Frühstück macht, die normalste Sache der Welt. Marc erzählt mir gut gelaunt, dass sein großer Bruder ein ausgesprochener Langschläfer ist, den an einem Sonntagmorgen nicht einmal Helene Fischer auf voller Lautstärke aus dem Bett bringen könnte.

»Der schläft wie ein Stein.« Marc stellt die Pfanne mit den Eiern auf den Tisch, wo bereits zwei Teller, Besteck und Salz bereitstehen. Außerdem fördert er tatsächlich etwas Brot und eine Packung Käse zutage, die ich gestern gar nicht gesehen habe.

Natürlich entgeht ihm mein entrüsteter Blick nicht.

»Vorräte haben wir im Haushaltsraum.« Er macht eine ausladende Bewegung mit dem Arm. »Das ist die Tür da vorne.«

»Ernsthaft?« Ich sehe ihn fassungslos an. »Ihr habt einen … Warum habt ihr gestern denn nichts gesagt?«

»Du hast nicht gefragt.« Er schiebt mir grinsend zwei Spiegeleier auf meinen Teller. »Kann ich ja nichts für, wenn du da gestern nicht reingesehen hast.«

»Es hätte ja auch das Schlafzimmer deiner Eltern sein können!«, rege ich mich auf. »Woher soll ich denn wissen, dass ihr einen Haushaltsraum habt?«

Als ich als Antwort nur ein Schulterzucken bekomme, wird mir erst so richtig klar, dass das ganze Abendessenkochen wirklich nichts weiter war als ein Test, allerdings weiß ich weder wofür noch ob ich bestanden habe. Ich weiß nur, dass Marc ein Idiot ist.

Warum macht er so etwas? Warum ist er so? Warum kann er nicht einfach normal und nett sein? Natürlich kenne ich die Antwort, auch wenn sie mir – zugegebenermaßen – immer weniger gefällt. Warum Marc so zu mir ist? Weil er mich nicht wirklich mag. Das wusste ich von Anfang an, und ich brauche mir gar nicht einzureden, dass er die Wette längst vergessen hat, weil er mich kennengelernt und sich sofort unsterblich in mich verliebt hat. Das ist romantischer Blödsinn. Außerdem: Wenn man verliebt ist, verhält man sich anders. Das weiß ich von Leo.

Leo. Plötzlich werde ich von dem Gefühl der Sehnsucht übermannt. Ich vermisse es so sehr, jemanden zu haben, der einen in den Arm nimmt, ohne einen dummen Kommentar abzulassen. Jemanden, dem man hundertprozentig vertraut und auf den man sich absolut verlassen kann. Jemanden, der voll und ganz zu einem gehört. Aber vor allem: Jemanden, den man nicht kampflos aufgibt.

Da habe ich plötzlich eine hervorragende Idee.

»Was machst du eigentlich am Freitag?«, frage ich möglichst fröhlich und schiebe mir eine Gabel Spiegelei in den Mund. Das, was Marc da fabriziert hat, schmeckt überraschend gut.

»Diesen Freitag?« Er blickt von seinem Teller auf.

Ich schenke ihm mein schönstes Lächeln. »Ja, diesen Freitag.«

»Warum?« Er hält mit dem Essen inne und taxiert mich mit seinen eisblauen Augen.

»Da ist dieser Schulball.« Ich versuche mit aller Macht, mein aufgesetztes Lächeln im Gesicht zu halten. »An meiner … Schule, also, besser gesagt in der Turnhalle meiner Schule.«

»In der Turnhalle deiner Schule«, wiederholt Marc und klingt alles andere als begeistert.

»Also … Öhm …« Plötzlich bin ich doch nervöser, als ich gedacht hätte. Ich habe noch nie einen Jungen fragen müssen, ob er mit mir auf einen Ball gehen will. »Hättest du vielleicht Lust, da hinzugehen?« Pause. »Mit mir?«

Ich beiße mir auf die Lippe und traue mich nicht, ihn weiterhin anzusehen.

»Wann ist das denn?«

»Ähm, am Valentinstag.« Na wunderbar: Meine Stimme klingt plötzlich ganz belegt und irgendwie gequält. »Der ist am Freitag. Daher der Schulball.«

Marc lacht kurz auf. »Spinnerin. Meinst du ernsthaft, mich würde interessieren, wann Valentinstag ist? Ich will wissen, um wie viel Uhr dieser Schulball anfängt.«

»Ach so, um sieben.«

Erst jetzt wird mir schlagartig wieder bewusst, dass ich hier Marc Rothe gegenübersitze, dem Frauenheld vom Goethe, der Tausend *Puppen* um sich schart und bestimmt keine Lust hat, mit mir am Freitag auf einen langweiligen Schulball zu gehen. Wahrscheinlich rechnet er damit, dass er seine Wette bis dahin ohnehin schon gewonnen hat.

Ich schlage mir innerlich mit der Hand gegen die Stirn, denn das, was er da gerade macht, kenne ich nur zu gut. Er fragt nach dem Wann und Wo, und nachdem er meine Antworten gehört hat, wird er gleich ganz überrascht und vielleicht auch ein wenig gespielt traurig tun und so etwas sagen wie: »O sorry, an dem Tag hat meine Oma/mein Hund/meine Zimmerpflanze Dorothea Geburtstag. Sorry! Sonst wäre ich echt gerne gekommen, aber das verstehst du ja …« So habe ich das zumindest damals gemacht, als ich Mara noch nicht so gut kannte und sie immer etwas mit Leo und mir unternehmen wollte. Ich habe ihr einmal sogar erzählt, dass ich auf eine Beerdigung muss, und sie war dann total lieb und hat ihr Beileid bekundet, und dann hat sie uns an dem Tag auf dem Jahrmarkt getroffen, wie wir rumgealbert haben. Hat lange gedauert, bis sie mir das verziehen hat.

Jedenfalls habe ich keine Lust, mir so eine Ausrede von Marc anzuhören.

»Du musst auch nicht mit«, rudere ich deshalb schnell zurück. Ich kann ihn noch immer nicht ansehen. »Und das wäre auch total kitschig und blöd geworden. Die wollen das irgendwie amerikanischen Highschools nachempfinden, inklusive Ballkomitee und allem. Man hätte sich lächerlich schick anziehen müssen und … Vergiss es einfach.«

»Also, Verkäuferin solltest du später definitiv nicht werden.« Den amüsierten, selbstgefälligen Tonfall kenne ich nur zu gut von ihm – und ich hasse ihn.

»Danke, merk ich mir«, sage ich knapp und lege mein Besteck hin, bereit, jeden Moment aufzustehen und wütend davonzustürmen.

»Gerne«, sagt er beiläufig. »Und ich komme mit.«

Auf dem Rückweg zu meinem Papa lasse ich mir noch einmal unseren Abschied durch den Kopf gehen. Dieses Mal haben wir uns umarmt, und meine Güte: Marc weiß definitiv, wie das geht. Er hat ein gutes Gefühl dafür, wo er seine Hände hinlegen muss – und zwar an meinen Rücken, etwas über meinem Lendenwirbel –, mit exakt der richtigen Menge Druck, damit man von einer richtigen Umarmung sprechen kann. Es hat sich überraschend gut angefühlt – und beinahe echt. Daran, dass er diese Technik vermutlich mit unzähligen anderen Mädchen vor mir perfektioniert hat, mag ich gar nicht denken. Denn so gerne ich es auch leugnen will, Marc lässt mich längst nicht mehr kalt. Wette hin oder her. Der

Plan, mein einstiger Fels in der Brandung, trägt sich mehr und mehr ab.

Ja, Leo ist toll, aber je mehr Zeit ich mit Marc verbringe, desto stärker wächst in mir die Befürchtung, dass es mit ihm und einer zweiten Chance sein könnte wie mit einer Süßigkeit, die man früher unheimlich gern gegessen hat und deren Produktion aber irgendwann eingestellt wurde. Jahre später findet man sie im Supermarktregal, kauft und probiert sie, aber der Geschmack ist nicht mehr derselbe. Vielleicht haben sich die eigenen Geschmacksnerven geändert, vielleicht die Inhaltsstoffe des Produkts – vielleicht sind aber vor allem die Erwartungen zu hoch. Man hat es so lange nicht mehr gegessen, den Geschmack nur in der Erinnerung gehabt. Da unterschlägt man schon mal gerne den Fakt, dass das Lieblingseis von früher eigentlich viel zu süß war, dass die Pralinen, die es immer bei Oma gab, eigentlich nach alten Schuhen geschmeckt haben und dass der Exfreund, den man so geliebt hat, eigentlich beinahe langweilig und ein bisschen humorlos war. Im Vergleich zu Marc Rothe.

O mein Gott, ich bin verloren.

Montag

Als ich am Montag in die Schule komme, fühle ich mich merkwürdig beschwingt. Mara sitzt schon auf ihrem Platz und grinst mich an, als ich mich auf den Stuhl neben sie fallen lasse.

»Du lebst ja doch noch!«, lautet ihre fröhliche Begrüßung – bei der ich allerdings einen leicht gereizten Unterton herauszuhören glaube. »Und? Wie ist es am Samstag gelaufen? Nichts Spannendes passiert, oder? Sonst hättest du es mir ja sicherlich längst erzählt, nicht wahr?«

Oh. Mara ist sauer. »Tut mir leid, ich wollte mich wirklich bei dir melden.« Ich sehe sie möglichst schuldbewusst an. »Aber ich hab am Samstag bei Marc übernachtet, und danach war ich bei meinem Vater, und ich war so müde und hab den ganzen Nachmittag geschlafen, und dann musste ich mich abends wenigstens noch kurz mit meinem Vater und Carola unterhalten und danach schnell nach Hause, und … ich dachte, ob wir jetzt Sonntagabend oder Montagfrüh reden, ist doch jetzt auch Lachs …«

Mara schlägt mit der flachen Handfläche auf den Tisch und bekommt einen plötzlichen Anfall von Schnappatmung. Gerade als ich mich frage, ob sie irgendwas verschluckt hat, das nun ihre Luftröhre verstopft, und ob ich erste Hilfe leisten soll, scheint sie sich wieder einigermaßen einzukriegen. Gut, »einigermaßen« steht hier stellvertretend für »gerade so« und das ziemlich »knapp«.

»Das kann ja wohl nicht wahr sein!«, zischt sie mit weit aufgerissenen Augen und etwas zu laut für meinen Geschmack.

»Ist es überhaupt nicht! Wofür hast du eigentlich ein Handy, wenn du es nicht benutzt?«

Ich sehe sie irritiert an. »Um jemanden anzurufen, falls ich gekidnappt werde und gefesselt in einem Kofferraum aufwache?«

Offenbar ist es noch ein wenig zu früh für Scherze, denn alles, was ich von meiner besten Freundin bekomme, ist eine hochgezogene Augenbraue und ein Blick, der unmissverständlich klarmacht, dass sie momentan einfach zu wütend ist, um mit mir zu sprechen, dass dieses Thema aber noch lange nicht erledigt ist.

Als ich in meiner Tasche nach meinen Mathesachen krame, schlendert Leo an mir vorbei auf seinen Platz zu. Ich kann nicht anders, als in meiner Bewegung zu verharren und ihn anzustarren – auch er sieht mich an, also, so richtig. Bis hinab in die tiefsten Tiefen meiner Seele. Nur Leo sieht mich so an, und mein Herz – dieses verräterische Ding – gerät plötzlich doch wieder ins Stolpern, weil es – genauso wie ich – plötzlich keine Ahnung mehr hat, für wen es jetzt eigentlich schlagen soll. Für den unwiderstehlich gut riechenden Frauenschwarm Marc Rothe, der eine Wette am Laufen hat, oder meinen liebenswerten Seelenverwandten Leo, der aus unerklärlichen Gründen mit mir Schluss gemacht hat und mich plötzlich wieder ansieht, als wäre ich das Zentrum seiner Welt. Ich meine, das ist auch alles etwas verwirrend, oder?

♥ ♥ ♥

Ich kaue auf meinem Bleistift herum und frage mich zum gefühlt hundertsten Mal, was das halbe Alphabet in der Matheaufgabe, die ich zu lösen versuche, verloren hat. Ich meine, als wäre die ganze Rechnerei nicht schon schwierig genug, wenn man nur Zahlen hat.

»O Gott!« Da wendet Mara sich mir auf einmal alarmiert zu. »Dann hat Marc seine Wette jetzt also gewonnen?«

»Hä?«, mache ich, von ihrem schockierten Tonfall vollkommen verwirrt.

»Du hast bei Marc geschlafen. Wette erfüllt?« Klar, dass Mara es nicht bis zur Pause aushält, mich noch einmal auf mein Date mit Marc anzusprechen. Es ist eigentlich sogar ein bisschen überraschend, dass sie es geschafft hat, so lange zu schweigen. Wie ich sie kenne, ist sie innerlich sicher schon kurz vorm Platzen. Trotzdem.

»Mara!« Empört ziehe ich eine Augenbraue hoch und senke meine Stimme, muss ja nicht jeder hören, über was wir hier reden. »Wir, äh … Ich habe nur bei ihm übernachtet.«

»In seinem Bett?«, fragt Mara zum Glück ebenfalls leiser und lehnt sich verschwörerisch zu mir.

»Ja«, flüstere ich und kann mir ein Grinsen nicht verkneifen.

»Mit ihm drin?« Maras Augen beginnen vielsagend zu funkeln.

»Ja, Mara, aber neben ihm. Wir haben nur geschlafen. Nebeneinander, nicht miteinander.« Kurz zögere ich, aber dann siegt meine Neugier. »Glaubst du, das fällt schon unter ›rumkriegen‹?«

Meine beste Freundin lehnt sich entspannt in ihrem Stuhl zurück. »Was denkst du denn?«

»Keine Ahnung, hab mich bisher noch nie so genau damit beschäftigt, was Jungs unter ›rumkriegen‹ verstehen.« Ich zucke mit den Schultern. »Marc war allerdings morgens noch ziemlich nett zu mir. Außerdem habe ich ihn gefragt, ob er mit mir zum Valentinstagsball geht, und er hat zugesagt. Also ist die Wette wohl noch nicht gewonnen. Oder?«

Bevor Mara noch etwas sagen kann – und ich sehe schon, wie ihr ein Kichern und ein ganzer Schwall Wörter auf der

Zunge brennen –, klinkt sich plötzlich unsere Mathelehrerin ein. »Anne, gibt es etwas, das du der Klasse mitteilen möchtest?«

»Äh. Nein!« Ich schüttle den Kopf und bin sogar zu erschrocken, um rot zu werden. »Nein, ist schon in Ordnung.«

Neben mir schaut Mara aus dem Fenster, als gäbe es etwas unheimlich Interessantes dort draußen, aber ich kann trotzdem sehen, dass sich ihre Mundwinkel immer wieder leicht nach oben schieben.

»Ach, und Anne. Ich habe übrigens einen Termin gefunden, an dem du die Klausur nachschreiben kannst«, überbringt mir Frau Dunkelmann die Hiobsbotschaft. »Würde es dir nächste Woche Montag passen?«

Nein, will ich sagen und entrüstet den Kopf schütteln. Allerdings fürchte ich, dass das keine Antwort wäre, die Frau Dunkelmann hinnehmen würde. Deswegen schlucke ich nur einmal schwer, sehe meine Mathelehrerin mit großen Augen an und nicke todesmutig.

♥ ♥ ♥

Mara und ich sind meistens die Letzten, die vor der Lehrkraft den Raum verlassen. So auch heute. Ich freue mich schon auf die Doppelstunde Kunst, weil wir da Musik hören und einfach vor uns hin malen dürfen.

»Also, seid ihr dann … zusammen?«, fragt Mara grinsend, als wir Richtung Klassenzimmertür gehen.

»Klar!« Ich lache kurz sarkastisch auf. »Marc ist ein richtig netter Kerl, und wir wären ein prima Paar. Du weißt schon: der Plan, die Wette, die ganzen Lügen und vorgetäuschten Gefühle.«

Denn sind wir doch mal ehrlich: So sieht die Realität aus. Da spielt es auch keine Rolle mehr, dass ich mir bei meinen Gefühlen nicht mehr ganz so sicher bin. Oder es zumindest war, bis Leo mich vorhin so angesehen hat, als gäbe es noch Hoffnung. Ach, das wird langsam alles etwas kompliziert.

Maras Grinsen verschwindet aus ihrem Gesicht. »Dein Plan steht also noch?«

»Ja, natürlich«, sage ich zögerlich. Er steht doch noch, oder? Warum sollte ich Leo nicht zurückwollen? Marc riecht zwar ganz gut und kann sogar nett sein, wenn er will, aber er meint es nicht ernst, während Leo mein bester Freund ist, meine erste große Liebe.

Da entdecke ich ihn plötzlich, wie er draußen vor unserer Klassenraumtür an der gegenüberliegenden Wand lehnt. Als er mich sieht, stößt er sich ab und blickt mich erwartungsvoll an. Mein Herz macht einen Sprung, aber zur Sicherheit gucke ich noch einmal zurück ins Klassenzimmer, um sicherzugehen, dass nicht gerade jemand hinter mir steht, auf den Leo eigentlich wartet. Aber da sind nur Mara, Frau Dunkelmann und ich. Leo wartet auf mich. Bei der Erkenntnis beginnt mein Herz heftig zu schlagen. Der Plan funktioniert!

Als ich dann allerdings schweigend vor ihm stehe, beginnt das Hochgefühl bereits wieder abzuflauen. So viel an ihm ist mir seit Jahren vertraut: sein Grübchenlächeln, seine warmen Augen und diese kleinen Phasen des Schweigens, in denen er sich im Kopf noch einmal alles zurechtlegt, was er mir gleich sagen will, weil Leo nun einmal so ist. Unüberlegte Bemerkungen, impulsive Kommentare und Kurzschlussreaktionen sucht man bei ihm vergeblich. Eigentlich war das immer etwas, was mir gefallen hat: die Struktur, die er seinem Leben gibt und die dadurch auch in meines gekommen ist, dieses Gefühl von Sicherheit und dass alles einen festen Platz hat. Aber während ich ihn so beobachte, wie er nach den richtigen Worten sucht, kommt mir das alles plötzlich irgendwie viel weniger schillernd und aufregend vor als früher. Eher irgendwie … nett.

Ich hab sie doch wirklich nicht mehr alle. Da steht Leo nun endlich vor mir und ist mir so nah wie seit Wochen nicht mehr – und was passiert? Nichts, denn anders als in meinen Träumen und in meiner Erinnerung ist da keine Spur von diesem magischen Kribbeln auf der Haut, kein ungestümes, heftiges Herzklopfen in meiner Brust. Vielleicht bin ich aber auch nur zu überrascht? Vielleicht ist mein Herz noch in Habachtstellung und legt erst so richtig los, wenn Leo wieder ganz offiziell *mein* Leo ist? Wäre doch möglich, oder? Und wenn er mich so anlächelt wie jetzt gerade, dann wird mir doch schon wieder etwas wärmer ums Herz, dann keimt in mir sofort wieder diese Hoffnung auf, dass wir sicherlich wieder zu unserer alten Form zurückfinden können, dann weiß ich, dass wir einfach nur ein bisschen vom Weg abgekommen sind und uns kurz verlaufen haben, aber nun die Chance haben, wieder gemeinsam nach vorne zu blicken.

Ob der Leo Plan noch steht? Aber sicher doch!

»Können wir reden?« Seine Stimme ist ruhig, aber er hat die Hände in den Hosentaschen vergraben. Ich kenne Leo gut genug, um zu wissen, dass er das nur macht, um zu verstecken, dass sie zittern. Er ist nervös. Und ich auch.

Dennoch bemühe ich mich darum, möglichst gelassen zu klingen. »Klar, was gibt's?«

Er wirft einen vielsagenden Blick in Maras Richtung, die ihn ihrerseits trotzig anstarrt. Ich freue mich, dass mir meine beste Freundin beistehen will, aber gleichzeitig möchte ich jetzt wirklich gerne unter vier Augen mit Leo sprechen.

»Leo und ich gehen außen rum«, wende ich mich an Mara, als die keinerlei Anstalten macht, von meiner Seite zu weichen. »Du brauchst aber nicht auch den langen Weg zu gehen, wenn du nicht willst.«

»Doch, ist schon in Ordnung«, erwidert Mara stur. »Ich komme mit.«

War ich nicht deutlich genug?

Noch ehe ich mir überlegen kann, wie ich meiner besten Freundin klarmachen soll, dass sie mich jetzt nicht beschützen muss, übernimmt Leo für mich. »Mara, ich möchte mit Anne alleine reden.«

»Sie aber vielleicht nicht mit dir?!«

Wow, so patzig habe ich Mara Leo gegenüber noch nie erlebt. Klar, hat sie mit mir gefühlt, als Leo sich von mir getrennt hat und ich gelitten habe, aber ich habe nie mitbekommen, dass sie irgendwie sauer auf ihn war. Vielmehr hat sie doch immer versucht, mich zu besänftigen.

»Doch, möchte ich«, erkläre ich und versuche mit meinem Blick zu verdeutlichen, dass alles in Ordnung ist.

Schließlich dreht Mara sich mit einem Schnauben weg und geht mit wütend wippenden Locken den Gang entlang. Ich weiß, dass sie es nur gut meint. Sie möchte nicht, dass Leo mich wieder verletzt, jetzt, wo mein Herz langsam wieder anfängt, normal zu schlagen. Sie ist eben meine allerbeste Freundin. Aber manchmal meint sie es einfach zu gut. Ich bin schließlich nicht aus Porzellan, und Leo wird mir nicht noch einmal wehtun, da bin ich mir sicher. Außerdem ist das doch alles nur ein einfaches, harmloses Gespräch. Oder? Okay, ich denke definitiv zu viel nach!

Er deutet mit der Hand charmant den Gang entlang und lächelt. »Nach dir.«

Eine Weile laufen wir einfach in stiller Übereinkunft nebeneinanderher. Turnschuhe schaben auf Pflastersteinen, Arme schwingen dicht nebeneinander, allerdings ohne sich zu berühren. Ich höre ein paar Vögel zwitschern, aber das friedliche Geräusch geht bei dem Lärm, den der Verkehr der nahe gelegenen Hauptstraße verursacht, beinahe unter. Als wir den

Pausenhof fast überquert haben und uns schließlich dem Eingang zu den Kunsträumen nähern, halte ich es nicht mehr aus.

»Warum wolltest du denn mit mir sprechen?« Wie ich Leo kenne, ist meine Frage der notwendige Anstoß, um ihn aus seinen Gedanken zu reißen. Manchmal analysiert er Gespräche in seinem Kopf tot, bevor sie überhaupt stattfinden können, und dabei passiert es nicht selten, dass er ganz vergisst, überhaupt etwas zu sagen.

Er bleibt stehen, sieht mir lange in die Augen, und ich merke, dass er schrecklich nervös ist.

»Du bist ja ganz schön schnell über die Sache mit uns hinweggekommen.« Es klingt nicht wie ein Vorwurf, einfach wie eine Feststellung.

»Wie meinst du das?«

»Na ja, wegen dir und Rothe. Anne, ich …« Leo fährt sich mit der Hand durch die Haare, und ich bemerke, dass sie leicht zittert. Der säuerliche Ton in seiner Stimme entgeht mir ebenfalls nicht.

Auch wenn ich ihn gerade stumm mustere und warte, bis er weiterspricht, stoße ich innerlich einen lauten Jubelschrei aus. Denn da ist er: der Beweis, dass der Plan funktioniert! Es klappt! Leo ist eifersüchtig. Wer hätte das gedacht?

»Weißt du, er ist einfach … Ich kenne ihn vom Fußball. Marc ist ein mieser Kerl, glaub mir.« Dann sieht er mich beinahe flehend an, und ich meine, auch ein wenig Trauer in seinem Blick zu erkennen. »Lass dich nicht von ihm einlullen, ja?«

Er meint es nur gut, trotzdem gefällt es mir nicht, dass Leo sofort so etwas Belehrendes ausstrahlt. Kurz habe ich sogar das Bedürfnis, ihm meinen Missmut an den Kopf zu werfen und ihm zu sagen, dass ich genau weiß, was ich tue, und dass ich Marc wahrscheinlich besser kenne als er und dass ich ihn trotz all seiner Makel … gern hab. Dann erschrecke ich aber über meine eigenen Gedanken und sperre sie ganz weit weg, denn das hier ist definitiv nicht der richtige Moment dafür.

»Du hast auch schon mit ihm darüber gesprochen, oder?«, frage ich leicht gereizt, obwohl ich die Antwort ja schon kenne.

Leo nickt. »Für dich ist das vielleicht etwas Ernstes, aber für Marc bist du nichts als eine weitere schnelle Eroberung, die er fallen lässt, sobald ihm langweilig wird. Du solltest wirklich nichts mit ihm anfangen.«

Wow. Er redet über mich, als wäre ich ein kleines Naivchen, das leicht zu haben ist und blind auf eine tiefe Klippe zuläuft!

»Leo, wir sind nicht mehr zusammen«, poltert es aus mir heraus, und ich bin erstaunt, wie leicht es mir über die Lippen gegangen ist. »Ich kann mich treffen, mit wem ich will!«

»So meine ich das doch gar nicht«, gibt er zerknirscht von sich. »Was ich sagen will, ist: Auch wenn wir nicht mehr zusammen sind, liegt mir noch viel an dir, und ich möchte nicht, dass du enttäuscht wirst. Das ist alles.«

Oh. Oh. Ich muss mich wieder beruhigen. Leo soll eifersüchtig werden, keinen zweiten Schlussstrich ziehen.

»Glaub mir, das werde ich nicht«, sage ich wieder etwas sanfter und atme tief durch. »Das mit Marc und mir ist nicht … so. Du weißt schon. Wir haben uns bis jetzt nur ein paar Mal getroffen. Wir, ich … Na ja, ich schaue einfach, was sich so ergibt. Wir sind jedenfalls kein Paar.«

»Gut.« Leo wirkt ernsthaft erleichtert. Fühlt er sich jetzt zu sicher? Womöglich.

»Also, noch nicht«, schiebe ich deshalb schnell nach. »Wer weiß, was sich entwickelt.«

»Sei einfach vorsichtig, ja?«, bittet mich Leo und setzt sich schließlich wieder in Bewegung.

»Und bei dir so?«, frage ich bemüht gelassen, während ich wieder neben ihm her gehe. »Hast du … Triffst du dich mit jemandem?«

»Ich … Nein«, meint Leo und hält mir die Tür auf.

Er schenkt mir ein trauriges Grübchenlächeln, und sofort zieht es mir das Herz zusammen. Es ist auf einmal irgendwie merkwürdig, mit Leo zu sprechen. Einerseits ist es so vertraut, andererseits fehlt genau das: die echte Vertrautheit. Wir sind unbeholfen, und das ärgert mich. Immerhin habe ich mir diesen Moment so sehr herbeigewünscht, und dann kommt alles doch irgendwie ganz anders, als ich es mir ausgemalt habe. Früher haben wir mit Worten gespielt wie andere Leute mit Pingpongbällen, und plötzlich ist es so, als hätten wir verlernt, miteinander zu sprechen. Das schmerzt.

»Ich vermisse dich«, sage ich plötzlich – und ich würde mir am liebsten sofort die Hände vor den Mund schlagen. Die Ehrlichkeit in meinen Worten erschüttert mich selbst. Das war nicht geplant!

»Ich dich auch.« Leos Antwort geht fast unter, so leise ist sie.

Er sieht mich nicht an, und das ist auch gut so, weil er sonst einen plötzlichen Anfall von Schnappatmung meinerseits mitbekommen hätte. Außerdem habe ich so Zeit, die jetzt in meinen Augen aufsteigenden Tränen schnell wieder wegzublinzeln.

»Aber ich weiß einfach nicht«, fügt er dann etwas lauter hinzu, »ob ich dich als *gute* Freundin vermisse oder als *meine* Freundin. Weißt du? Das ist alles irgendwie komisch.«

»Das versteh ich.« Ich bleibe stehen und halte ihn am Ärmel zurück. »Es ist nur einfach so merkwürdig, gar nicht mehr mit dir zu reden. Wir kennen uns schon so lange.«

»Ja«, er wendet sich zu mir und sieht mich endlich wieder an. »Und genau das ist es. Ich weiß einfach nicht, ob ich unsere Beziehung vermisse oder unsere Freundschaft. Vermisse ich die Küsse und die Nähe – den gemeinsamen Alltag – oder vermisse ich dich? Aber vermisse ich dich dann als meine beste Freundin oder als meine feste Freundin?«

»Das kann ich dir nicht sagen«, gebe ich zu, auch wenn ich ihm gerne etwas anderes geantwortet hätte. Zum Beispiel, dass er es nicht so kompliziert machen soll. Er vermisst mich, ich vermisse ihn. Was gibt es da noch lange zu überlegen?

Aber ich bin froh, dass wir wieder eine Art Faden zwischen uns spinnen, wenn auch holprig. Es wird, hoffe ich.

Andererseits gibt es da doch noch etwas, das ich wissen muss, bevor wir ernsthaft an so etwas wie einen Neustart denken können. Ein winziges Detail.

»Warum hast du Schluss gemacht?«, frage ich und sehe ihn von der Seite an, während mein Herz jetzt plötzlich anfängt, wie wild gegen meine Rippen zu schlagen.

Wir sind fast am Kunstraum angekommen. Die Pause muss jeden Moment vorbei sein, und ich habe keine Zeit mehr, meine Worte schön zu verpacken.

»Genau deswegen.« Er bleibt an der Tür zum Kunstraum stehen. »Ich war mir unsicher, aber … Irgendetwas hat sich zwischen uns in den letzten Monaten verändert. Du hast dich verändert.«

Da spüre ich plötzlich leise Wut in mir aufkeimen. Ich? Mich verändert? Ernsthaft, Leo? Es ist also meine Schuld? Weil ich mich verändert habe? Quatsch, ich bin noch immer ich: Anne Fischer. Die Anne Fischer, die ich immer war, die du erst geliebt hast und die dir dann irgendwann einfach zu langweilig geworden ist. Denn das bedeutet es doch, wenn man gesagt bekommt, dass man sich verändert hat, oder? Aber ich habe mich nicht verändert. Ganz bestimmt nicht.

»Und jetzt hast du dich irgendwie … wieder verändert.« Leo sieht mich unsicher an. »Weißt du, was ich meine?«

Pah. Ich habe mich also nicht nur einmal, sondern gleich zweimal verändert? So ein Blödsinn. Da ist nur plötzlich ein anderer Junge, der sich für mich interessiert, und Leo ist eifersüchtig und will es nur nicht zugeben.

»Wie habe ich mich denn verändert?«, frage ich und versuche, möglichst ruhig zu klingen.

»Ich weiß nicht. Ich kann es nicht beschreiben, aber irgendwie ... Ich träume wieder von dir und davon, wie du ... keine Ahnung ... deine Finger in die Gürtelschlaufen meiner Jeans hakst, so wie du es immer gemacht hast«, stottert Leo und schüttelt den Kopf, als könne er selbst nicht glauben, was er da gerade zugibt.

Er träumt von mir. Ich unterdrücke ein ungläubiges Grinsen, weil ich das Gefühl habe, dass das momentan nicht angebracht wäre. Eigenartig. Was Eifersucht so alles mit einem anstellen kann. Jetzt, wo mein Plan tatsächlich aufzugehen scheint, ist es fast schon ein bisschen enttäuschend, dass er sich so einfach hat austricksen lassen.

Vor allem weiß ich jetzt aber wirklich nicht mehr, was ich sagen oder tun soll. Im Klartext heißt nämlich das, was Leo mir gerade gesagt hat, dass ich ihm einfach nur zu langweilig geworden bin, dass er daraufhin etwas Neues wollte, Schluss gemacht hat und bisher nichts Besseres gefunden hat. Erst jetzt, wo sich jemand für mich interessiert, bin ich plötzlich doch wieder interessant. Da frage ich mich natürlich, was wohl passiert, wenn wir wieder zusammen sind und Marc keine Konkurrenz mehr ist – und die Antwort gefällt mir nicht.

Genau genommen ist Leo derjenige, der sich offensichtlich ziemlich verändert hat.

»Egal. Tut mir leid. Vergiss es einfach, okay?« In seinen Augen liegt ein stummes Flehen, das Gespräch wieder in eine unverfänglichere Bahn zu lenken. »Und? Ähm. Gehst du zum Valentinstagsball?«

»Klar.« Aber wie soll ich bitte vergessen, was er gerade zu mir gesagt hat? »Du doch auch, hoffe ich?«

»Selbstverständlich!«, sagt er erleichtert, bis sich sein Blick plötzlich einen Tick verfinstert. »Gehst du alleine?«

»Ähm, nein.« Ich bin gespannt, wie er darauf reagiert. Diesen neuen Leo, der gerade vor mir steht und mich ohne Marc langweilig findet, kenne ich nämlich noch nicht, und ich bin mir auch noch nicht sicher, ob ich ihn sonderlich mag.

»Mit wem gehst du?« Leo wirkt plötzlich ruhig – zu ruhig. »Mit Rothe?«

»Ja, mit Marc. Das war der Plan«, gebe ich zu und muss ein nervöses Kichern unterdrücken. Plan, ja. Wenn Leo wüsste, wie viel von allem, was um ihn herum passiert, tatsächlich geplant ist – und vor allem, wie sich Pläne von einem Moment auf den anderen ändern können.

Denn plötzlich muss ich daran denken, wie es sich angefühlt hat, als Marc beiläufig »Und ich komme mit« gesagt hat, und daran, wie es ist, wenn sich diese kleinen Risse in seinen hellblauen Eisaugen bilden und es aussieht, als würden sie schmelzen. Ich denke daran, wie unglaublich gut er riecht und wie friedlich er aussieht, wenn er schläft, und diese immer leicht zerzausten Haare und …

»Bist du dir sicher?«, unterbricht Leo meinen erschreckend eindeutigen Gedankengang.

»Ja. Ich bin mir sicher.« Und plötzlich bin ich mir noch bei etwas ganz anderem sicher – auch wenn es mir eine Heidenangst einjagt. Denn ich werde kein Rettungsboot haben, falls ich es nicht schaffe, den Eisberg, auf den ich gerade zurudere, zum Schmelzen zu bringen, bevor ich mit ihm kollidiere und ertrinke. Was, leider Gottes, mehr als nur wahrscheinlich ist. Ich habe die Wette nicht vergessen, aber ich beschließe, sie trotzdem zu ignorieren. Etwas anderes bleibt mir ja auch gar nicht übrig.

»Anne, aber …« Es scheint fast so, als würde Leo mich jeden Moment fragen wollen, ob ich nicht doch mit ihm zusammen hingehen möchte. Möchte ich aber nicht. Nicht mehr.

»Aber ich halte dir einen Tanz frei«, unterbreche ich ihn deshalb lächelnd. »Versprochen.«

»Das will ich auch hoffen!« Auch Leo versucht sich an einem ehrlichen Lächeln – und scheitert kläglich.

Ich hingegen habe ein überraschend gutes Gefühl, als ich in den Kunstraum gehe und mich auf meinen Platz neben Mara setze, die abwartend zwischen Leo und mir hin und her schaut. Irgendwie fühle ich mich … freier. Diese Last, die auf meinen Schultern gelegen hat, ist abgefallen. Leo und unsere Trennung. Das ist nicht mehr dieses undefinierbare, überall herumwabernde schmerzende Mysterium, sondern die Vergangenheit, mit der ich – glaube ich – auf einmal ganz gut abschließen kann. Denn der Junge, der jetzt nach mir den Kunstraum betritt, ist nicht mehr mein Leo. Wahrscheinlich war er es schon eine ganze Weile nicht mehr, und ich habe es nur nicht gemerkt.

»Was war los?«, fragt Mara neugierig – und mit einem wütenden Unterton. Sie ist wohl noch immer sauer, dass ich sie so offensichtlich abgewimmelt habe. »Was wollte er?«

»Später«, winke ich hastig ab, weil ich Angst habe, dass Leo sonst unser Gespräch mitbekommt. »Wenn die Luft rein ist.«

»Anne!« Mara sieht jetzt richtig sauer aus.

Ich werfe einen kurzen Blick zu Leo, der gerade zwei Reihen hinter uns seine Kunstsachen auspackt.

»Okay, aber erst mal nur die Kurzversion«, flüstere ich ihr zu. »Der Plan hat funktioniert und ist trotzdem komplett nach hinten losgegangen …«

»Hey, das ist doch super! Warum guckt ihr beide denn drein wie zwei bepisste Pudel?«, fragt Zoe lachend, als ich auch ihr das Gespräch zwischen Leo und mir haarklein nacherzählt habe. Heute riecht sie eindeutig nach Zimtgebäck. Ich muss sie nachher mal fragen, ob sie noch was davon in ihrer Tasche hat. Ich habe nämlich ziemlich Hunger.

Es ist früher Nachmittag, und wir sitzen gemeinsam im Bus Richtung Innenstadt. Zoe, Mara und ich. Immerhin ist am Freitag der Valentinstagsball, und ich habe noch kein Kleid. Um ehrlich zu sein, hatte ich nicht vor hinzugehen, nachdem Leo sich von mir getrennt hat und meine Verabredung damit geplatzt war. Aber jetzt gehe ich ja mit Marc hin, wovon Mara total begeistert ist, weil sie meint, dass der Ball die perfekte Gelegenheit sei, Marcs eisiges Herz zu erobern – und damit ist wiederum die Frage nach dem Kleid aufgekommen.

Mara und ich haben auf dem Weg aus der Schule hitzig darüber diskutiert, wie ich in so kurzer Zeit ein verführerisches Kleid auftreibe, und sind dabei zufällig auf Zoe gestoßen, die sich uns gut gelaunt angeschlossen hat und dann auch prompt die perfekte Antwort parat hatte: Kleiderkauf, Innenstadt, jetzt. Mara war sofort Feuer und Flamme. Ich vermute, die Geschichte mit dem Gänseblümchenkleid und die Tatsache, dass es Marc gefallen hat, hat ihr Selbstbewusstsein beflügelt. Sie glaubt jetzt tatsächlich, mich irgendwie vom berühmten hässlichen Entlein in den schönen Schwan verwandeln zu können. Zoes Unterstützung kann also definitiv nicht schaden!

Trotzdem sehe ich nicht aus wie ein bepisster Pudel.

»Hey, was erwartest du? Ich gehe mit zwei Verrückten ein Kleid kaufen, das ich zu einem Ball anziehe, bei dem mir mit ziemlicher Sicherheit das Herz vom kleinen Rothe-Bruder gebrochen wird.« Ich sehe Zoe herausfordernd an. »Ich meine, wer hätte da nicht Angst?«

Zoe zeigt mir einen Vogel und lacht, aber Mara wirkt tatsächlich nicht gerade glücklich.

»Kommt schon«, versuche ich sie aufzumuntern. »Den großen Rothe-Bruder kriegen wir auch noch dazu, dass er dir das Herz bricht.«

»Alles klar, Dr. Love«, meint Mara, und ich bin mir zwar nicht sicher, ob das Sarkasmus ist oder Ernst, aber ich probiere es auf jeden Fall mit einem Lächeln – was zum Glück ansteckend auf meine beste Freundin wirkt.

»Und, Frau Fischer?«, klinkt Zoe sich ein. »Es läuft zwar nichts nach Plan, dafür aber umso besser. Warum machst du keine Freudensprünge?«

»Weil der Busfahrer seinen Führerschein offenbar im Lotto gewonnen hat und ich gerade mein ganzes Leben vor meinem inneren Auge vorbeirasen sehe.« Ich blicke sie gespielt panisch an. »Eigentlich schäume ich über vor Glück, glaub mir. Wirklich.«

Ehrlich gesagt bin ich mir aber nicht sicher, wie lange mein Herz es noch aushält, so schnell zu schlagen, bevor es mir aus der Brust springt. Die Erkenntnis, dass ich mich vielleicht in Marc verliebt haben könnte, sickert so langsam in mein Bewusstsein. Genauso wie die Tatsache, dass es sehr gut möglich ist, dass er eine Wette am Laufen hat. Nein, ich weiß: Er hat sie ganz sicher am Laufen. Trotzdem. Stirbt die Hoffnung nicht zuletzt – auch wenn sie idiotisch ist?

»Ha! Die alte Anne ist wieder da!«, stellt Zoe erfreut fest. »Schnuckel tut dir wirklich gut!«

»Die alte Anne?« Das verwirrt mich. »Was meinst du damit?«

»Egal.« Zoe winkt ab, hat jetzt aber meine Neugierde geweckt.

»Ne, sag!«, fordere ich sie auf.

Zoe seufzt. »Okay. Keine Ahnung, du warst in letzter Zeit

einfach so komisch. Komischer als sonst, verstehst du? Anders komisch halt. Das ist jetzt zum Glück vorbei.«

»Na ja, Leo und ich haben uns ja auch getrennt. Was erwartet ihr denn alle? Dass ich schon am nächsten Tag pausenlos singe, wie toll die Welt auch ist?«

»Nein«, klinkt sich Mara von der Seite ein. »Zoe hat recht. Sie meint nicht nur die Zeit nach eurer Trennung. Sie meint auch die davor.«

Davor? Ich habe mich nicht anders verhalten, als ich mit Leo zusammen war.

»Ihr spinnt doch«, schnauze ich die beiden zum Spaß an und verschränke meine Arme vor der Brust.

»Wir spinnen nicht.« Zoe kann den Mund selbstverständlich nicht halten, wenn sie noch nicht alles gesagt hat, was ihr unter der ehrlichen Haut brennt. »Weißt du, du warst nicht mehr Frau Fischer, du warst Oma Fischer.«

»Himmel, du hast die Gurken von Leos Hamburgern gegessen!« Mara verdreht die Augen.

»Na und?«, verteidige ich mich jetzt doch etwas verletzt. »Was ist denn so schlimm daran? Also an der Gurkensache?«

»Das ist gruselig«, erklärt Zoe.

»Und ekelig«, stimmt Mara ihr zu. »Das macht man einfach nicht!«

Ich schüttle ungläubig den Kopf. »Ich mag die halt und Leo nicht. Mann!«

»Das machen die alten Leute in der Werbung auch immer, und die sind … alt«, gibt Zoe zu bedenken, und sie wäre nicht Zoe, wenn sie jetzt still wäre. »Du bist einfach weich geworden in eurer Beziehung – und ein bisschen langweilig. Dieser Marc bringt die alte, harte, witzige Anne zum Vorschein. Wir mögen sie. Stimmt's, Mara?«

Meine beste Freundin nickt zustimmend. »Wir sind absolut Team Marc. Versteh mich nicht falsch. Er wird dir wahrscheinlich das Herz brechen, aber er war es wenigstens wert. Er hat uns unsere Anne zurückgebracht.«

»Ihr habt sie doch nicht mehr alle«, sage ich und schüttle leicht den Kopf. »Euer Rat als Freundinnen ist also wirklich, dass ich den gutmütigen, treuen, liebenswerten angehenden Chefarzt Leo für den hübschen Frauenheld Marc und seine eisblauen Augen vergesse?«

Sie nicken, und eigentlich ist das toll, weil sie auf denselben Jungen setzen wie ich. Trotzdem wage ich es nicht, mir schon wieder auszurechnen, wie hoch die Wahrscheinlichkeit ist, dass ich dabei alles verliere und Marc mich wirklich wie lästigen Abfall fallen lässt, wenn er mich rumgekriegt hat. Und würde das als Üben für die Matheklausur gelten? Die Chancen, dass ich Mara und Zoe später direkt in die Hölle schicke, stehen jedenfalls ziemlich hoch. Aber was soll's.

Meine beiden Freundinnen grinsen noch immer wie Honigkuchenpferde, wobei Mara wenigstens versucht, es zu verbergen, und auf ihre Schuhe guckt, im Gegensatz zu Zoe, die dreist meine Augen fixiert. Zum Glück müssen wir die nächste Haltestelle raus.

Als der Bus stehen bleibt, steige ich zusammen mit den beiden aus. Mara kennt die besten Läden in der Innenstadt immer vor allen anderen, und Zoe behauptet, spitze darin zu sein, Schnäppchen zu wittern. Während die beiden sich lautstark über Trends, Frisuren und ihre eigenen Kleider für den Valentinstagsball unterhalten, die sie natürlich längst gekauft haben, schlurfe ich hinter ihnen her und denke ein wenig nach.

Ich habe mich doch nicht wirklich verändert, oder? Ich hätte das doch gemerkt. Nur warum waren sich Zoe und Mara da so einig und … O nein. Plötzlich wird mir leicht flau in der Magengegend. Leo hat das auch gesagt – und noch wichtiger: Es war der Grund, warum er mit mir Schluss gemacht hat. Ein Grund, den ich ihm vorhin nicht abgenommen habe.

Plötzlich purzeln Tausend Fragen in meinem Kopf herum, und mir wird ganz schwindelig. War der Grund, warum Leo Schluss gemacht hat, vielleicht doch nicht ganz unberechtigt? Bin ich ihm gar nicht zu langweilig geworden? Habe ich mich vielleicht wirklich verändert? Bin ich wirklich zur Oma Fischer geworden, obwohl Leo sich in Anne Fischer verliebt hat? Habe ich mich zu sehr darauf verlassen, dass Leo immer da sein wird, und bin ich dabei zu bequem geworden? Zu sehr großmütterliche Freundin anstatt die große Liebe? Vielleicht sogar zu anhänglich? Ich kann es mir nicht vorstellen, aber wenn meine beiden engsten Freundinnen und mein Exfreund das unabhängig voneinander behaupten, ist da vielleicht doch was dran.

Da kommt mir ein viel verheerenderer Gedanke. Vielleicht will Leo mich dann doch nicht zurück, weil sich plötzlich ein anderer Junge für mich interessiert – sondern weil die alte Anne zurück ist.

Die Anne, die er liebt.

Und die ihn geliebt hat.

Plötzlich beginnt sich die Welt um mich herum zu drehen. Bedeutet das dann nicht auch, dass Leo noch immer *mein* Leo sein könnte? Dass er mich nicht erst seit unserer Trennung vermisst hat – sondern schon davor? Plötzlich sehe ich alles, was er vor dem Kunstraum gesagt hat, in einem neuen Licht. Ja, Leo ist noch immer mein Leo – und plötzlich bricht die eben erst so gut verschnürte und in den Untiefen meines Herzens gepackte Sehnsucht nach ihm mit einem großen Knall wieder auf.

♥ ♥ ♥

»Komm jetzt endlich raus«, ruft Zoe.

»Trau dich!«, ermuntert Mara mich gleichzeitig.

Eine von beiden ruckelt ungeduldig am Vorhang der kleinen, stickigen Umkleidekabine, in der ich stehe. Fluchtmöglichkeiten ausgeschlossen. Seufzend ziehe ich den Reißverschluss an der Seite des Kleides hoch. Es geht ungefähr bis zur Mitte meines Oberschenkels und ist trägerlos. Mara nennt die Farbe »Aprikose«, ich selber bin mir hingegen nicht ganz sicher, ob das Ganze nicht einfach über die Jahre vergilbt ist, zum Beispiel von zu viel Zigarettenrauch. So riecht es nämlich. Aber das sage ich nicht, denn ich habe ja schließlich »keine Ahnung«. Ich würde mich trotzdem wirklich gerne im Spiegel bewundern, bevor die anderen mich sehen, um zu überprüfen, ob ich in dem Kleid wirklich so »bezaubernd« aussehe, wie Mara es mir versprochen hat, als sie mir das Ding in die Hand gedrückt hat, oder doch einfach nur wie ein alter Topflappen.

Ich tippe auf den Topflappen. Eindeutig.

Überprüfen kann ich das allerdings nicht, denn falls es in dieser Umkleidekabine jemals einen Spiegel gegeben haben sollte, dann ist der seit langer Zeit verschwunden. Vermutlich geklaut. Oder zersprungen. Beim Anblick einer potenziellen Kundin wie mir. Es könnte aber auch an den Kleidern gelegen haben, die hier verkauft werden.

Von außen sah der Laden ziemlich altbacken und ein wenig gammelig aus, und auch von innen ist es nicht besser. Die Musik, die durch die – nicht gerade fachmännisch an der Decke angebrachten – Lautsprecher dringt und von stetem Knacken unterbrochen wird, hat etwas von den Melodien, die man aus gut sortierten Lebensmittelfachgeschäften kennt. Oder aus Fahrstühlen. Da bin ich mir noch nicht ganz sicher. Vielleicht ist es eine Mischung aus beidem? Auch das Sortiment der kleinen Boutique sieht auf den ersten Blick ungefähr so ansprechend aus wie ein halb verschimmelter Nudelauflauf. Außerdem erinnert mich das meiste hier an den Kram, den meine Oma trägt. Ich glaube, so viel Spitze habe ich in meinem Leben noch nicht auf einem Haufen gesehen. Das sei »Vintage« und »total angesagt«, hat Mara versucht mir zu erklären. Als ich daraufhin meinte, dass wir auch gleich in einen Gardinenladen hätten gehen können, hat sie nur die Nase gerümpft und gemeint, dass ich keine Ahnung habe.

Ich habe auch keine Ahnung, wie ich damit Marcs Herz erobern soll oder ob ich das überhaupt noch will. Diese ganze »Anne, du hast dich so verändert«-Geschichte setzt mir heftiger zu, als ich gedacht hätte. Ich meine, hätte ich mit Leo denn überhaupt eine Zukunft, wenn ich mich beim letzten Mal in Oma Fischer verwandelt habe, ohne dass ich es gemerkt habe? Kann es nächstes Mal anders werden? Falls es ein nächstes Mal gibt. Und spricht es nicht doch für Marc, dass ich mich, seit ich ihn kenne, in Anne Fischer zurückverwandelt habe? Also, falls das mit dem ganzen Hin-und-Her-Verwandeln überhaupt stimmt. Ich fürchte, Mara hat recht. Ich habe, ehrlich gesagt, wirklich keine Ahnung, weder was mein Herz noch dieses verdammte Kleid betrifft.

Außerdem heißt es jetzt erst mal: die Stunde der Wahrheit! Vorsichtig ziehe ich den mottenzerfressenen Vorhang zur Seite und gehe ein paar Schritte auf meine beiden an Kleiderständer gelehnten Freundinnen zu.

Aus dem Augenwinkel kann ich mich im Spiegel erkennen, wage aber noch keinen echten Blick. Falls es so aussieht, wie ich befürchte, und die beiden gleich vor Lachen ohnmächtig werden, möchte ich nicht, dass mich das gleiche Schicksal ereilt. Außerdem will ich vermeiden, dass mich der Anblick noch in zehn Jahren in meinen Albträumen verfolgt.

»Ja, ganz nett«, findet Mara mit schräggelegtem Kopf, die Lippen fachmännisch geschürzt. »Sag mal, hast du abgenommen?«

»Aber irgendwie passt es nicht zu dir«, stellt Zoe fest. »Die

Farbe beißt sich mit deinen Haaren, und allgemein wirkt das, als hättest du nichts an.«

Ich ziehe eine Augenbraue hoch. »Hast du gerade indirekt gesagt, dass sich meine Haare mit meinem Hautton beißen?«

Zoe zuckt mit den Schultern. »Mach dir nichts draus. Du kannst deine Haare immer noch färben oder du besorgst dir 'ne Solarium-Flatrate. Das hat meine Schwester gemacht. Die sieht jetzt allerdings aus wie eine Ledercouch, auch wenn sie selbst den Ausdruck ›Goldhähnchen‹ bevorzugt.«

»Aha.« Wie mich das jetzt aufmuntern soll, weiß ich auch nicht. Plötzlich wird mir aber ein Ausweg aus der immer unangenehmer werdenden Kleiderkaufsituation bewusst. »Ich weiß nicht, wie es euch geht, aber ich hab plötzlich einen Riesenhunger. Wollen wir was essen gehen?«

»Du denkst bei meiner Schwester an Essen?« Zoe grinst mich amüsiert an. »Muss ich mir Sorgen machen?«

»Nein, ich denke bei Goldhähnchen ans Essen«, stelle ich richtig. »Also, was ist?«

Mara seufzt, nickt dann aber.

Ich habe das Gefühl, dass das noch ein langer Nachmittag wird.

♥ ♥ ♥

Auf einmal vibriert es in meiner Hosentasche, und mein Handy klingelt. In dem kleinen Schnellimbiss, in dem wir es uns auf einer Sitzecke gemütlich gemacht haben, ist es so laut, dass ich es fast nicht bemerkt hätte. Aber auch nur fast. Schnell fingere ich mein Telefon aus der Hosentasche, halte es dicht vors Ohr und drücke die Annahmetaste.

»Hey, hier ist Anne.« Mist, ich habe gar nicht geschaut, wer angerufen hat. »Anne Fischer.«

»Hallo?«, meldet Marc sich und klingt irgendwie außer Atem.

»Fang, verdammt noch mal, endlich damit an, dich vernünftig mit deinem Namen zu melden, wenn du mich anrufst! Ist das denn so schwer?«, schnauze ich ihn an. »Stattdessen keuchst du lieber wie ein Serienkiller! Woher soll ich wissen, dass ich keinen Axtmörder an der Strippe habe und schnellstmöglich auflegen sollte?«

Er lacht in den Lautsprecher, wobei er so aus der Puste zu sein scheint, dass es vielmehr wie ein erschöpftes Keuchen klingt. »Hast du meine Nummer etwa immer noch nicht eingespeichert? Wie enttäuschend. Obwohl: Wenn du sie nicht eingespeichert hast, kannst du sie vermutlich auswendig«, überlegt er großspurig. »In diesem Fall fühle ich mich natürlich geehrt.«

»Bild dir bloß nichts ein«, sage ich und verdrehe die Augen. »Die ist eingespeichert.«

»Also doch.« Er klingt sehr mit sich zufrieden. »Hätte mich auch überrascht, dass du Mathegenie dir so viele Ziffern hintereinander merken kannst.«

Ich stoße genervt die Luft aus und hoffe, dass er das hört. »Warum klingst du eigentlich so aus der Puste?«

»Bettsport.« Ich kann das spöttische Grinsen auf seinen Lippen förmlich hören.

»Sehr witzig. Gab es heute Scherzkekse zu Mittag?«, frage ich, und er schenkt mir am anderen Ende der Leitung wieder sein keuchendes Lachen, während er erklärt, dass er gerade beim Fußballtraining ist.

»Ich wollte eigentlich nur hören, ob du gestern noch gut nach Hause gekommen bist oder ob dir ein Axtmörder über den Weg gelaufen ist, dem du deine Telefonnummer gegeben hast.« Gegen meinen Willen ziehen sich meine Mundwinkel nach oben.

Plötzlich höre ich neben mir leises Gekicher. Ich zucke ertappt zusammen, und mein Blick saust hektisch zu Mara und

Zoe, was die beiden dazu bringt, nur noch lauter zu lachen. Wie zwei kleine Kinder. Ich verziehe das Gesicht und drehe mich in der Hoffnung, dass Marc davon nichts mitbekommt, ein wenig von den beiden weg. Über meine Schulter zeige ich ihnen den Mittelfinger, was sie allerdings nur noch mehr anstachelt. Sehr zu meinem Leidwesen.

Und natürlich kann Marc – meinen Bemühungen zum Trotz – alles hören.

»Och, wie niedlich, hast du deine Freundinnen neben dir, und sie hören zu, wenn du mit mir telefonierst? Mit Lautsprecher?«, meint er amüsiert, aber ich glaube, er klingt auch ein wenig verunsichert – und auch enttäuscht. »Hallo an alle!«

»Keine Sorge, die beiden lachen nicht dich, sondern mich aus«, erkläre ich lahm und hoffe, dass ihn das ein wenig beruhigt. »Nur ich kann dich hören.«

»Okay.« Er klingt tatsächlich etwas erleichtert. »Was ich dich fragen wollte: Jackett mit Jeans? Oder doch einen Smoking? Mit welchem Aufzug darf ich dir den Atem rauben?«

Ich verdrehe die Augen und habe das Gefühl, dass er das nur allzu gut alleine weiß. »Frag mich was Leichteres. So, wie du dich wohlfühlst, denke ich. Außerdem bin wenn dann ja wohl ich es, die dir den Atem raubt!«

»Ja?« Marc lacht kurz skeptisch auf.

»Wollen wir wetten? Um einen Kinobesuch mit allem Drum und Dran?«

»Mit dir wette ich lieber nicht mehr. Das letzte Mal hatte ich danach Bauchschmerzen und eine dicke Beule am Kopf.«

Jetzt bin ich es, die lacht. »Okay. Auf das Putzen kann ich auch verzichten.« Natürlich muss ich sofort auch wieder an den Beinahe-Kuss denken, und ich merke, dass ich plötzlich etwas nervös werde.

»Wie wäre es, wenn wir uns vor Freitag noch mal treffen und alles ein bisschen besprechen?«, schlägt er schließlich vor. »Außerdem würde ich dich gerne sehen.« Bei seinen letzten Worten wird mir tatsächlich ein wenig warm ums Herz.

»Klar, können wir machen«, sage ich leichthin – zumindest hoffe ich, dass ich so klinge.

»Prima. Ähm … Was hältst du von Mittwoch? Um vier?«

»Viel.« Mehr bekomme ich nicht heraus, denn jetzt fühlt es sich auf einmal so an, als hätte jemand eine Ladung Brause in meinen Bauch gekippt.

»Kennst du diesen Park gleich bei der Blumenstraße?«

»Klar.« Und jede Menge Wasser obendrauf, sodass es wie wild prickelt und bitzelt und schäumt. Außerdem fühlen sich meine Wangen gerade verdächtig heiß an.

»Da können wir uns treffen und dann schauen, wo wir hingehen, ja?«

»Klingt gut.« Was passiert hier gerade?

»Perfekt!«, sagt er zufrieden. »Du, ich muss jetzt auflegen, das Training geht weiter.«

»Okay.« Ich atme tief durch und versuche, mich wieder etwas zu fangen. »Dann bis übermorgen.«

»Ich freu mich schon«, sagt Marc schnell und legt auf.

»Ich mich auch«, verrate ich der verlassenen Leitung.

Mittwoch

Die Zeit bis Mittwoch kommt mir ellenlang und quälend schleppend vor. Am Montag haben wir – zu meiner großen Verwunderung – nach einem langen An- und Ausziehmarathon am Ende zunächst doch kein Kleid gefunden, auf das wir uns einigen konnten. Dabei haben Zoe, Mara und ich wirklich lange gesucht. Wir haben nur keines gefunden, das mir gefallen hat. Ich wollte keines, das zu auffällig ist, keines, das mich blass aussehen lässt, und keines, in dem ich den ganzen Abend lang den Bauch einziehen muss. Außerdem hasse ich hohe Schuhe. Deshalb wollte ich eines, das lang genug ist, um zu verstecken, dass ich Turnschuhe tragen werde. Ich weiß, ich bin ziemlich wählerisch. Unsere Suche blieb jedenfalls erfolglos.

Auf dem Nachhauseweg habe ich dann eine andere Linie genommen, weil ich meinen Bus verpasst hatte und ich sowieso frustriert war und nachdenken wollte. Über Marc und Leo und meine Gefühle. Als ich dann ganz in meinen Gedanken versunken aus dem Fenster gesehen habe, ist mir auf einmal dieser Laden aufgefallen. Ma und ich waren da früher oft, als ich noch ganz klein gewesen bin und Ma mit schicker Begleitung auf noch schickere Partys gegangen ist. Dort hat sie immer die passende Garderobe gefunden.

Weil ich mich nicht getraut habe, auf den Notfallknopf zu drücken, bin ich bei der nächsten Haltestelle ausgestiegen und den ganzen Weg zurück zu dem Laden gelaufen, der glücklicherweise noch geöffnet hatte.

Es roch noch genauso wie früher: nach Patschuli und

Rosenpotpourri, und ich war auch noch genauso überwältigt von der Masse an schönen Schnitten und Stoffen wie damals. Kaum zu glauben, dass Mara den Laden nicht kennt. Aber er liegt wirklich ziemlich versteckt. Ich muss unbedingt daran denken, ihr davon zu erzählen.

Dort habe ich dann jedenfalls mein Kleid gefunden. Es ist schulterfrei und hat die Farbe meiner Augen: Dunkelblau. Bis zur Taille ist es eng anliegend und silbern bestickt, nach unten hin wird es etwas weiter, umfließt meine kurzen Beine, lässt sie länger aussehen und – das ist das Verrückteste an dem Kleid – mich beinahe elegant wirken.

Abends bin ich dann todmüde ins Bett gefallen und habe bis zum nächsten Morgen wie ein Stein durchgeschlafen. Auf dem morgendlichen Weg zur Schule habe ich mir natürlich sofort wieder den Kopf darüber zerbrochen, wie ich mich Leo gegenüber verhalten soll – jetzt wo ich wirklich überhaupt nicht mehr weiß, wie ich für wen empfinde und wie ernst es den beiden mit mir ist. Ich sage es nicht gerne, aber zum Glück hat sich in der Schule schnell herausgestellt, dass Leo krank ist. Die ganze Woche ist er vom Unterricht befreit. Ob er zum Ball kommt, weiß keiner. Nach der Schule bin ich dann direkt nach Hause, um endlich doch noch mit dem Lernen für die Matheklausur am Montag zu beginnen. Dabei ist mir aber vor allem eines klar geworden: Es liegt noch ein langer Weg vor mir, der mich aber trotzdem nur noch tiefer in den Notenkeller führen wird. Eigentlich ist es – realistisch betrachtet – vollkommen aussichtslos. Die Wahrscheinlichkeit, dass ich meine Stochastik-Klausur bestehe, geht gegen null.

Wahrscheinlich lasse ich mir heute auch deshalb meine Verabredung mit Marc nicht entgehen, und so stehe ich jetzt im Park bei der Blumenstraße und halte nach ihm Ausschau. Als ich dann seine dunklen Haare entdecke und sehe, wie er in einiger Entfernung im Park steht und mich von der falschen

Richtung aus sucht, fängt mein Herz plötzlich an, schneller zu schlagen, und ich beschließe spontan, mich an ihn heranzuschleichen und ihm von hinten die Hände auf die Augen zu legen.

»Wer bin ich?«, beginne ich gerade zu fragen, während ich mich hinter ihm auf die Zehenspitzen stellen muss, um seine Augen zu erreichen, wobei sich plötzlich mein Gleichgewichtssinn von mir verabschiedet und ich ins Wanken gerate.

Als Marc sich dann auch noch mit einem entrüsteten »Was zur …« schwungvoll umdreht, drohe ich kurz nach hinten umzukippen, bevor ich mich mit voller Wucht gegen seine Brust werfe und sich seine Arme instinktiv um mich legen, um mich zu halten. Ich könnte es jetzt leugnen, aber diese plötzliche Nähe fühlt sich verdammt gut an und katapultiert mein Herz mit einem Schlag auf Wolke sieben. Nur mit Mühe kann ich den Impuls unterdrücken, ebenfalls meine Arme um ihn zu legen, meinen Kopf an seine Schulter zu lehnen, die Augen zu schließen und tief seinen betörenden Geruch einzuatmen. Stattdessen sehe ich schnell auf und blicke in amüsiert funkelnde Eisaugen, die – wenn ich mich nicht ganz täusche – schon wieder ein paar Risse mehr haben.

»Hey«, murmle ich verlegen, während meine Gesichtsfarbe wahrscheinlich gerade in einen ungesunden Bereich vordringt.

»Auch hey«, lacht Marc. »Ich wusste ja, dass du mich unwiderstehlich findest, aber ich hätte nicht gedacht, dass du dich so plump an mich ranwirfst …«

»Idiot!« Ich schlage ihm spielerisch gegen die Schulter und löse mich widerwillig aus seiner Umarmung.

Das verstärkt sein Grinsen allerdings nur noch mehr, und er sieht mich auffordernd an. »Gehen wir?«

»Wohin?« Ich fürchte, mein viel zu schnell schlagendes Herz blockiert irgendwie die Verbindung zwischen meinem Gehirn und meinem Mund.

»Ein bisschen spazieren?« Er geht los, wie immer blind darauf vertrauend, dass ich ihm folge – was ich nach einem ungläubigen Schnauben auch tue.

»Hier im Park?«, frage ich skeptisch. »Es wird langsam dunkel.«

»Nein, ich dachte, wir fliegen kurz nach Paris und flanieren über die Boulevards.« Er sieht mich amüsiert an. »Natürlich hier im Park.«

»Du willst also einfach nur den Frühling im Park ansehen – wie er im schwindenden Licht der Abendsonne langsam, aber sicher durch den zugefrorenen Boden bricht?«

»Ja. Genau das will ich, und es ist gerade mal vier Uhr nachmittags.«

»Okay«, seufze ich. »Dann gehen wir eben im dunklen Park spazieren.«

»Es ist noch nicht dunkel, und ich habe auch nicht lange Zeit.« Er sieht mich von der Seite an. »Chris hat … Ach, das willst du gar nicht wissen.«

Eigentlich will ich das schon. »Was hat Chris? Ist irgendetwas mit Mandy oder Sandy?«

»Nein.« Marc lacht kurz auf. »Er hat unsere Mutter nur dazu überredet, dass wir beide maßgeschneiderte Anzüge bekommen, und der Termin zum Maßnehmen ist nachher.«

»Du lässt dir für den Ball extra einen Anzug schneidern?« Ich sehe ihn ungläubig an. Das ist ein bisschen viel Aufwand für eine alberne Wette, oder?

»Ja.« Marc sieht alles andere als glücklich aus.

»Und das geht so schnell?« Ich versuche mit seinen großen Schritten mitzuhalten.

»Ja, aber glaub mir, du willst nicht wissen, wie viel das kostet.«

Ich sehe ihn immer noch überrascht an. »Und deine Eltern zahlen das?«

Marc schnaubt bitter aus. »Meine Mutter hat gar nicht richtig zugehört. Aber: ja.«

»Wow.« Ich möchte mir nicht vorstellen, was meine Mutter zu so einer Bitte gesagt hätte.

»Jedenfalls haben Chris und ich nachher einen Termin beim Schneider. Deshalb muss ich spätestens in einer Stunde los.«

»Ich wusste gar nicht, dass Chris am Freitag auch kommt.«

»Tut er auch nicht.« Marc schüttelt leicht den Kopf. »Er wollte nur schon seit Längerem einen schicken Anzug, den er nicht selbst bezahlen muss. Ich hatte eigentlich vor, in Jeans und Kapuzenpulli zu kommen.« Endlich zeigt sich wieder ein Grinsen auf seinen Lippen.

»Na, so lange du nicht in deinem Fußballtrikot einläufst.« Ich lächle ihn an, und er lächelt zurück.

Da berühren sich unsere Finger, und das lässt mein Herz kurz aus dem Takt geraten. Aber anstatt meine Hand zu nehmen, sieht Marc nur schnell zu Boden, zieht einmal kurz die Nase hoch und schiebt die Hände in die Jackentaschen. »Bring mich bloß nicht auf Ideen.«

♥ ♥ ♥

»Weißt du, wenn ich schon auf einen Schulball gehe«, sagt Marc nach einer Weile, in der wir schweigend nebeneinanderher geschlendert sind, »dann will ich die Sache auch richtig machen, also: Wie darf ich dich dorthin bringen?«

Als Reaktion auf seine Frage mache ich große Augen und klatsche voller gespielter Begeisterung in die Hände. »Mit einem Einhorn!«

Er kratzt sich kurz am Kinn. »Daran habe ich auch schon gedacht, aber als ich beim Verleih für Fabelwesen angerufen habe, waren die alle schon aus. Meinst du, du kannst mir verzeihen, wenn wir irgendwie anders hinkommen müssen?«

»Gerade so«, seufze ich übertrieben enttäuscht. »Aber dann möchte ich eine schneeweiße Stretchlimo haben, und der livrierte Fahrer soll unbedingt Jeffrey oder George oder James heißen und einen britischen Akzent haben!«

Zum Glück entgeht Marc mein Sarkasmus nicht, und er nickt nur, als wäre es die normalste Forderung der Welt. »Wie Ihr wünscht.«

Ich weiß nicht, was ich gemacht hätte, wenn er gedacht hätte, dass ich das ernst meine. Diese Art von Witzen konnte ich mit Leo nie machen. Für ihn gab es die Möglichkeit, Luftschlösser zu bauen – und seien sie noch so lächerlich – überhaupt nicht. Mit Leo wäre dieses Gespräch zu 100 % effizient und humorlos abgelaufen. Vielleicht hätte er es auch gleich im Keim erstickt und gefragt, wie wir es – Spaß beiseite – jetzt wirklich machen wollen. Ja, das erscheint mir bei genauerer Betrachtung noch wahrscheinlicher.

»Andererseits …«, gibt Marc zu bedenken. »Wenn der Ball eh schon amerikanischen Highschool-Filmen nachempfunden ist, sollen wir dann nicht auch das volle Kitsch-Programm abziehen? Mit allem Drum und Dran?«

»Du willst, dass wir Schnaps in die Bowle kippen und uns ein Hotelzimmer nehmen?«, frage ich lachend.

»Warum eigentlich nicht?« Und das ist der Moment, in dem ich an seiner Tonlage nicht mehr festmachen kann, ob er es ernst meint oder nicht. Sein eisblauer Blick ist auf mich gerichtet, und ich habe das Gefühl, dass er gespannt auf meine Antwort wartet. Das lässt natürlich alle Alarmglocken in meinem Kopf schrillen. Die Wette. Aber daran mag ich jetzt nicht denken, und vor allem will ich nicht mehr daran glauben. So kalt und berechnend kann doch kein Mensch sein, oder?

»Sehr witzig.« Ich gehe einfach davon aus, dass er es nicht ernst gemeint hat. Denn sind wir doch mal ehrlich: Ich stecke eh schon viel zu tief in der Sache drin, als dass es für mich noch eine Möglichkeit gäbe umzukehren. »Und hey, ich wusste gar nicht, dass du so ein Fan von kitschigen amerikanischen Traditionen bist.«

Er lacht. »Glaub mir, das wusste ich auch nicht.«

Dann wirft er mir einen kurzen Blick zu, der mich vollkommen unerwartet und tief in meinem Innersten trifft. Ich glaube nämlich, dass ich für den Bruchteil einer Sekunde einen Blick unter die Eisfläche werfen durfte – und es war der schönste Anblick, den ich jemals gesehen habe.

Freitag

»Möchtest du ein bisschen Pfiki?«, höre ich meine Mama fragen und zucke kurz zusammen. Ich habe gar nicht gemerkt, dass sie direkt vor dem Küchentisch steht, eine Hand in die Hüfte gestemmt und in der anderen ein mit hellroter Flüssigkeit gefülltes Glas. Im Backofen ist ein Kuchen, der dafür sorgt, dass unsere Küche ausnahmsweise mal von einem herrlichen Geruch erfüllt ist. Und das um sieben Uhr morgens.

»Ne, danke, schon glücklich«, murmle ich und halte meine Kaffeetasse hoch.

»Nein, nicht du«, sagt meine Mutter sanft und kann sich das »Dummerchen« gerade noch so verkneifen. »Er.«

Ich gucke verstört zwischen meiner Mama und »Ich weiß nicht, wie er heißt, weil er sich noch immer nicht vorgestellt hat, obwohl er die Nacht hier verbracht hat« hin und her. Der Namenlose zuckt beim Zeitunglesen zusammen und schaut erst einmal verwirrt in meine Richtung. Das erste Mal an diesem sonnigen Freitagmorgen übrigens. Vorher hat er meine Existenz einfach vehement – und wie ich finde in Ansätzen passiv aggressiv – ignoriert.

»Äh.« Das war's. Mehr fällt ihm dazu nicht ein. Vermutlich überlegt er gerade, wo er hier gelandet ist.

»Pfiki«, wiederholt Ma geduldig. »Ich habe dich gefragt, ob du ein bisschen was möchtest.«

»Pfiki? Ist das irgendwie ein Kosewort oder was?!« Er legt die Zeitung vor sich hin und sieht Ma interessiert an.

»Pfirsich-Kirsch-Saft. Pfi-ki.« Meine Ma schwenkt das Glas in der Hand. »Ich habe doch einen Kuchen gebacken, und da dachte ich, dass es schade wäre, wenn man das, was übrig bleibt, einfach wegwirft«, erklärt Ma und amüsiert sich offen über den jetzt von verwirrt zu erleichtert – vielleicht auch enttäuscht, das kann ich nicht genau sagen – wechselnden Gesichtsausdruck des Namenlosen. Ich kann mich nur mit Mühe zusammenreißen.

»Danke«, murmelt er und greift verdutzt nach dem Glas.

Ich beuge mich schnell über den Tisch und schnappe mir die Zeitung. Nicht um sie zu lesen, sondern um ihn davon abzuhalten, genau das zu tun und mich weiter zu ignorieren.

Langsam trinkt er den Saft. »Schmeckt gut.«

»Ich weiß«, antwortet Ma zufrieden und wendet sich dann mir zu. »Also, Maus. Heute ist dieser berühmte Valentinstagsball, richtig?«

Ich nicke, woraufhin sie sich räuspert. »Natürlich. Denn heute ist ja schließlich auch Valentinstag. Der Tag im Jahr, an dem sich jede Frau auf der ganzen Welt über eine Schachtel Pralinen freuen würde …«

Ich trinke meinen Kaffee aus, stehe auf, gehe um den Tisch herum, um die Tasse in die Spülmaschine zu stellen, und klopfe dem Namenlosen im Vorbeigehen aufmunternd auf die Schulter. »Hast du gehört?«

Ja, vielleicht bin ich etwas zu beschwingt, aber heute ist nun mal der Tag. Der Tag, auf den ich so lange gewartet und hingearbeitet habe. Es klingt vermutlich ein wenig überzogen, aber es fühlt sich für mich fast ein bisschen wie der Showdown in alten Westernfilmen an. Als würde es heute Abend um das berühmte große Ganze gehen. Liebe oder Herzschmerz. Alles oder Nichts. Nein, Wette oder keine Wette – das ist hier die Frage!

Es sind noch wenige Stunden bis zum Ball, und ich bin schrecklich aufgeregt. Nachdem Marc und ich uns am Mittwoch für meinen Geschmack etwas zu freundschaftlich nur mit einer kurzen Umarmung verabschiedet haben, habe ich ihn nicht mehr gesehen oder gesprochen. Gestern Mittag hat er nur eine kurze Nachricht geschrieben, dass er nach der Schule zum Fußballtraining muss, allerdings hatte ich da eh schon eine Krisensitzung bei Mara anberaumt, die plötzlich Bedenken hatte, ob sie in ihrem Kleid nicht vielleicht doch zu dick aussehen könnte. (Tut sie natürlich nicht.) Marc und ich werden uns jedenfalls erst heute Abend wiedersehen, um acht Uhr vor meiner Schule und damit eine Stunde, nachdem der Ball offiziell begonnen hat. Das war Marc am Mittwoch wichtig, denn dann würden wir die komische Zeit umgehen, wenn alle eintrudeln und dumm rumstehen, weil sie nicht wissen, was sie machen sollen. Um ehrlich zu sein, hätte es mich persönlich nicht gestört, »dumm herumzustehen«. Genauso wenig hätte ich etwas dagegen gehabt, mit Marc zusammen zum Ball zu gehen, anstatt ihn erst vor der Schule zu treffen. Klar, es wäre komisch gewesen, zusammen mit ihm in Abendgarderobe in einem Linienbus zu sitzen, aber, na ja, es ist auch nicht gerade weniger komisch, alleine in Abendgarderobe in einem Linienbus zu sitzen. Ehrlich gesagt halte ich das sogar für das größere Übel.

Zoe und Mara fahren beide schon pünktlich um halb sieben zum Ball. Zoes Date hat sogar ein Auto, also fährt er sie und Mara, die sich Zoe gleich angeschlossen hat, als sie von dem privaten Chauffeurdienst erfahren hat, direkt dorthin. Ich kenne Jeremy nur vom Sehen und von den eher spärlichen Erzählungen, die Zoe ab und an rauslässt. Angeblich macht er dieses Jahr sein Abi, ist ein netter Kerl, hat ein eigenes Auto und einen ganz annehmbaren Sinn für Humor, wenn er sich entspannt. (Was wohl immer einige Zeit brauchen soll.) Außerdem hat er nicht damit gerechnet, dass aus seinem Date mit Zoe auf einmal ein »gemütlicher Abend zu dritt« werden würde. Armer Junge. Aber wie ich Mara kenne, wird sie sowieso schnell auf die Tanzfläche verschwinden und den beiden ihre Ruhe lassen.

»Also, ich bin übrigens Anne«, stelle ich mich jetzt doch noch vor, während ich die Spülmaschine schließe und mich dann wieder dem Fremden in unserer Küche zuwende. »Die Tochter.«

Der Namenlose nickt nur. Wie charmant. Als nichts darauf hindeutet, dass er sich auch vorstellen will, seufze ich betont laut und drücke meiner Ma einen Kuss auf die Wange.

»Ich treffe mich mit Mara nach der Schule bei Zoe. Wir bereiten uns gemeinsam auf den Ball vor.«

»Mach das«, sagt meine Ma und überprüft den Kuchen im Backofen.

»Ich weiß auch noch nicht genau, ob ich bei Zoe übernachte«, sage ich und gehe in Richtung Flur. »Aber ich melde mich rechtzeitig.«

Ich höre, wie Ma mir viel Spaß wünscht, während ich in meine ausgelatschten Sneakers schlüpfe und mir das in einem Plastiksack hängende Kleid über den Arm lege.

»Tschüss!«, rufe ich zum Abschied laut, wobei ich den Umlaut stark dehne, sodass es fast schon wie ein wieherndes Tschü-hüüüüs klingt.

Dann mache ich mich auf den Weg in die Schule.

♥ ♥ ♥

Die Tür ist nur angelehnt. Das ist bei Zoe meistens so, denn sie hat unglaublich viele Geschwister – scherzeshalber sagt sie manchmal, sie habe aufgegeben zu zählen –, die andauernd ein und aus gehen und meistens nicht an ihre Schlüssel denken. Weil alle anderen vom ständigen Geklingel verständlicherweise genervt waren, hat es sich irgendwann so ergeben, dass die Tür einfach permanent einen Spalt breit auf steht.

Als ich jetzt das Reihenhaus betrete, schlägt mir der unwiderstehliche Geruch von frischem Gebäck entgegen. Ganz klar: Mit Zoes Backkünsten kann Ma nicht mithalten, selbst wenn sie sich noch so viel Mühe gibt. Trotzdem freue ich mich. Zwei Mal Kuchenduft an einem Tag. Wer würde da keine Luftsprünge machen? Da fällt mir eigentlich nur Mara ein, aber die ist wahrscheinlich noch gar nicht hier, weil sie ihr Kleid nicht mit in die Schule nehmen wollte und es jetzt gerade noch von zu Hause holt. Ich würde es ihr gegenüber zwar nie zugeben, aber das war auch geschickter, denn spätestens nach der dritten Stunde hat mich mein Kleid ziemlich genervt. Nach Sport hätte ich es sogar fast in der Turnhalle vergessen. Erst als ich mich auf dem Schulhof plötzlich so leicht und frei gefühlt habe, ist mir aufgegangen, dass etwas fehlt. Ich bin dann schnell zurückgerannt, aber zum Glück hing das gute Stück noch immer an dem Haken, an dem ich es zurückgelassen hatte.

Da erreiche ich auch schon das Zimmer meiner alten Freundin, ohne dass mich irgendein Bruder oder eine Schwester erwischt, um mir etwas – zum Beispiel ein selbstgemaltes Bild oder ein neues Videospiel – zu zeigen, wie es früher so oft passiert ist, als ich noch regelmäßiger zu Besuch war.

»Ich rieche Kuchen«, sage ich zur Begrüßung, als ich Zoes Zimmer betrete und mich suchend umblicke. »Aber ich sehe ihn nicht. Wo ist er?«

Sie lacht, lässt sich auf ihr Bett fallen und klopft einladend neben sich.

»Ich bin die Erste, oder?«, frage ich, während ich auf der Matratze ganz nach hinten rücke, sodass ich mit dem Rücken an der Wand lehne und meine Beine zum Schneidersitz falten kann. Das Kleid habe ich vorsichtig neben mich gelegt.

Zoe nickt. »Ich wette, Mara hält noch Schönheitsschlaf oder so. Übrigens gibt es keinen Kuchen. Es sind kleine Törtchen mit Marzipandecke, Sahnehäubchen und Apfelkompottfüllung. Ich glaube, bei einem ganzen Kuchen hätte Mara mir das Suppenrohr umgedreht, ehe ich etwas davon hätte probieren können …«

Ich muss grinsen. »Schätze, mit Marzipan und Sahne machst du es jetzt auch nicht gerade besser.«

»Ach komm, Frau Fischer.« Zoe verdreht genervt die Augen. »Das ist doch Blödsinn, dass sie nicht mehr in ihr Kleid passt. Die ist eh viel zu dünn.«

»Ich weiß. Das wird sie aber nicht davon abhalten, dich umzubringen. Ich kann dir allerdings gerne helfen, die Beweise schnell noch zu vernichten«, biete ich selbstlos an.

Daraufhin müssen wir beide grinsen. Ich kann einfach nicht glauben, dass Zoe es schafft, an so einem Tag ruhig zu bleiben und sogar noch kleine Kunstwerke – und ich weiß, dass es welche sind, auch ohne sie gesehen zu haben – zu backen. Aber ich schätze, das beruhigt sie.

»Und? Freust du dich schon auf dein Date mit Jeremy?«, frage ich.

Eine Weile überlegt meine Freundin, ehe sie antwortet. »Es ist ja eigentlich eher ein gemütlicher Abend mit Freunden.«

Ich muss laut loslachen, als ich ihren ernsten Gesichtsausdruck sehe. »Das glaubst du doch wohl selber nicht. Außerdem seid ihr beide keine Freunde.«

»Sehr aufbauend, Frau Fischer. Danke. Jetzt fühle ich mich schon viel besser.«

»Immer, und ich hätte wirklich gerne einen Kuchen – oder Törtchen.«

Zoe grinst mich an und beugt sich zu mir, um nach meinem Kleid zu greifen. Sie hat noch Mehl in den Haaren, aber als ich sie darauf hinweise, zuckt sie nur mit den Schultern.

»Bürstet sich raus«, meint sie trocken.

Ich beobachte, wie sie versucht, das Kleid in der Plastiktüte zu erkennen, dabei aber scheitert. In dem durchsichtigen Sack wirkt es einfach nur wie ein blauer Haufen Stoff.

»Zieh mal an«, fordert sie mich auf.

In dem Moment kommt Mara ins Zimmer getapst.

»Tut mir leid«, meint sie und setzt sich auf Zoes Schreibtischstuhl, nachdem sie uns beide zur Begrüßung umarmt hat. »Ich hab mich echt beeilt.«

»Macht nichts«, murmelt Zoe. »Hauptsache, du bist ausgeschlafen.«

Und dann beginnen die beiden, sich gegenseitig die Nägel zu lackieren und die Haare zu machen, während ich lieber ein Törtchen nach dem anderen esse. Die sind aber auch wirklich lecker. Ich glaube, wenn ich so backen könnte, dann würde der Ofen bei uns zu Hause gar nicht erst dazu kommen, kalt zu werden.

»Jetzt bist du dran«, meint Mara nach einer Weile an mich gerichtet. »So können wir dich nicht auf Marc Rothe loslassen. Der nimmt ja sonst bei der ersten Gelegenheit, die sich ihm bietet, Reißaus.«

Juchu, denke ich und erwarte das Schlimmste.

»Du kannst ruhig hierbleiben, bis du los musst. Nicht dass deine Frisur noch kaputtgeht«, bietet Zoe an.

»Danke, das ist lieb«, sage ich in Anbetracht der Aussicht darauf, im Abendkleid quer durch die Stadt mit dem Bus zu fahren, um die Zeit totzuschlagen. »Wenn das geht, wäre das wirklich toll, und weißt du …«

Plötzlich schlägt Zoe mir auf die Hand. Einen Tick fester als nötig. »Jetzt hör schon auf, an dir rumzuzuppeln! Du siehst verdammt gut aus, Frau Fischer!« Sie sagt das auf diese strenge und zugleich liebevolle Art und Weise, die nur sie hinbekommt. Dann zwinkert sie mir verschwörerisch zu. »Schnuckel wird Augen machen.«

Gerade als ich etwas erwidern will, hupt es draußen. Jeremy.

»Warte!« Mara hält Zoe, die schon halb aus der Tür ist, am Arm zurück. »Wir müssen noch alle zusammen ein Foto machen!«

Ich seufze, doch Widerstand ist zwecklos. Also tigern wir zu dritt ins Badezimmer, wo ein großer Spiegel hängt. Mara kramt ihr Handy aus dem Ausschnitt ihres roséfarbenen Chiffonkleides, das ihr wirklich gut steht. Es betont ihre schmale Taille und umspielt fließend ihre langen Beine. Vorne geht der Ausschnitt gerade bis unters Schlüsselbein, während er am Rücken wirklich gewagt tief gesetzt ist. Die blonden Locken fallen ihr locker und glänzend über die Schulter. Aber auch Zoe sieht umwerfend aus. Das schlichte schwarze Kleid, das kurz über ihren Knien endet und am Saum von goldenen Stickereien geschmückt wird, sitzt wie angegossen. Dazu trägt sie einen roten Kussmund und gefährlich lange Wimpern. Und ich? Tja, ich versuche hübsch zu lächeln, während Mara ein paar Fotos von uns schießt.

»Das kommt sofort auf Facebook«, meint Mara und tippt konzentriert auf ihrem Handy herum. »Und? Wie fühlen wir uns? Wunderbar?«

»Was?«, frage ich. Ist es jetzt so weit? Ist sie verrückt geworden?

Zoe winkt ab. »Du solltest dich dort wirklich mal anmelden.«

»Nein, danke.« Ich will Mara lieber fragen, ob ich das Foto sehen kann, aber sie hat ihr Handy bereits wieder verstaut. Egal. Ich habe die beiden ja noch vor mir stehen.

»Ihr seht wirklich toll aus«, versichere ich meinen beiden Freundinnen.

Sie wollen mich daraufhin umarmen, aber unten veranstaltet Jeremy plötzlich ein wahres Ein-Mann-Hupkonzert, in das die anderen Leute in der Nachbarschaft bald mit viel Gebrüll einstimmen. Das ist ja schlimmer als bei der Fußball-WM.

Also verabschieden wir uns schnell, und dann höre ich, wie sich die beiden mit klackernden Absätzen entfernen. Ich gehe zum Fenster und linse zwischen den Jalousien hindurch, um zu beobachten, wie sich ein strahlendes Lächeln auf Jeremys Gesicht ausbreitet, als er Zoe sieht – und wie ihre Augen stolz funkeln, weil er Mara gar nicht weiter beachtet.

Als sie weggefahren sind, lasse ich mich wieder auf Zoes Bett fallen, greife nach meinem Handy und schreibe Marc eine Nachricht.

Na, schon fertig?

Ein paar Sekunden später kommt die Antwort.

Was denn? Bist du etwa aufgeregt, mich zu sehen?

Ich verdrehe die Augen und tippe wieder.

O ja, ich bekomme Herzrasen, wenn ich an dich und deinen maßgeschneiderten Anzug denke.

Dann vibriert mein Handy erneut.

Smoking.

Der Spinner hat sich doch allen Ernstes einen Smoking anfertigen lassen.

Gibt es da einen Unterschied?

Ich muss grinsen, als ich keine Antwort bekomme, weil ich mir nur zu gut vorstellen kann, wie Marc entrüstet Luft zwischen den Zähnen ausstößt und sein Handy genervt in der Hosentasche verschwinden lässt.

Und wie er dabei lächelt.

Als ich auf die Uhr gucke und feststelle, dass wir uns erst in 55 Minuten an der Schule treffen, wünschte ich, es wären noch welche von Zoes leckeren Törtchen da. Da dem aber leider nicht so ist, spiele ich in der Zwischenzeit dieses Spiel auf meinem Handy, bei dem man mit Vögeln auf Schweine schießt. Damit kann ich mich tatsächlich eine halbe Stunde beschäftigen, bis ich beschließe, dass es Zeit ist, mich auf den Weg zu machen und in die nächste Linie zu steigen. Zoe wohnt zwar relativ nah bei der Schule, aber ich bin grundsätzlich lieber zu früh als zu spät.

♥ ♥ ♥

Marc scheint es nicht anders zu gehen, denn als ich ankomme, lehnt er schon lässig an der Gebäudewand der Turnhalle. Sein Gesicht liegt halb im Schatten, halb wird es von einer Straßenlaterne beschienen, und ich kann nicht anders, als in einiger Entfernung stehen zu bleiben und ihn zu betrachten. Jetzt, wo er es nicht bemerkt und die Gelegenheit günstig ist. Marc sieht wirklich gut aus in dem dunklen Smoking, mit seinen nachlässig nach hinten gegelten schwarzen Haaren, dem feinen Schwung, der seine Lippen umspielt, und den lässig in den Hosentaschen vergrabenen Händen. Erst der Gedanke daran, dass er nur wegen einer Wette hier sein könnte, reißt mich aus meinem – ja, ich gebe es zu – schwärmerischen Starren, und ich setze mich in Bewegung.

Als ich näher komme, entdeckt er mich schließlich. Langsam löst er sich von der Wand und schlendert dann gemächlich auf mich zu. Dabei lässt er den eisblauen Blick über mich wandern, und ich wünsche mir auf einmal wirklich sehr, dass ihm gefällt, was er sieht. Als er schließlich meine in den üblichen ausgelatschten Turnschuhen steckenden Füße bemerkt, breitet sich ein Lächeln auf seinem Gesicht aus, das auch seine hellblauen Augen erreicht – und mein Herz klopft auf einmal wie verrückt gegen meine Rippen. So doll, dass ich befürchte, mein Brustkorb könnte gleich in Tausend Knochensplitter zerspringen.

»Du bist zu spät«, stellt er trocken fest, aber in seinen Augen liegt noch immer dieses Strahlen, das das Eis darin zum Schmelzen bringt. Schon sind erste Risse zu erkennen.

»Gar nicht wahr«, verteidige ich mich und will ihm meine Uhr zeigen, vergesse aber, dass ich die auf Zoes Rat hin abgenommen habe, und halte ihm stattdessen ihr silbernes Armband unter die Nase.

»Sehr hübsch«, kommentiert Marc und kann sich ein Schmunzeln nicht verkneifen.

Ich verdrehe die Augen, krame mein Handy aus der Tasche und präsentiere es ihm wie das Beweisstück, das es ist. »Drei Minuten vor acht. Das ist nicht zu spät.«

»Wirklich?«, fragt Marc skeptisch. »Ich stehe also erst seit zehn Minuten in dieser Eiseskälte?«

»Keine Ahnung.« Ich sehe ihn irritiert an. »Wann bist du denn angekommen?«

»Ungefähr um dreizehn vor acht, du Mathegenie.« Wieder lächelt er mich so an, dass mein Herz zu stolpern beginnt. »Ich habe mein Handy heute zu Hause gelassen. Wollte ungestört sein, und meine Uhr hat nicht zum Smoking gepasst.«

Ich grinse, als seine Worte bei mir angekommen sind, und stupse ihm neckisch mit dem Finger an die Brust, die überraschend hart ist. »Du hast dich schick gemacht.«

»Dass du das bemerkt hast! Unglaublich.« Er greift nach meinem Handgelenk und hält es fest. Seine Fingerspitzen fühlen sich leicht auf meiner Haut an und erzeugen dort, wo er mich berührt, ein stetiges Kribbeln, fast wie Wunderkerzenfunken.

Dann fördert er plötzlich ein kleines, ziemlich demoliertes Gänseblümchen zutage. Wahrscheinlich aus seiner Hosentasche, denn der Stängel ist im unteren Drittel einmal umgeknickt, die Hälfte der Blütenblätter ist gar nicht mehr vorhanden, und die, die übrig geblieben sind, hängen müde herunter. Das ist mit Abstand das traurigste Blümchen, das ich je gesehen habe – und wohl Marcs Blumenschmuck für mich. Typisch.

Aber bevor ich das schlaffe Blümchen und diverse Rückschlüsse, die man deshalb auf den Schenkenden ziehen darf, kommentieren kann, sieht Marc mir auf einmal tief in die Augen, hebt seine Hand an meine Wange, fährt mit den Fingerknöcheln an meiner Schläfe entlang, was wohlige Schauer auf meiner Haut hinterlässt, und steckt dann die kleine Gänseblume unter meinen Haarreif – den ich übrigens aufhabe, weil er letztes Mal meinte, das würde mir stehen. Als ich Maras Kleid anhatte …

Dann lehnt er sich ein Stückchen zurück und mustert mich zufrieden. »Perfekt. Gänseblümchen passen zu dir.«

Mein Herz rast, und ich lächle viel zu breit. Außerdem nehme ich innerlich meinen Kommentar zu dem traurig demolierten Zustand des Pflänzchens zurück. Mehrfach. Das ist verdammt noch mal die schönste Blume, die ich je gesehen habe.

»Wollen wir reingehen?«, frage ich schließlich und hoffe, dass Marc das leichte Zittern in meiner Stimme nicht wahrnimmt – oder es wenigstens als Folge der Eiseskälte abtut, in der wir jetzt schon viel zu lange grundlos stehen und die mir trotz meines Mantels in die Knochen kriecht.

Marc nickt. »Gerne.«

Also machen wir uns auf den Weg und laufen ein wenig unbeholfen nebeneinanderher. Keiner weiß so recht, wie er sich verhalten soll, und ich bin froh, als wir in der Turnhalle sind, ich meinen Mantel und die Tasche an der Garderobe abgeben kann und die laute Musik die Stille zwischen uns übertönt.

»Ich schau mal kurz, wo meine Freundinnen sind«, rufe ich Marc schließlich zu, obwohl ich dicht neben ihm bin. Hier am Eingang stehen die großen Boxen und malträtieren mein Trommelfell mit brummenden Bässen.

Marc beugt sich zu mir herunter. »Ich komm mit«, antwortet er, die Lippen dicht an meinem Ohr, sein heißer Atem auf meiner Haut, sein unglaublicher Duft in meiner Nase. O Gott, den hatte ich ja ganz vergessen – und jetzt will ich sofort wieder mehr davon! Macht er das absichtlich? Und bemerkt er die Gänsehaut in meinem Nacken?

Ich halte mich an seinem Oberarm fest, stelle mich ein wenig auf die Zehenspitzen, bis ich meine Freunde an einem Stehtisch am Rand entdecke, und steuere dann auf sie zu, dicht gefolgt von Marc.

Ich umarme Mara und Zoe – wobei, um ehrlich zu sein, umarmen sie eher mich, und das mit so einer Intensität, als hätten wir uns nicht vor einer Stunde, sondern vor einem Jahr das letzte Mal gesehen. Jeremy und ich nicken uns nett, wenn auch ein bisschen unbeholfen zu, und dann beginnt Mara auch schon, Marc in Beschlag zu nehmen. Hier hinten ist es nicht mehr ganz so laut, weswegen man sich ganz gut unterhalten kann, ohne zu dicht aufeinanderzuhocken oder sich alternativ die Seele aus dem Leib zu schreien.

»So, du bist also der berühmte Marc Rothe?«, fragt Mara grinsend. »Anne hat ja schon so viel von dir erzählt.«

Ich weiß nicht warum, aber irgendwie ist mir das unangenehm. Vielleicht liegt es aber auch einfach nur an der Art, wie Mara es sagt, irgendwie provozierend und viel zu selbstsicher.

Aber Marc lässt sich nicht beirren. »Und du bist?«, fragt er äußerst charmant.

»Mara«, stellt sie sich vor, ein wenig geknickt, weil er sie nicht kennt. »Annes beste Freundin.«

»Ach, dann bist du der Grund, warum Anne und ich uns kennengelernt haben, oder? Die Freundin, die sie im Café versetzt hat?«, lacht Marc überrascht. »Ich schätze, ich stehe in deiner Schuld!«

»Genau.« Mara wirft ihre Haare zurück und schenkt ihm ihr Tausend-Watt-Lächeln, während sie mir verschwörerisch zuzwinkert. »Dann tanz mit mir, und wir sind quitt.«

Ich starre Mara überrascht an und spüre Marcs Blick, aber bevor ich reagieren oder auch nur etwas sagen kann, sehe ich nur noch, wie die beiden in Richtung Tanzfläche verschwinden. Was soll das? Schnell schaue ich weg und starre die plötzlich unglaublich spannende Dekoration an – Herzchen aus Pappmaché, wie kreativ.

»Ehrlich jetzt?«, fragt Zoe entrüstet und hält mir ein Glas Bowle hin. »Was war das denn?«

»Keine Ahnung.« Ich zucke mit den Schultern und nehme das Glas. In der roten Flüssigkeit schwappen ein paar Erdbeeren.

»Ich meine, wirklich?« Zoe stößt mit mir an. »Warum macht sie das?«

»Keine Ahnung.« Weil sie Marc fragen will, wie ernst er es mit mir meint, oder weil sie ihn über Chris ausquetschen will? Das hoffe ich zumindest für sie – und für mich. Trotzdem hätte sie mir nicht den ersten Tanz stehlen dürfen. »Marc und ich sind doch gerade erst angekommen. Hätte sie nicht ein wenig warten können? Ich meine, er ist doch mein Date!« Wütend kippe ich das Getränk meine Kehle hinunter. Es ist überraschend süß und schmeckt stark nach Erdbeere.

»Wenigstens hat der DJ noch nicht Celine Dion aufgelegt,

sondern hält sich noch bei Avicii auf«, meint Zoe beschwichtigend.

Ich seufze. »Reagiere ich über? Ich verstehe ja, dass sie nicht den ganzen Abend blöd am Rand stehen will, aber warum ist sie dann alleine hergekommen?«

»Ist sie ja gar nicht. Es ist ein gemütlicher Abend unter Freunden«, wendet Zoe ein, aber ich bringe sie mit einem düsteren Blick zum Schweigen.

»Jeremy, holst du uns bitte noch ein bisschen Bowle?« Zoe hält ihrer Verabredung unsere leeren Gläser hin – wobei, vermutlich eher ihr Glas und das von Mara, aus dem ich gerade getrunken habe. Nein, beschließe ich trotzig. Das ist jetzt mein Glas. Klau du mir den ersten Tanz, Mara, dann klau ich dir eben dein Glas. Pah!

Zoe und ich starren grimmig auf die Tanzfläche. Zwischen all den Leuten – und es sind wirklich viele – kann ich immer mal wieder ein paar Teile von Maras Kleid oder ihre blonden Locken hervorblitzen sehen, und jedes Mal wirkt es so, als rücke sie dem Jungen mit den pechschwarzen Haaren, mit dem sie tanzt, ein Stückchen näher.

Was habe ich mir auch gedacht? Alle Typen sind begeistert von Mara. Wieso sollte ausgerechnet Marc da eine Ausnahme sein? Er ist eben Macho Marc Rothe, so einen Ruf als Frauenheld bekommt man schließlich nicht umsonst.

Nichtsdestotrotz mag ich ihn. Sehr. Obwohl er so ein Idiot sein kann und obwohl das das Letzte war, was ich wollte, hat er es irgendwie geschafft, sich in mein Herz zu schleichen und sich dort auszubreiten. Aber wie ist das bei ihm? Was bin ich für Marc? Ich muss zugeben, dass ich ziemlichen Bammel davor habe, was der Abend so bringt. Ein kleiner Teil von mir hofft, dass die ganze Wette nur ein großes Missverständnis war, das sich am Ende in Wohlgefallen auflöst, oder dass es sie gar nicht gibt oder dass Marc zumindest, nachdem er sie gewonnen hat, immer noch etwas mit mir zu tun haben möchte. Dass er festgestellt hat, dass er mich genauso mag wie ich ihn.

Warum fühlt sich Hoffnung so erbärmlich an?

Jeremy kommt mit den Gläsern zurück, und während ich meines in einem Zug leere, nippt Zoe bloß vorsichtig daran. Erst jetzt bemerke ich, dass sie dezent im Takt mitwippt und dass es Jeremy nicht anders geht.

»Hey, lasst euch von mir nicht den Abend verderben, okay?«, sage ich zu Jeremy und Zoe, die mit einem guten Stück Abstand zueinander stehen und ab und zu vorsichtig zum jeweils anderen hinüberlinsen. »Habt Spaß! Das ist ein Befehl!«

Ich gebe ihnen einen kleinen Schubs in Richtung Tanzfläche und lächle dann, an den Stehtisch gelehnt, als die beiden zusammen losgehen. Kurz darauf sehe ich, wie Zoe über Jeremys unbeholfene Bewegungen kichert und er stolz grinst, weil er sie dazu gebracht hat.

Doch mein Lächeln fällt schnell wieder in sich zusammen, als ich registriere, wie Mara auf der anderen Seite der Tanzfläche Marc etwas ins Ohr flüstert, was er mit einem amüsierten Grinsen quittiert. Da habe ich meine Antwort auf die Frage, warum sich Hoffnung so erbärmlich anfühlt. Denn selbst wenn Marc auch nur halbwegs Interesse an mir haben sollte, wie könnte das mit uns beiden denn funktionieren? Ich meine, es wäre ziemlich naiv, sich einfach der Illusion hinzugeben, dass ich diejenige sein könnte, für die Macho Marc Rothe sich ändert und für die er von nun an treu ist. Auch wenn das genau das ist, was ich so gerne wie nichts anderes auf dieser Welt glauben möchte.

Nach einer Weile kommt Mara mit Marc im Schlepptau zurück.

Sie grinst mir zu. »Tut mir leid, Anne. Wir mussten noch kurz was klären.«

»Aha«, antworte ich zögerlich und sehe zu Marc, der sich wieder zu mir stellt.

Als er mir jetzt in die Augen sieht und meinen fragenden Blick hält, stelle ich zu meiner Überraschung fest, dass das Eisblau immer mehr und mehr Risse bekommt, je länger wir uns ansehen. Kurz verschlägt es mir angesichts dieses beeindruckenden Naturschauspiels den Atem, und mein Herz beginnt, heftig und vollkommen unkontrolliert zu schlagen.

Zögerlich hält er mir die Hand hin, die ich vorsichtig ergreife. Ich kann mich nicht daran erinnern, wann sich eine eigentlich so kleine Geste das letzte Mal so groß angefühlt hat – wie der Beginn von etwas Neuem, etwas Gutem.

Jetzt kann der Abend beginnen.

♥ ♥ ♥

Marc führt mich genau in die Mitte der Tanzfläche, direkt unter die große Diskokugel, die irgendwer an der hohen Turnhallendecke angebracht hat.

»Na, hoffentlich fällt die nicht runter«, kichere ich und schaue nervös nach oben.

Anstatt meinem Blick zu folgen, schaut Marc mir fest in die Augen. »Deine Freundin Mara hat mir gerade eine lange Predigt à la ›Brich Anne das Herz, und ich breche dir sämtliche Knochen‹ gehalten.« Ein warmes Lächeln umspielt seine Lippen. »Sie scheint okay zu sein, auch wenn sie mir etwas Angst macht.«

Ein Stein fällt mir vom Herzen, und ich grinse gegen meinen Willen von einem Ohr zum anderen. »Und glaub mir, sie hält ihre Versprechen. Also, wenn dir dein Leben lieb ist, solltest du mir lieber nicht das Herz brechen.« Plötzlich halte ich inne und spüre, wie meine Wangen heiß werden. Was habe ich da gerade gesagt?

Da beschließt der DJ auch noch, dass es genau in diesem

Moment an der Zeit ist, etwas langsamere und romantischere Musik aufzulegen. Sofort sehe ich, wie die Leute um uns herum näher aneinanderrücken, wie Hände sich behutsam auf Taillen legen und Arme sich hinter fremden Nacken überkreuzen.

Die Bewegungen werden langsamer, aber mein Herz schlägt mir bis zum Hals. Es dauert ein paar Takte, bis ich einen Blick in Richtung Marc wage, und ich werde mit einem charmanten, schiefen Lächeln belohnt. Vorsichtig tritt er näher, nimmt meine Arme, die in einer Art Schockstarre schlaff an meinem Körper herabhängen, und legt sie sich auf die Schultern. Dann fassen seine Hände sanft, aber bestimmt um meine Hüften und ziehen mich näher zu sich heran, sodass ich gar nicht anders kann, als seinen unglaublichen Geruch einzuatmen.

Marc beginnt, sich langsam und gleichmäßig zu bewegen, und das auch noch zum Takt der Musik. Es dauert nicht lange, bis ich ihm auf die Füße trete, er kurz die Augen zusammenkneift und dann amüsiert den Mund verzieht. »Standardtänze sind nicht so dein Ding, oder?«

»Nicht wirklich, obwohl ich sogar mal einen Tanzkurs gemacht habe.« Dass ich damals auf ganzer Linie versagt und irgendwann nur noch abseits mit dem Lehrer tanzen durfte, weil ich die anderen andauernd angerempelt habe und selbst ihn zur Weißglut getrieben habe, weil ich mir keine drei Schritte merken konnte, unterschlage ich. »Aber ich kann ganz prima dieses ›Ein Hut, ein Stock, ein Regenschirm‹.«

Einen Moment sieht es so aus, als würde er die Option tatsächlich abwägen. Dann schüttelt er aber kaum merklich den Kopf und zieht mich noch näher zu sich heran. So nah, dass ich mir nicht sicher bin, ob überhaupt noch ein Blatt Papier zwischen uns passen würde. Überprüfen kann ich meine These allerdings nicht, denn ich bin fest in Marcs Umarmung eingeklemmt, quasi ein Teil eines Zwei-Mann-Sandwiches.

Instinktiv lege ich meinen Kopf an Marcs Schulter. Der Stoff seines Jacketts ist glatt und weich, und ich kann seine Körperwärme spüren.

Marc beginnt damit, sein Gewicht von einem Bein aufs andere zu verlagern, immer abwechselnd, und sich so mit jedem Mal um ein winziges Stück weiter zu drehen, ganz langsam.

»Wir machen das einfach so«, flüstert er. »Spezialtanz.«

Ein Lächeln, das er nicht sehen kann, eines, das ganz für mich allein ist, breitet sich auf meinen Lippen aus, und ich schließe die Augen, als ich beginne, seine Bewegungen zu imitieren.

Marc wirkt zwar gelassen, doch ich spüre seinen Herzschlag an meiner Brust und dass er mindestens genauso schnell ist wie mein eigener.

Ein neues Lied fängt an – eines, das ich kenne und liebe. Paul Baribeau singt von blauen Augen, und ich lege den Kopf in den Nacken, um zu sehen, wie es um die Winterkälte in Marcs Blick steht. Als sich unsere Blicke treffen, verliere ich kurz jeglichen Halt, denn die anfangs so undurchdringliche Eisschicht ist fast vollständig geschmolzen, und ich falle und tauche ein in ein tiefes Blau. Marcs Augen haben etwas von klarem Bergwasser, rein und belebend, und ich fühle mich auf einmal wie ein durstiger Wanderer. Ich möchte nie wieder etwas anderes sehen.

Es darf einfach keine Wette geben. Das würde ich nicht verkraften. Das würde mein Herz nicht überstehen. Ich stecke längst viel zu tief in der ganzen Sache drin, um da jemals wieder unbeschadet rauskommen zu können. Marcs Verhalten darf einfach keine Schauspielerei sein! Wenn das alles nur ein Spiel für ihn ist, dann will ich mich nie wieder verlieben.

Da. Ich habe es gesagt. Ich habe mich verliebt.

Und setze damit alles auf eine Karte. All in.

Marcs Lippen bewegen sich kaum merklich zum Liedtext.

Eigentlich sind wir viel zu langsam, bewegen uns zu unserem ganz eigenen Takt, aber es fühlt sich richtig an. Richtig für uns. Passend zu unserem schnellen Herzschlag, der mir fast synchron vorkommt, passend zum schummrigen Licht, das Marcs Zügen schmeichelt, sie noch unwiderstehlicher aussehen lässt. Er so nah an mir, mit diesem weichen, fast schon warmen Ausdruck in den Augen. All das löst irgendwas in mir aus – oder los, ich kann es nicht sagen. Ich bin viel zu eingelullt von Marc, um überhaupt einen klaren Gedanken fassen zu können, und lasse eine Hand an seinem Hals hochwandern, über sein kantiges Kinn, um sie an seiner Wange zur Ruhe kommen zu lassen. Ganz leicht, kaum merkbar, legt er den Kopf dagegen. Sein rechter Daumen zieht kleine, federleichte Kreise auf meiner Hüfte.

Die letzten Takte des Liedes brechen an, die letzten Worte werden gesungen. Da sind nur noch ein paar Sekunden, die uns bleiben, bevor der nächste Song uns aus dem Moment reißen will.

Es wäre so einfach, die kurze Distanz, die noch zwischen uns ist, zu überwinden, so leicht, meine Lippen auf seine zu legen und die Finger in seinen Haaren zu vergraben, viel zu einfach. Es würde keine Sekunde dauern, bis die Entfernung zwischen unseren Lippen nicht mehr und nicht weniger als eine Erinnerung ist. Jetzt oder nie …

Vorsichtig stelle ich mich auf die Zehenspitzen, um ihm noch näher zu sein, falls das überhaupt noch möglich ist. Er wirkt plötzlich unsicher, so gar nicht wie der Marc, den ich vor einer Woche im Café kennengelernt habe. Komm schon, Marc, flehe ich in Gedanken und öffne leicht die Lippen. Küss mich endlich!

Ich weiß nicht, wer von uns beiden das letzte Stück überbrückt, vielleicht tun wir es auch synchron, aber auf einmal liegen Marcs Lippen auf meinen, und es ist, als wäre endlich alles an seinem Platz, als ob die Zeit stillstehen würde, als ob wir die einzigen Menschen im ganzen Universum wären. Zuerst küssen wir uns noch vorsichtig, tasten uns aneinander heran, lernen uns auf eine vollkommen neue Art kennen. Doch schon nach wenigen Augenblicken zieht Marc mich an sich, und unser Kuss gewinnt an Tiefe. Sofort finden wir einen perfekten gemeinsamen Rhythmus, und ich wünsche mir, dass dieser Moment niemals aufhört. Meine Finger fahren durch seine Haare. Sie sind viel weniger weich, als ich es mir immer ausgemalt habe. Dick, irgendwie strubbelig. Das kann allerdings auch von dem Haargel kommen. Wider Erwarten gefällt mir das. Ich will für immer und ewig hier stehen und Marc Rothe küssen. Denn es ist das unbeschreiblichste Gefühl, das ich jemals hatte. Hinter meinen Lidern sehe ich bunte Sterne glitzern, meine Knie werden weich, und mein Herz droht jeden Moment vor Glück zu zerspringen.

Da klopft mir plötzlich jemand von hinten auf die Schulter. »Darf ich ablösen?«

Ich bin mir ziemlich sicher, dass es Marc ist, der sich daraufhin aus unserer Umarmung löst, denn wenn es nach mir ginge, hätte ich die Existenz anderer Individuen auf diesem Planeten liebend gerne ausgeblendet.

Sofort vermisse ich seine Nähe und schlage widerstrebend die Augen auf. Nur mit Mühe kann ich den Blick von Marcs Mund – diesen wunderbar einladend geschwungenen Lippen – losreißen und mich dem Störenfried widmen.

Als es mir schließlich doch gelingt, sehe ich direkt in Leos haselnussbraune Augen. Oh.

»Hey, Anne.« Leo lächelt mich an, aber in seinen Augen meine ich, so etwas wie Panik erkennen zu können. »Du hast mir doch einen Tanz versprochen. Das Versprechen würde ich jetzt gerne einlösen.«

Benommen wie ich bin, fehlen mir die Worte. Da spüre ich

aber schon, wie Marc die Hände von meinen Hüften nimmt, und als ich daraufhin überrascht – bis enttäuscht – zu ihm blicke, muss ich dabei zusehen, wie zuerst seine Augen wieder zufrieren wie zwei Winterseen im Zeitraffer und wie sich dann seine Lippen zu einem unheimlichen Grinsen verziehen, das mir einen tiefen Stich ins Herz versetzt – denn es ist abschätzig und voller Genugtuung. Es ist die Art von Grinsen, von der ich dachte, er und ich hätten sie längst hinter uns gelassen. Aber da habe ich mich wohl geirrt.

»Kein Problem.« Marc klingt alles andere als wütend darüber, dass Leo gerade unseren ersten Kuss unterbrochen hat. Eher das Gegenteil ist der Fall. »Wir sind ohnehin gerade fertig. Tschüss, Anne.«

Noch immer bekomme ich kein Wort heraus. Diesmal jedoch nicht, weil ich zu überrumpelt wäre, sondern weil alles in mir plötzlich anfängt, fürchterlich zu schmerzen. Hat ihm … Hat ihm der Kuss nichts bedeutet? Der Kuss, der schöner war als alles, was ich je in meinem Leben erlebt habe? Das darf nicht sein. Mein Herz beginnt immer schneller zu schlagen, wild und ungestüm und angetrieben von einer grausamen Gewissheit. Das kann er mir nicht antun! Bitte, bitte nicht!

Als Marc sich, ohne sich nochmals umzudrehen, schon einige Schritte entfernt hat, nimmt Leo seine Position ein, und ein neues Lied schallt aus den Lautsprechern.

Es dauert weniger als einen Wimpernschlag, bis mein Herz bricht – schon wieder.

War es das jetzt? Soll ich ihm nicht doch schnell hinterherlaufen und fragen, was los ist? Oder weiß ich das nicht eigentlich schon längst? Ist Marc wirklich gegangen, weil er mit mir fertig ist? Hat er jetzt, wo er mich geküsst hat, die Wette gewonnen? Ging es die ganze Zeit nur darum? Will er mich jetzt nicht mehr?

»Du siehst sehr schön aus heute«, reißt Leo mich aus meinen immer düsterer werdenden Gedanken, während er anfängt, sich zu bewegen und richtig zu tanzen. Meine Beine poltern irgendwie unkontrolliert hinterher, bemüht, nicht das Gleichgewicht zu verlieren. Aber er scheint es nicht zu merken.

Ist das wahr? Kann das wirklich alles gewesen sein?

»Danke«, murmle ich abwesend und mit blutendem Herz.

»Also, ist ja echt dreist, wie der sich an dich rangeschmissen hat – als wäre er ein wildes Tier während der Brunftzeit. Ich meine, hallo?!«, lacht Leo, und ich werde rot, glaube aber, dass er es in dem schummrigen Licht nicht bemerkt. »Für die Rettung in letzter Sekunde kannst du dich übrigens später bedanken, im Moment finde ich es schön, einfach nur hier mit dir zu tanzen.«

»Mhm«, nicke ich und schließe verzweifelt die Augen, doch dann kann ich nicht anders und suche die Tanzfläche doch nach Marc ab. Vielleicht … vielleicht ist das ja alles nur ein Scherz, und er kommt gleich zurück, mit einem Glas Bowle in der Hand und einem schiefen Lächeln auf den Lippen. Er muss einfach! Vielleicht ist das eine Art Rache für den Tanz mit Mara vorhin? Könnte doch sein, oder? Allerdings kann ich ihn nirgendwo entdecken, keine Spur von Marc.

Eine Weile tanzen Leo und ich miteinander, aber trotzdem nicht wirklich gemeinsam. Außerdem habe ich gerade schwer damit zu kämpfen, nicht vor allen hier in Tränen auszubrechen – und mir ist plötzlich auch ziemlich flau im Magen.

»Anne, ich habe nachgedacht«, setzt Leo gerade an, als ich ihn schnell mit einem gehetzten »Lass uns mal raus an die frische Luft gehen!« unterbreche, denn dieser Tanz fühlt sich an, als müsste ich jeden Moment ersticken. Außerdem ahne ich, worüber Leo nachgedacht hat. So ein Mist aber auch. Der Plan muss irgendwie rückgängig gemacht werden, und ich muss Leo unbedingt – möglichst schonend, das bin ich ihm schuldig – beibringen, dass ich nichts mehr von ihm will. Außerdem besteht die geringe Chance, dass Marc nach draußen gegangen ist – und ihm an der frischen Luft klar geworden ist, dass ich ihm wichtiger bin als eine dumme Wette. Vielleicht entdecke ich ihn ja dort.

»Super, dann können wir besser reden«, stimmt Leo erfreut zu, und wir lösen uns voneinander.

Da steht plötzlich Mara mit zwei Gläsern Bowle neben uns, und Leo und ich zucken gleichzeitig zusammen.

»Anne, alles okay bei dir?« Sie sieht mich alarmiert an und hält mir ein Glas hin, dann wirft sie Leo einen vernichtenden Blick zu. »Warum ist Marc gerade abgehauen?«

»Er ist ...« Ich atme tief durch und zwinge mich dazu, ihr nicht hier und jetzt alles unter Tränen zu berichten. Meine beste Freundin ist ohnehin schon erschreckend blass. Also nehme ich ihr das Glas ab und trinke das widerlich süße Erdbeergesöff in einem Zug aus. »Er musste früher gehen. Leo und ich wollen aber ohnehin noch etwas besprechen. Keine Sorge, alles gut.«

»Was müsst ihr besprechen?«, fragt Mara misstrauisch und sieht zwischen Leo und mir hin und her. »Leo weiß doch, dass du mit Marc zusammen bist, oder? Also, was gibt es dann noch zu besprechen?«

Ich lächle meine beste Freundin an, die sich offensichtlich Sorgen um mich macht. Wahrscheinlich denkt sie, dass Leo gerade drauf und dran ist, die frische Beziehung zwischen Marc und mir zu zerstören – dass ich mir plötzlich doch nicht mehr sicher bin, für wen mein Herz schlagen soll. Wenn sie nur wüsste ... Aber dafür habe ich jetzt keine Zeit und auch keinen Nerv. Ich erkläre es ihr einfach alles morgen.

»Mara, ich bin gleich wieder zurück, ja?« Ich sehe sie vielsagend an, und endlich nickt sie, obwohl ich ihr ansehen kann, dass sie mit meiner Entscheidung alles andere als glücklich ist.

»Okay, aber holt euch keine Erkältung.« Dann wirft sie Leo einen mahnenden Blick zu und geht.

Draußen schlägt uns kalte Luft entgegen, jagt mir eine Gänsehaut über den Rücken und bringt Leo, der alles offenbar furchtbar falsch interpretiert, dazu, näher an mich heranzurücken und mir sanft über die fröstelnden Arme zu reiben.

»Ich habe nachgedacht, Anne«, wiederholt er seine Worte von vorhin und stellt sich vor mich, guckt mich mit diesen tiefen, goldbraunen Augen an. »Über uns.«

Ich will ihn unterbrechen, bevor er etwas sagt, das alles nur noch schlimmer macht, aber meine Zunge ist plötzlich irgendwie träge, und mir wird etwas schwindelig. Außerdem wird das flaue Gefühl in meinem Magen schlimmer, seit wir an der frischen Luft sind. Was ist hier los? Habe ich einen Herzinfarkt oder so was? Nein, Moment, ich kenne das Gefühl: leichte Benommenheit, Schwindel, Übelkeit … So reagiere ich eigentlich nur, wenn ich … O nein. Hat jemand Alkohol in die Bowle gekippt? Aber hätte ich es nicht merken müssen? Andererseits: Bei den Geschmacksverstärkern hätte man mir wahrscheinlich sogar Motoröl unterjubeln können, und ich hätte es nicht rausgeschmeckt. Verdammt, es gibt einen Grund, warum ich mich von Alkohol fernhalte. Mein Körper kann damit einfach nicht umgehen. Schon eine geringe Menge reicht aus, und ich klappe zusammen. Mara zieht mich oft damit auf, dass ich doch bestimmt irgendwelche Verwandten aus dem asiatischen Raum habe, die mir das Fehlen von diesem Enzym mit dem unaussprechlichen Namen – ich bin zu dämmerig, als dass er mir einfällt – vererbt haben, das einen wesentlichen Teil zum Abbau von Alkohol im Körper beiträgt. Zusätzlich bin ich nicht gerade die Größte, nie gewesen, und halte mich aus besagten Gründen in der Regel von allem Alkoholischen fern.

Wie viele Gläser habe ich getrunken? Zwei? Nein, drei – in weniger als einer Stunde.

»Anne?« Leo sieht mich fragend an. »Alles in Ordnung?«

»Ja, klar«, sage ich und versuche, möglichst nüchtern zu klingen. »Du hast nachgedacht, über uns, aber …«

»Genau«, unterbricht mich Leo. »Als ich dich mit Marc gesehen habe, da ist mir klar geworden, dass es nicht nur deine Freundschaft ist, die ich vermisse – die ich will. Ich will dich. Mit Haut und Haar. Ich will zusammen mit dir deine verrückten Ideen in die Tat umsetzen, und ich will, dass du mir deine schlechten Witze erzählst, nur mir. Ich will deine Lippen auf meinen und dein Lachen, das sich mit meinem vermischt. Ich will dich, und ich liebe dich. Ich liebe dich, Anne! Und ich bin ein Idiot, dass mir das erst jetzt klar geworden ist«, redet er sich in Rage – und das viel zu schnell für meinen pochenden Kopf. Trotzdem kommen seine Worte glasklar bei mir an. Es klingt wie eine Rede, die er auswendig gelernt hat, zu Hause aufgeschrieben, Stunden dran gefeilt. Was absolut typisch für ihn wäre. Und doch wird mir ein wenig warm ums Herz. Denn auch wenn seine Worte gestellt sind, habe ich doch das Gefühl, dass er sie ernst meint und dass ihm etwas an mir liegt. Leo … Leo will mich. Alles, der ganze Plan, hat sich so entwickelt, wie ich es wollte, also, zumindest ursprünglich wollte, denn der Plan hat sich geändert, ist geplatzt, idiotisch und ganz und gar nicht mehr das, was ich will. Genau das muss ich ihm jetzt sagen – und ich werde mich nicht mehr von ihm unterbrechen lassen.

Also öffne ich meine Lippen, um all das ein für alle Mal klarzustellen, als Leo plötzlich einen Schritt auf mich zu macht und mich küsst. Er nimmt mich in den Arm und zieht mich fest an sich. Ich schließe instinktiv die Augen, lasse es zu, aber in mir passiert nichts. Das hatte ich irgendwie auch anders in Erinnerung, denke ich, während Leos Hände auf meinem Rücken auf und ab fahren. Schließlich öffne ich die Augen und sehe in seine. Nicht mal geschlossen hat er sie. Sie sind goldbraun anstatt eisblau, warm und offen statt kalt und verschlossen. Die Lippen, die auf meinen liegen, sind nicht die schmal geschwungenen, von denen ich mir wünschte, sie wären es. Plötzlich muss ich an das fiese Grinsen denken, das Letzte, was ich von ihm gesehen habe, nachdem er seine Wette gewonnen hat.

Ich glaube, mir wird schlecht.

»Halt!«, löse ich mich von Leo. »Nein, ich kann das nicht. Ich mag dich als Freund, aber nicht als meinen Freund. Nicht auf diese Art, die du willst. Irgendwann wirst du ein Mädchen wieder sehr, sehr glücklich machen. Aber nicht mich.« Ich gucke in seine Augen und sehe, wie sie sich weiten, als er versteht, was ich ihm gerade gesagt habe. »Mich machst du glücklich, wenn ich mir deine Biologienotizen kopieren kann, nicht, wenn du mich küsst.«

»Aber … Ich …«, gibt Leo stotternd von sich und verstärkt den Griff um meine Schultern. »Wir gehören doch zusammen.«

»Es tut mir leid«, bringe ich gerade noch heraus, bevor ich merke, dass das flaue Magengefühl jetzt definitiv einer alarmierenden Übelkeit Platz gemacht hat.

Leo zieht die Augenbrauen zusammen. »Du bist ja ganz blass …«

Ich habe keine Chance mehr, auf das, was er gesagt hat, zu antworten, bevor ich hektisch auf die Büsche links von mir zustolpere, die nicht mehr im Lichtkegel der Laterne liegen, und endlich diese verfluchte Bowle loswerde.

Leo ist trotz allem der netteste Kerl, den ich kenne, denn

während ich viel zu sehr damit beschäftigt bin, »Kurt« zu rufen, versucht er unterdessen, mich mit der einen Hand zu stützen, während er mit der anderen meinen Vater anruft. Natürlich hat er die Telefonnummer in seinem Handy gespeichert. Mara und Zoe hatten recht: Wir waren wirklich wie ein altes Ehepaar.

Samstag

»Aufgewacht! Na? Wasser und Aspirin gefällig?«, weckt Papa mich unsanft und wedelt damit vor meiner Nase herum, sodass die kühle Flüssigkeit über den Glasrand zu schwappen droht.

»Nicht so laut«, murre ich und fasse mir an den brummenden Schädel, während ich versuche, mich aufzusetzen. Es ist so hell, warum ist es so hell? Ich sehe mich irritiert um.

Ich bin bei Papa und Carola in der Wohnung und liege auf dem roten Sofa im Wohnzimmer. Das ... Wie bin ich hierhergekommen? Und warum ist es nicht mehr abends? Ich war doch gerade eben noch auf dem Ball und ... Der Ball! O nein! Was habe ich getan? Ich erinnere mich, dass der Plan funktioniert hat, mir mein Herz dann aber einen dicken Strich durch die Rechnung gemacht hat. Zusammen mit meinem Magen. Die Erdbeerbowle! Vor meinem inneren Auge taucht ein Bild von sorgsam gestutzten, ehemals adretten Büschen auf. O Gott.

Irgendwer – vermutlich Papa, denn Carola traue ich so viel Zuneigung nicht zu – hat eine kratzige Wolldecke über mich geworfen, die ich nun versuche, mit meinen Beinen wegzustrampeln. An Schlaf ist jetzt, wo ich erst einmal aufgewacht bin, ohnehin nicht mehr zu denken. Also strecke ich stöhnend meine Hände nach dem Glas und der Tablette aus.

»Nicht so schnell«, meint Papa viel zu laut und entzieht mir meine Chance auf Erlösung.

Erst jetzt wird mir klar, wie durstig ich bin. Mein Peiniger stellt das Glas samt Schmerztablette auf dem unerreichbar weit entfernten Couchtisch ab, führt sein morgendliches Folterprogramm fort und reißt alle Fenster und Vorhänge auf einmal auf.

»Ah! Aua.« Ich muss meine Augen, die sich gerade an die düstere Helligkeit gewöhnt haben, erneut zusammenkneifen. »Warum tust du das?«

»Du brauchst nicht denken, dass du so einfach davonkommst«, meint Papa, seine Stimme ganz nah. Ich schätze, er hat sich wieder vor mich gesetzt. »Keine zwei Stunden bist du auf diesem Schulball.« Er macht eine Pause, wiederholt noch einmal »Schul-ball« mit Betonung auf der ersten Silbe, als könnte er es gar nicht glauben. »Da bekomme ich schon einen Anruf von Leo, der mir allen Ernstes sagt, du würdest ›vomieren‹ und es sei wohl besser, wenn ich dich abholen kommen würde.«

»Vomieren?« Ich öffne die Augen und sehe, dass Papa seine gerade zweifelnd zusammengekniffen hat und mich genau beobachtet.

»Ja. Ich wusste nicht mal, was das heißt, bin dann aber trotzdem hingefahren, weil der Junge so panisch klang. Der hat den Anschiss seines Lebens bekommen, als ich gesehen habe, wie du da Bröckchen gelacht hast – nur dass du dabei ganz und gar nicht fröhlich aussahst.«

»Papa!«, stöhne ich auf. »Leo hat damit doch überhaupt nichts zu tun, und jetzt hör auf, hier einen auf Bad Cop zu machen, und gib mir bitte das Wasser.« Der letzte Teil des Satzes klingt so flehend, dass mir schon wieder schlecht wird. Vielleicht sind das aber auch die Nachwirkungen der Bowle.

Papa erbarmt sich schließlich und reicht mir Glas und Tabletten. Endlich. »Nein, natürlich hat er das nicht. Richtiges Unschuldslamm, der Gute. Füllt ja nur meine Tochter ab.« Er macht eine Pause. »Und du lässt das mit dir machen. Ich dachte, ich hätte ein vernünftiges Mädchen großgezogen –

oder wenigstens ein schlaues.« Der enttäuschte Ton in seiner Stimme versetzt mir einen Stich.

»Ach, Papa«, setze ich kläglich an, verstumme dann aber, weil ich nicht weiß, was ich sagen soll. Ich fühle mich schrecklich. Nicht nur körperlich, sondern auch tief in mir drin. Durch und durch.

»Weiß Ma Bescheid?«, frage ich nach einer Weile leise.

»Ich habe mir gedacht, das kannst du ihr lieber selber sagen. Ich habe sie nur angerufen und ihr erklärt, dass du heute bei deinem alten Herrn schläfst.« Er atmet enttäuscht aus. »Es geht ja nicht um den Alkohol, weißt du, es geht darum, dass du vernünftig damit umgehen sollst. Dein Limit kennen und es dann auch einhalten, wissen, wann es genug ist.«

»Tja«, meine ich säuerlich. »Mein Limit war bereits nach drei Gläsern Erdbeerbowle erreicht.«

Das wiederum bringt Papa zum Lachen. Er kann mir nie lange böse sein. »Ich würde an deiner Stelle aber bald mal zu deiner Mutter rübergehen, weil … Ich habe dich gestern mit dem Pinto abgeholt, und ich schätze, innen drin riecht es immer noch ein bisschen nach Erdbeeren, obwohl ich 'nen Wunderbaum reingehängt habe. Wäre, glaube ich, klug, Carola erst mal aus dem Weg zu gehen, ein wenig zumindest. Du weißt ja, wie sehr sie an der Karre hängt.«

Ich nicke. O ja und oje. Carola fährt seit Jahren denselben rostigen alten Ford Pinto mit einem über dem Rücklicht angebrachten Aufkleber auf dem »Fahr mir hinten rein, und wir explodieren beide!« steht, was schon ziemlich viel darüber aussagt, was für eine Art Mensch sie ist.

Papa fragt mich, ob ich Hunger habe, aber ich verneine. Als er trotzdem in die Küche geht, folge ich ihm mit etwas leichterem Kopf. Dann setze ich mich an den winzigen runden Tisch, der dem, den wir zu Hause haben, nicht unähnlich sieht, und gucke zu, wie er sich einen Kaffee macht. Mein

Mantel und meine Tasche liegen auf einem der Stühle. Ein Blick auf die Uhr verrät mir, dass Carola bald von der Arbeit – sie ist Krankenschwester – zurückkommt, aber noch haben Papa und ich etwas Zeit.

Ich merke, wie sehr mir das gefehlt hat. Einfach hier mit ihm zu sitzen, in der kleinen, dunklen Küche, die irgendwie gemütlich ist, obwohl überall Geschirr rumsteht, das seit Tagen nicht abgespült worden ist, und sich auf dem Tisch Carolas Klatschmagazine stapeln. Es riecht nach Kaffee und frischer Wandfarbe – Kanariengelb, falls das einen bestimmten Geruch hat. Die blöde Katze kommt gemächlich in die Küche getigert, streift mir um die Beine, und ich bekomme eine Gänsehaut von ihren vielen losen Haaren. Erst jetzt wird mir so richtig bewusst, dass ich immer noch mein dunkelblaues Ballkleid trage, ganz knitterig und vermutlich nicht gerade nach Rosen riechend.

Ich betrachte Papa, wie er da vor mir sitzt, auf seine Kaffeetasse starrt und sich dabei am stoppeligen Kinn kratzt, als würde er über etwas nachdenken. Vermutlich versucht er, sich einen Vortrag zurechtzulegen, weiß aber, dass er die Chance, streng zu sein, schon vor Jahren vertan hat.

»Papa?«, frage ich nach einiger Zeit. »Meinst du, ich kann mal eben duschen gehen?«

»Klar, mein Schatz«, antwortet er lächelnd, und plötzlich sieht die Welt nicht mehr ganz so düster aus.

Mit geputzten Zähnen, frisch gewaschenem und noch feuchtem Haar und Klamotten, die ich bei einer meiner Übernachtungen bei Papa vergessen habe, fühle ich mich schon erheblich besser – wieder wie ein Mensch und nicht mehr wie ein Zombie. Das Kleid steckt in einer Plastikeinkaufstüte, die locker um mein Handgelenk baumelt. Ich bin schon halb aus der Tür raus, da beiße ich mir auf die Lippe, gehe noch einmal zurück und umarme meinen Papa ganz fest.

»Ich hab dich lieb, Papi«, murmle ich an seine Brust, und mir wird klar, dass ich ihn nicht mehr »Papi« genannt habe, seit ich in die Grundschule gekommen bin. »Und ich bin vernünftig«, hänge ich an, woraufhin er ganz leise »Weiß ich doch« erwidert.

Ich glaube, er meint beides.

♥ ♥ ♥

Während ich im Bus nach Hause sitze, riskiere ich einen Blick auf mein Handy. Die Akkuanzeige blinkt bereits rot auf, aber ein paar Minuten werden wohl noch drin sein. Beim Blick auf meinen Posteingang traue ich meinen Augen nicht: 23 Anrufe in Abwesenheit und 37 Kurznachrichten! Was ist denn da los?

Die ersten zwölf Anrufe sind von Zoe. Sie haben gestern Abend im Minutentakt stattgefunden. Darauf folgen zwei von Mara und einer von Leo. Ma hat auch einmal angerufen. Die verbleibenden sieben sind alle wieder von Zoe. Die Abstände dieses Mal länger. Der Letzte kam vor einer halben Stunde. Sie und Mara haben jeweils einmal auf die Mailbox gesprochen, und ich denke kurz darüber nach, es zu ignorieren. Immerhin sitze ich im Bus. Außerdem will ich mich noch nicht an gestern erinnern. Bisher habe ich alles so schön verdrängt. Alle Gedanken an Leo, den eigenartigen Kuss und die Schubumkehr danach, den Ausdruck in Marcs Augen, an das Eis, das mit einem Schlag in sie zurückgekehrt ist, und an sein gemeines Grinsen. Marc. Er hat natürlich nicht angerufen.

Ich schüttle den Kopf, wie um den Gedanken daran zu vertreiben. Vor allem den Gedanken daran, dass ich Marc wahrscheinlich nie wiedersehe. Ich kenne den Grund, warum er gestern so bereitwillig und grinsend gegangen ist – und der war ganz sicher nicht mein Tanz mit Leo. Immerhin hat er mich, ohne zu zögern, abgegeben. Es gibt nur einen Grund für sein Verhalten: die Wette. Bei dem Wort habe ich sofort das Gefühl, als ob mir jemand ein Messer mitten ins Herz rammt und es dort quälend langsam dreht. Wenn ich eins habe, dann ist es das richtige Händchen für die falschen Jungs. Für die, die mir mit Sicherheit das Herz brechen. Bei Marc war es sogar mit Ansage. Ich wusste von der Wette. Von Anfang an.

Im Bus ist es nach der letzten Haltestelle ziemlich leer geworden, also beschließe ich, mir nun doch anzuhören, was Zoe und Mara mir auf die Mailbox gesprochen haben. Vorsichtshalber stelle ich die Lautstärke trotzdem ein bisschen runter. Wer weiß schon, was mich erwartet. Dann halte ich das Handy dicht an mein Ohr.

»Hey, Anne!« Es ist Mara. »Alles … Alles gut bei dir? Du warst auf einmal weg, und ich … äh … mache mir Sorgen. Also … ähm … Wenn alles gut ist, dann ruf mich doch bitte mal zurück, okay? Alles klar. Ich hab dich lieb, Anne, das weißt du doch, oder?«

Ich stutze, als ich Maras Stottern lausche. Sie klingt nervös, richtig besorgt, so gar nicht nach ihr. Ich höre die Nachricht noch einmal ab, achte auf die Uhrzeit. 7:38 morgens. Igitt. Schnell tippe ich eine Antwort, in der steht, dass alles gut ist. Es kommt nichts zurück.

Danach lausche ich Zoes Schimpftirade, die zum letzten Anruf, also dem vor einer halben Stunde, gehört. Ich muss das Handy etwas vom Ohr weghalten, weil sie so laut ist. Gleichzeitig verstehe ich nur einzelne Wortfetzen, unter anderem ein wütend geschnaubtes »Frau Fischer!«. Ich schüttle verwundert den Kopf. Die tun ja gerade so, als würde irgendwo die Welt untergehen, und das ist – zur Sicherheit werfe ich einen prüfenden Blick aus dem Fenster: strahlender Sonnenschein, azurblauer Himmel, der hier und da von weichen weißen Kumuluswolken durchzogen ist, die während der Fahrt an mir vorbeirauschen – definitiv nicht der Fall.

Ich überfliege noch schnell die Kurznachrichten auf meinem Handy, aber im Prinzip gleicht sich der Inhalt: »Ruf zurück!«

Kurz spiele ich mit dem Gedanken, Marc zu schreiben. Ist es so töricht, nach wie vor zu glauben, dass alles vielleicht nur ein Missverständnis war? Allerdings: Wenn es keines ist, wird er die Nachricht sicher seinen Freunden zeigen und sie werden sich alle über mich lustig machen. Das würde ich nicht aushalten. Aber falls es eines ist … Ich könnte ihn anrufen, nur habe ich das Gefühl, dass ich es nicht schaffe, seine Stimme zu hören, falls er mir sagt, dass ihm tatsächlich nichts an mir liegt und dass alles, was wir miteinander erlebt haben, eben nichts weiter als eine einzige dicke, fette Lüge war. Wenn es ein Missverständnis war, wird er sich melden. Er muss einfach, und dann wird er mir sagen, dass es keine Wette gibt. An diese Hoffnung klammere ich mich, als ich aus dem Bus steige und nach Hause laufe. Anders würde ich den Weg wohl auch nicht überstehen.

Als ich die Tür aufschließe, ist Ma gar nicht da. Am Kühlschrank hängt ein gelbes Blatt Papier, auf dem mit Edding in hastigen, ungeschönten Lettern »Bin einkaufen. Hoffe, du hattest einen schönen Schulball und Spaß bei deinem Vater« geschrieben steht. Das ist unsere Version von Post-its. Weil uns die kleinen gelben Zettelchen nie auffallen, nehmen wir einfach immer Papier im Din-A4-Format, das wir mit einem Magnet, der der Form eines weiblichen Oberkörpers nachempfunden ist, an der Kühlschranktür befestigen.

Ich sende ein stummes »Danke für die Deckung« an Papa und halte meinen Mund unter den Wasserhahn, um meinen erneut einsetzenden Durst ein wenig zu stillen. Danach entfährt mir ein erleichtertes Seufzen, dicht gefolgt von lautem Magenknurren. Im Kühlschrank finde ich einen Bananenjoghurt, der zwar nur bis vorgestern haltbar war, aber immer noch hervorragend riecht und schmeckt – soweit das für Bananenjoghurt eben möglich ist.

Komischerweise bin ich dafür, was gestern alles geschehen ist, noch ziemlich gefasst. Wenn ich so daran zurückdenke, was passiert ist, als Leo mit mir Schluss gemacht hat, und welche Sturzbäche ich da geweint habe … Und jetzt? Wahrscheinlich stehe ich noch unter Schock.

Ich schiebe mir gerade den letzten Löffel Bananenjoghurt in den Mund, da klingelt es an der Tür. Ohne großartig nachzudenken, öffne ich – und lasse einen wütenden Zoe-Wirbelsturm in die Wohnung.

»Warum reagierst du nicht auf meine Anrufe?!«, setzt sie an. »Weißt du, wie blöd ich mir vorkomme? Da will ich dir helfen, Frau Fischer, weil du meine Freundin bist und ich dich ganz gerne mag und ich ja weiß, dass du keinen Plan von Facebook hast und von dem, was da so los ist, und was machst du? Wehrst dich mit Händen und Füßen. Wozu hast du überhaupt ein Handy?!«

Sie guckt mich an, die Hände in die Hüften gestemmt, die dunklen Haare ganz zerzaust und verschwitzt in ihrer Stirn, in den Augen diese Mischung aus Ärger und Empörung, die so typisch für sie ist. Was mir auch auffällt: dass mir diese Frage in letzter Zeit ziemlich häufig gestellt wird. Vielleicht habe ich den Sinn von Mobiltelefonen wirklich nicht richtig verstanden …

»Ich bin Fahrrad gefahren!« Zoe ist offenbar noch nicht fertig. »Hab mir das von Taio geklaut. Weißt du, wie klein das ist?! Und dann die ganzen Star-Wars-Aufkleber und diese riesige Yoda-Klingel, die mich die ganze Zeit so hässlich anstarrt. Ich habe definitiv was gut bei dir!«

Das erklärt zumindest, warum sie so fertig aussieht.

»Auch hallo und guten Morgen«, begrüße ich Zoe, während ich die Tür wieder hinter ihr schließe. »Möchtest du irgendwas? Saft oder abgelaufenen Joghurt? Wir haben auch noch einen Harzer Roller im Kühlschrank, obwohl: Ich möchte ehrlich gesagt lieber nicht, dass die Verpackung geöffnet wird, wenn ich im Raum bin …«

Ich erzähle Mist, um Zoe abzulenken, denn sie soll sich ein bisschen beruhigen. Auch wenn meine Neugier geweckt ist und ich am liebsten aus ihr herausquetschen möchte, was so wichtig ist, dass sie ihrem kleinen Bruder das Fahrrad klaut, um mich besuchen zu kommen.

»Was ist denn jetzt eigentlich so spannend?«, frage ich, als meine Freundin ein wenig runtergekommen ist.

»Auf Facebook gibt es eine Seite für den Schulball. Die Leute haben dort Fotos von gestern gepostet.«

Ich ahne Böses, hoffe aber noch darauf, dass ich auf keinem der Fotos zu sehen bin. »Na und? Ist das nicht das, was andauernd auf Facebook passiert? Sachen posten?«, frage ich unschuldig und sogar ein wenig stolz, dass ich so informiert bin, wo ich die Website noch nie in meinem Leben aufgerufen habe – schon aus Prinzip und weil ich mein Grundrecht auf Privatsphäre sehr schätze.

»Du denkst immer, nur weil du da nicht angemeldet bist, bist du da nicht.« Zoe ist sofort wieder auf hundertachtzig. Mist.

»Man darf doch noch hoffen, oder?«, gebe ich kleinlaut von mir und mache mich auf das Schlimmste gefasst.

»Das Problem ist, du bist da!« Zoe holt tief Luft. »Du bist da, wie du mit Marc tanzt, wie du mit Leo rausgehst, wie du ihn küsst, wie du in die Büsche kotzt und wie dein Vater dich stockbesoffen in dieses lebensverachtende Auto setzt!«

»Nein.« Mir wird wieder ein wenig schlecht, und ich muss mich auf der Flurkommode abstützen. O nein. Leute – echte Menschen von meiner Schule – können sich angucken, was ich gegessen habe.

»Ich will es sehen«, sage ich schließlich.

»Sag mal …« Zoe wirkt zögerlich. »Bist du jetzt eigentlich wieder mit Leo zusammen oder nicht?«

»Na wunderbar.« Ich schüttle den Kopf. »Das haben sie natürlich nicht fotografiert, was? So viel zum Thema ›Lückenlose Berichterstattung‹.«

»Gut«, sagt sie schließlich. »Das ist gut, denke ich.« Dann sieht sie mir fest in die Augen. »Anne? Es ist viel fotografiert worden an diesem Abend, und ich glaube, du wirst gleich etwas sehen, was einiges erklären könnte. Aber ich bin mir nicht sicher, ob dir das so gut bekommt.«

♥ ♥ ♥

»Okay, jetzt machst du mir ein wenig Angst«, gestehe ich und folge Zoe, die wie selbstverständlich in unser Wohnzimmer geht und Anstalten macht, den uralten Computer, der dort steht, hochzufahren.

Als sie meinen Blick bemerkt, zieht sie nur die Augenbrauen hoch. »Was?«

»Ich … Ich habe letztens gelesen, dass da dann irgendwelche Spionage-Kekse installiert werden, wenn man sich bei Facebook anmeldet und …«

»Frau Fischer!«, unterbricht mich Zoe. »Du bringst den Begriff ›gefährliches Halbwissen‹ auf ein ganz neues Level, das weißt du schon, ja? Cookies! Du meinst Cookies.« Sie verdreht die Augen. »Aber gut, dann nehmen wir eben mein Handy. Das ist eh schon verkekst.«

Sie zieht ihr Smartphone aus der Tasche, lässt sich grummelnd auf die Couch fallen und tippt auf dem übergroßen Display herum. Ich lümmle mich neben sie und tripple nervös mit dem Zeigefinger auf meinen Oberschenkel.

»Hat Mara sich eigentlich bei dir gemeldet?«, fragt Zoe, ohne den Blick vom Display zu lösen.

Ich nicke trotzdem. »Ja, sie klang ziemlich aufgewühlt. Hat sich wohl Sorgen gemacht, weil sie nicht wusste, ob es mir gut geht.«

»So.« Zoe scrollt mit den Worten »Wenn schon, denn schon« nach unten, wo sie sich daranmacht, eine riesige Bildergalerie zu öffnen. Ich halte jedes Mal den Atem an, wenn ein neues Foto lädt, und fürchte mich davor, mich selbst zu sehen, wie ich etwas Peinliches tue. Aber bis jetzt konnte ich mich nirgends entdecken. Zoe hat hoffentlich doch nur wieder mal maßlos übertrieben.

»Stopp! Warte mal«, halte ich sie an, um das Bild, das jetzt vor mir auf dem Display flackert, eingehender betrachten zu können. »Ha. Lena sieht auch aus, als wäre sie in einen Topf Selbstbräuner gefallen«, kommentiere ich zögerlich grinsend.

Zoe erwidert mein Lächeln. »Und als hätte sie darin gleich noch ein paar Bahnen gedreht.«

Sie zoomt etwas näher an Lenas Gesicht heran.

»Vielleicht ist sie reingefallen und wäre fast ertrunken, aber keiner wollte sie da rausholen …«, überlege ich.

»Wenn du mich fragst: Ich hätte diese dumme Ziege ersaufen lassen!«

Jetzt muss ich richtig loslachen, auch wenn es noch ein wenig holprig klingt, und Zoe stimmt mit ein. Das Gefühl, dass schon das nächste Foto weniger erfreulich sein könnte, ist allerdings nicht zu ignorieren, und tatsächlich: Schon ein paar Bilder weiter ziehe ich scharf den Atem ein. Er hat in seinem Smoking wirklich gut ausgesehen.

»Verrückt«, stelle ich verblüfft fest. »Irgendwer hat Marc und mich fotografiert.«

»Ja.« Zoe seufzt und schüttelt dabei genervt den Kopf, kann ein kleines Zucken ihrer Mundwinkel aber nicht verhindern. »Das habe ich dir doch gesagt.«

»Warte. Nur noch einen Moment, bitte«, halte ich Zoe an

und betrachte Marc und mich, wie wir dicht beieinanderstehen, über irgendetwas lachend.

Da hat er seine Wette noch nicht gewonnen, denke ich bitter.

Mit einer wedelnden Handbewegung bedeute ich Zoe, weiterzuscrollen. Die Leute auf den nächsten Fotos kenne ich nur flüchtig. Auf einem kann ich Zoe und Jeremy entdecken. Die beiden stehen am Rand und schauen betreten in ihre Bowlegläser.

»Wie ist es gestern eigentlich bei dir gelaufen?«, frage ich, woraufhin sich Zoes Gesicht ein wenig aufhellt.

»Ganz gut«, meint sie. »Gegen Ende ist Jeremy etwas aufgetaut. Das war so ungefähr fünf Minuten vor Schluss.« Sie lacht, und ich stimme unsicher mit ein.

»Also, nicht so gut?«, frage ich.

»Weiß nicht. Ich gebe ihm noch eine Chance. Vielleicht braucht er einfach etwas mehr Anlaufzeit.«

Ich beneide meine Freundin für die Leichtigkeit, mit der sie das sagt. Für Zoe gibt es keine komplizierten Pläne, die sich im Nachhinein als großer Mist herausstellen, keinen Marc, der nur ein paar Sekunden braucht, um von freundlich zu frostig zu wechseln, und vor allem kein blödes Herz, das jetzt bei dem Gedanken an besagten Jungen wild und verräterisch in der Brust pocht.

Und dann trifft mich das nächste Bild wie ein Faustschlag. Es ist das Bild, von dem ich gehofft habe, dass es nicht veröffentlicht oder überhaupt geknipst worden ist. Leo, wie er mich stürmisch küsst, als wären wir in einem schnulzigen Liebesfilm. Ich nehme, nein, reiße Zoe das Handy aus der Hand und halte es mir direkt vors Gesicht, um das Foto besser sehen zu können, denn etwas stört mich daran gewaltig.

»Warum zur Hölle sehe ich so aus, als würde es mir gefallen? Es war zum Kotzen, also, buchstäblich«, denke ich laut, zoome noch dichter an uns ran und betrachte die Szene angewidert. Meine Hände liegen auf Leos Schultern, und meine Augen sind geschlossen. Es sieht tatsächlich aus, als würde ich genießen, was da gerade passiert – und dann erstarre ich zu Eis, denn ich entdecke Marc. Sein Gesicht liegt halb im Schein einer Laterne, halb im Dunkeln. Er steht relativ weit abseits, aber ich kann erkennen, wie er in der Bewegung erstarrt ist. Sein Mund ist zu einem schmalen Strich zusammengepresst, und selbst aus der Entfernung kann ich die Kälte in seinen Augen geradezu spüren. Er war da. Wette hin oder her. Er ist zurückgekommen oder war nie weg, und das mit allerhöchster Wahrscheinlichkeit wegen mir – und er hat gesehen, wie ich Leo geküsst habe! Nein, schlimmer: Er hat gesehen, wie ich Leo geküsst habe und dabei ausgesehen habe, als würde ich es genießen!

»Scheiße«, entweicht es mir.

»Ich habe dir doch von Anfang an gesagt, dass dein ganzer Plan ein einziger Misthaufen ist, Frau Fischer.« Zoe kann es nicht verhindern, ein wenig schadenfroh zu klingen. »Und ich dachte auch, dass du ihn … aufgegeben hast. Wir wollten doch Schnuckel. Warum hast du den Plan plötzlich doch durchgezogen?«

Ich schlucke schwer. »Habe ich nicht. Leo hat mich geküsst, und ich habe ihn weggestoßen. Außerdem hatte Marc doch auch seine Wette, und nachdem wir uns geküsst haben …«

»Ihr habt euch geküsst?« Zoe sieht mich mit großen Augen an. »Wann?«

»Gestern auf der Tanzfläche.« Ich erzähle Zoe die Kurzversion, und bei dem Gedanken an Marcs wasserblauen Blick beginnt mein Herz schon wieder zu schmerzen.

Zoe nimmt mir das Handy aus der Hand. »Blödsinn. So enttäuscht schaut niemand, der gerade eine Wette gewonnen hat – nicht mal jemand wie Marc.«

»Vielleicht … Vielleicht …« Mir fällt nicht ein, wie ich den Satz beenden könnte. Bereits bevor ich die Worte ausspreche, schon in dem Moment, in dem die Buchstaben in meinem Kopf Gestalt annehmen, fühlt es sich falsch an – zu hoffnungsvoll.

Als Zoe mir wieder ihr Handy hinhält, beginnen wir, die Kommentare unter dem Bild zu lesen. »Sind die jetzt wieder zusammen?«, hat ein Mädchen kommentiert, von dem ich mir ziemlich sicher bin, dass es noch nicht einmal auf unsere Schule geht. Darunter ist eine relativ hitzige Diskussion ausgebrochen, über die ich nur den Kopf schütteln kann. Mit den Worten »Denke nicht, und selbst wenn, definitiv nicht mehr, nachdem sie die neuen Fotos sieht: 'D« wird das Ganze allerdings von einer von Lenas Gazellenfreundinnen erstickt.

»Was für neue Fotos?«, frage ich, wobei meine Stimme zum Ende hin immer lauter und zittriger wird. »Ich dachte, das hier war schon der Hammerschlag.«

»Ach, Frau Fischer …« Zoe sieht mich plötzlich beinahe gequält an.

»Was für neue Fotos?«, wiederhole ich eingehender.

Ohne ein weiteres Wort scrollt Zoe weiter nach unten, und nach ein paar Aufnahmen kann ich mich selbst beim Kotzen sehen.

»Mach das einfach weg, ja?«, bitte ich.

Zoe grinst milde. »Willst du die Kommentare gar nicht lesen?«

»Willst du halbverdauten Bananenjoghurt auf dir haben?«

Sie kichert und geht zum nächsten Foto über – und ich wünschte, sie hätte es nicht getan. Manchmal ist Unwissenheit eben ein Segen oder wie eine sanfte, kuschelige Wolldecke in einer kalten Winternacht. Sie macht dir einen schönen Kakao, zündet ein warmes Feuer im Kamin an und erzählt dir süße

Nichtigkeiten, während sie dir beruhigend über den Rücken streicht und dich in trügerischer Sicherheit wiegt. Und Bang! Dann rollt die große Schwester Erkenntnis wie ein tonnenschwerer Panzer über das ganze gemütliche Wunderland, zerstört es, macht die Sicht frei für die Wahrheit.

»Darf ich vorstellen«, sagt Zoe tonlos. »Der Hammerschlag.«

Da ist Leo, klar und deutlich, mitten im Blitzlicht, wie er seine Hände in honigblond gelocktem Haar vergräbt und seine Zunge in einen Pfirsichlipglossmund steckt, und als wäre das noch nicht genug – immerhin ist es am selben Abend und entweder kurz vor oder nach unserem Kuss –, ist es die Frisur meiner besten Freundin Mara, die er mit großer Leidenschaft zerstört, und ihr Pfirsichlipglossmund, auf den er seine Lippen so gierig presst, und Mara sieht nicht gerade so aus, als würde sie irgendetwas gegen diese Aktion einzuwenden haben. Himmel, die beiden sind so ineinander verschlungen, dass man meinen könnte, sie wären zusammengewachsen.

»O Scheiße.« Ich wünschte, ich würde schlimmere Schimpfwörter kennen, und versuche, meine Stimme unter Aufbietung all meiner Kräfte ruhig, beinahe teilnahmslos zu halten. »Weißt du, wie lange das schon geht?«

Zunächst höre ich nur ihren Atem und den Verkehr unten auf der Straße, was meine Hoffnungen zunichtemacht, dass die Sache zwischen den beiden erst passiert ist, nachdem ich Leo einen Korb gegeben habe.

»Du musst mir glauben, dass ich nichts wusste. Ich habe sie ab und zu beim Fußball gesehen, aber ich dachte, die wären einfach … alte Freunde. O Mann, Anne, es tut mir so leid!«

Ich nicke. Das hat keiner ahnen können und am wenigsten ich selbst. Ich nehme Zoe das Handy zum zweiten Mal aus der Hand und scrolle die Kommentare entlang. Hauptsächlich sind sie von Leuten, die ich nicht kenne – aber einer bringt mein Herz zum Stillstand.

Marc Rothe: Schätze, der Prinz Charming von Anne Fischer hat sich eine andere Prinzessin gesucht. Dann ist der Plan wohl doch nach hinten losgegangen.
15. Februar um 8:41 · Melden

Was? Ich glaube, ich … Was?! Nein, nein, nein! Woher weiß er von dem Plan?!

»Was ist los?!« Zoe rüttelt an meiner Schulter.

Ich glaube, ich habe gerade geschrien.

»Scheiße.« Warum kenne ich so wenige Schimpfwörter? Je öfter man es sagt, desto weniger befreiend ist es. »Marc wusste es die ganze Zeit! Er wusste von dem Plan oder hat zumindest eins und eins zusammengezählt. Vielleicht ist der deshalb auch so schnell gegangen und hat Leo den Weg frei gemacht«, jammere ich. »Und trotzdem ist er zurückgekommen. Wollte er etwa … um mich kämpfen?«

Natürlich sieht Marc auf seinem Profilbild unglaublich gut aus, und ich will mich im selben Moment am liebsten für den Gedanken schlagen. Oder das Sofakissen. Oder das Sofa. Warum so gewaltbereit? Tja, ich habe ohnehin schon alles kaputt gemacht, warum also aufhören?

Ich schließe kurz die Augen und atme tief durch. »Ich glaube, ich sollte erst mal mit Mara reden.« Und meinen Ärger auf sie anstatt auf mich oder das Mobiliar lenken, das mich grade schon wieder so provozierend anlächelt.

»Okay. Ich kann mir vorstellen, dass du sauer bist, aber meinst du nicht, es wäre besser, sich erst mal ein bisschen zu beruhigen?«, fragt Zoe vorsichtig. »Ich wollte dir das Ganze doch nur zeigen, damit du es nicht Montag in der Schule erfahren musst …«

»Danke.« Ich höre gar nicht richtig hin. Auf einmal ergibt alles auf eine erschreckend einleuchtende Art und Weise Sinn. Auch, warum Mara in letzter Zeit so neben der Spur war und warum sie ohne mich zu den Fußballspielen gegangen ist. Sie wollte gar nicht unsere Jungs anfeuern, sondern nur Leo. Jetzt wird mir auch klar, warum sie mir immerzu geraten hat, Leo zu vergessen. Ihre Worte, die ich damals als tröstend empfand, triefen auf einmal nur so vor Hohn. »Er war wenigstens ehrlich.«, hat sie gesagt. Von wegen! Sie und Leo, meine beiden vermeintlich besten Freunde, haben mich die ganze Zeit an der Nase herumgeführt. Immer mehr Puzzleteilchen fallen an ihren Platz: Mara, wie sie mir erzählt, dass sie auf Chris steht und dabei so einen komisch fragenden Ton in der Stimme hatte, als wäre sie sich nicht ganz sicher, ob Marcs Bruder wirklich Chris heißt, und ich blöde Kuh glaube ihr, vertraue ihr blind, hätte meine verdammte Hand für sie ins Feuer gelegt. Auf einmal ergibt es auch auf erschreckende Weise Sinn, dass sie den Plan von Anfang an doof fand und sich sofort auf Marcs Seite geschlagen hat – selbst als bei dem damals wirklich alle Zeichen auf »Arschloch« standen! Oder Maras angepisstes Verhalten, als ich mit Leo geredet habe, und wie empört sie war, als sich langsam herausstellte, dass der Plan funktionierte. Ihr Gesichtsausdruck, als Leo gestern auf dem Ball Marc vertrieben hat und mit mir sprechen wollte. Das alles wirbelt in meinem Kopf umher, lacht mich aus. Es war doch so offensichtlich. Wie konnte ich so blöd sein und es nicht bemerken?

»Gequirlte Scheiße«, sage ich bitter und spüre einen scheußlich vulgären Triumph auf der Zunge.

»Wie bitte?«, fragt Zoe verdutzt.

»Eine Steigerungsform von ›Scheiße‹.« Ich lächle Zoe dankbar an. »Ich weiß nicht, was ich ohne dich tun würde. Danke, Zoe. Das war wirklich … Danke.«

»Gern geschehen, Frau Fischer.« Sie lächelt zurück. »Ich liebe es, Leuten so richtig schlechte Nachrichten zu bringen.«

»Ich weiß. Aber jetzt muss ich unbedingt noch etwas klären, etwas sehr Wichtiges. Ich hoffe, dass es nicht schon zu spät dafür ist …«

♥ ♥ ♥

»Marc ist nicht da.« Mit diesen Worten begrüßt Chris mich kühl, als er mir die Tür öffnet. Er lehnt sich in den Rahmen und versperrt mir so sowohl die Sicht auf den Flur als auch den Eintritt.

Unschlüssig, was ich jetzt machen soll, starre ich auf meine Schuhe. Einfach umdrehen? Weggehen? Ich weiß es nicht. Hier rumstehen, bis Marc zurückkommt, kann ich aber ja wohl auch schlecht, oder? Also doch gehen und später wiederkommen?

Marcs Bruder nimmt mir die Entscheidung dann aber zum Glück schnell ab, indem er anfängt zu reden beziehungsweise zu schimpfen. »Echt jetzt, Anne! Ich hab dir doch gesagt, dass du ihm nicht wehtun sollst. Du bist echt … Um eine einzige Sache habe ich dich gebeten. Eine einzige. Und du?«

»Ja, aber das ist doch auch ein Missverständnis. Deswegen bin ich doch hier. Ich wollte das gar nicht«, erkläre ich in der Annahme, dass Chris vom Kuss zwischen Leo und mir spricht.

»Aha. Ein Missverständnis also.« Chris nickt und lächelt mich an, obwohl ich genau sehen kann, dass er innerlich kocht. »Du wolltest meinen Bruder also nicht benutzen, um deinen dämlichen Exfreund eifersüchtig zu machen, damit ihr zwei Idioten wieder zusammenkommt?!« Chris wird dabei mit jedem Wort lauter, und mir wird schnell bewusst, dass die Nachbarn im Haus als Mithörer nicht zu kurz kommen. Heute ist definitiv nicht mein Tag. Wie heißt es so schön? Schlimmer geht immer.

»Na, doch«, sage ich gequält. »Aber das war nur anfangs so, und anfangs war Marc auch der totale Arsch! Hat er dir mal die Kinogeschichte erzählt?«

»Ja, und da wusste ich, dass er dich gut findet!« Chris kann sich nur mit Mühe beherrschen.

»Ach ja?! Da bist du aber der Einzige!«, gebe ich zurück und kann nicht verhindern, dass ich selbst etwas lauter werde. »Das ist nämlich mal eine sehr spezielle Art, seine Zuneigung zu zeigen!«

»Und trotzdem hast du hier übernachtet!« Chris sieht mich verständnislos an. »Ich meine, spätestens da war es doch wohl offensichtlich, oder?!«

»Ich weiß!«, zische ich wütend.

»Und dann hast du ihn zum Ball eingeladen! Warum? Bist du irgendwie sadistisch veranlagt?«

»Nein! Da war es schon anders! Ich mag Marc wirklich!« Ich werde rot. »Sehr!«

»Ach ja?« Chris sieht mich abschätzig an. »Wie sehr? Ein bisschen sehr? Oder wenn es dir gerade passt sehr?! Oder gelogen sehr?!«

»Sehr sehr!«, platzt es aus mir heraus, weil das doch glasklar ist und zweifelsfrei wahr, und es ärgert mich, dass er es mir trotzdem nicht glaubt. Ich blinzle ein paar Tränen der Wut aus meinen Augen und halte dem prüfenden Blick von Chris stand. Vermutlich sehe ich jetzt, verkatert und leicht verschwitzt, vollkommen irre aus. Eine Irre mit puterrotem Gesicht.

»Ernsthaft, Anne.« Chris taxiert mich weiterhin. »Ich denke, das ist keine so gute Idee. Marc ist im Moment nicht besonders gut auf dich zu sprechen.«

»Ich möchte einfach mit ihm reden, Chris.«

»Tja, ich fürchte, das beruht momentan leider nicht auf Gegenseitigkeit.«

»Aber ich muss es doch wenigstens versuchen«, flehe ich. »Bitte!«

Schließlich seufzt Chris, geht einen Schritt zur Seite und macht mir Platz, um in die Wohnung zu treten. »Marc wird gleich nach Hause kommen, aber wehe, ich bereue das hier …«

»Danke. Das wirst du nicht, versprochen«, erwidere ich – zugegebenermaßen ziemlich nervös, denn wenn Chris schon so »gut« von mir denkt, kann ich mir ausmalen, dass Marcs Reaktion auf mich nicht gerade besser ausfallen wird.

Wir betreten zusammen den Flur, und Chris lehnt sich locker an die hüfthohe Wandkommode, während ich immer noch unschlüssig dastehe. Meine dreckigen, ausgelatschten Turnschuhe wirken seltsam deplatziert inmitten des puristischen Interieurs, das steriler als ein Operationssaal aussieht.

Schließlich lehne ich mich neben Chris an die Truhe, und der Läufer darauf verrutscht. Ich bringe hier wirklich alles durcheinander, obwohl ich das gar nicht will.

Nervös knibble ich an meinem Nagelhäutchen herum. »Sag mal, woher weiß Marc eigentlich von dem Plan?«

Chris schnaubt genervt aus. »Glaub bloß nicht, dass Marc da viel rausrückt. Ich musste das gestern Abend echt aus ihm rausquetschen. Mein kleiner Bruder kann manchmal ziemlich stur sein, auch wenn er leidet wie ein Hund.« Bei seinen letzten Worten zwinge ich mich, ihm in die Augen zu sehen. Ich kann seinem Blick aber nicht lange standhalten. »Weißt du, er mochte dich. Er mochte dich echt. Er wollte lange nicht wahrhaben, dass du ihn nur benutzt, und dann sieht er dich, wie du mit Harmsterbacke rummachst. Ich meine, Harmsterbacke? Wirklich?« Chris schüttelt sich angewidert.

»Aber genau das ist doch das Missverständnis.« Ich bin plötzlich so erschöpft, dass ich mich nicht mal mehr über den doofen Kosenamen von Leo aufregen kann – und wenn man mal genau drüber nachdenkt, hat er ja auch wirklich etwas von einem Goldhamster. Ein bisschen. »Übrigens haben wir nicht rumgemacht. Leo hat *mich* geküsst und nicht ich ihn, ja?«

»Er hat dich also rausgezerrt und in gewisser Weise vergewaltigt?« Chris schüttelt enttäuscht den Kopf. »Das sieht auf dem Foto aber ein bisschen anders aus.«

»Ich weiß«, antworte ich resigniert. »Aber so war es nicht. Marc muss mir das glauben.«

»Muss er das?« Ich höre, dass Chris schon wieder wütend wird. »Was für ein Mensch denkt sich überhaupt so einen Scheiß aus? Schon mal was von Mitgefühl gehört? Da lässt mein Bruder sich ein Mal auf jemanden ein, wirkt das erste Mal, seit wir hier wohnen, wirklich glücklich, und dann stellt sich die Person, die dafür sorgt, dass er es ist, als ein riesengroßes Arschloch heraus.«

Ich sehe Chris fassungslos von der Seite an. Ein riesengroßes Arschloch? Okay, das ist jetzt zu viel. Was bildet ausgerechnet Chris sich eigentlich ein, mir hier eine moralische Standpauke zu halten? Wer ist denn derjenige, der reihenweise Mädchenherzen bricht? Nein, »reihenweise« ist falsch, weil er ja immer mehrere Freundinnen gleichzeitig hat. Muss man da dann »flächenweise« sagen? Egal. Jedenfalls sollte er sich mal getrost an die eigene Nase fassen! Und dann stellt er Marc als armes Opfer dar! Marc? In der Rolle des Unschuldslammes? Nie und nimmer! Wer hat denn bei dieser blöden Wette mitgemacht, die alles überhaupt erst ins Rollen gebracht hat? Na? Wer hat für diese Situation gesorgt?

Doch gerade als ich zu meiner Schimpftirade ansetzen will, öffnet sich die Tür – und gibt den Blick auf Marc frei. Seine Silhouette grenzt sich klar vom hellen Licht im Hausflur ab, wird von ihm umringt wie von einem Heiligenschein. Er sieht gut aus, wie immer. Trotz allem, was gestern passiert ist, und ganz und gar im Gegensatz zu mir.

Als er den dunklen Flur betritt und mich erkennt, meine ich eine Millisekunde lang – mehr kann es nicht sein – erkennen zu können, dass so etwas wie Freude in seinem bergwasserhellen Blick aufblitzt. Die verschwindet allerdings genauso schnell, wie sie gekommen ist, und dann frieren seine Augen schon wieder zu, diesmal aber nicht nur wie zwei Seen im Winter, nein, eigentlich viel größer als einfache Seen, eher schon Ozeane. Nahezu unüberwindbar meterdickes Eis bildet sich in seinem Blick, undurchdringlich.

Da erst fällt mir auf, dass der Platz neben mir leer ist. Chris muss unbemerkt weggegangen sein, während ich so gebannt von Marc war, dass alles um mich herum in den Hintergrund gerückt ist.

»Was willst du?«, fragt er eisig, mit einer Tonlage unter dem Gefrierpunkt.

»Putzen«, versuche ich mich an einem Scherz, merke aber sofort, dass jetzt nicht der richtige Zeitpunkt dafür ist, und mache damit alles nur noch schlimmer. »Mit dir reden natürlich, was denn sonst?«

Marc atmet tief durch. »Ich wüsste nicht, was es da zu bereden gibt. Würdest du von der Kommode weggehen? Du verschiebst da noch alles.«

Vorsichtig stoße ich mich von der Truhe ab, streiche dabei hinter mir betont unauffällig den Läufer glatt und gehe auf ihn zu. Er bewegt sich keinen Zentimeter, und als ich so vor ihm stehe, fällt mir ein weiteres Mal auf, wie groß er im Vergleich zu mir ist.

»Marc, das gestern …«, setze ich mit belegter Stimme an.

»Ich finde, du solltest jetzt gehen«, unterbricht er mich und öffnet die Tür hinter sich. Das Gefühl, mit jeder Zelle, jedem Organell, ja, jedem Molekül meines Körpers unerwünscht zu sein, schnürt mir die Kehle zu.

»Aber …« Ich sehe ihn enttäuscht an.

»Nein, kein ›aber‹.« Eisige Verachtung spricht aus seinem Blick. »Hat es mit Prinz Charming Harmsterbacke dann doch nicht geklappt, nachdem du ihn vollgekotzt hast, hm? Hat er sich dann lieber deine Freundin geschnappt? Bist du deswegen hier?«

Das schmerzt, aber ich gehe trotzdem einen Schritt auf die Tür und damit auf ihn zu, muss meinen Kopf in den Nacken legen, um den Blick weiterhin unverwandt auf seine kalten Augen richten zu können.

»Nein, also, ehrlich gesagt, ja, schon, aber anders, als du denkst!«, verhasple ich mich vor lauter Angst, gleich von ihm gepackt und rausgeworfen zu werden. »Mensch, das kann man doch auch nicht so zwischen Tür und Angel erklären! Können wir das nicht in Ruhe besprechen?«, flehe ich, und es ist mir egal, dass meine Stimme dabei zum Ende schwächer und zittrig wird. »Jetzt?«

Marc hakt die Hände in die Gürtelschlaufen seiner Jeans ein und tritt einen Schritt zur Seite, sodass ich nun der offenen Wohnungstür gegenüberstehe.

»Ich habe keine Zeit«, meint er vollkommen ruhig, nicht mal mehr frostig, sondern so, als wäre ich ihm keine einzige Gefühlsregung mehr wert.

Komm schon, Marc! Sei wütend, garstig, unausstehlich. Sei meinetwegen ein Arschloch, ja, sogar deine Kälte ist mir lieber als das hier, flehe ich innerlich. Es kann dir doch nicht egal sein!

»Es dauert auch nicht lange«, starte ich einen weiteren Versuch, während ich langsam auf die Tür zugehe. »Du musst auch nichts sagen oder entscheiden. Ich will es dir nur erklären.« Er darf mich nicht einfach so abschreiben.

»Du verstehst es nicht, oder? Ich habe Besseres zu tun, als mir diesen Mist, den du redest, anzuhören, und jetzt verschwinde bitte. Das wird langsam peinlich. Für dich.«

»Du bist echt so ein sturer Vollidiot!«, stoße ich frustriert aus, weil er mir nicht einmal eine Chance gibt, alles zu erklären. »Du weißt ganz genau, dass du an der Situation nicht ganz unschuldig bist!«

»Wenn du das sagst.« Mir fällt auf, dass es ihm plötzlich nicht mehr ganz so leichtfällt, ruhig zu bleiben – sonst könnte er mir in die Augen sehen.

»Ja, und du weißt ganz genau, dass ich recht habe. Du bist hier nicht das Opfer! Wenn du im Café nicht so ein selbstgefälliger Idiot gewesen wärst und vor allem nicht diese dämliche Wette am Laufen gehabt hättest, bei der es darum ging, mich rumzukriegen, wäre ich doch nie auf die Idee gekommen!«

Bei dem Wort »Wette« sieht Marc mich plötzlich überrascht an, aber ich bin gerade so in Fahrt. Außerdem weiß ich nicht, wie er darauf reagieren wird, dass ich von der Wette wusste, und ob ich je wieder die Chance haben werde, ihm das alles zu sagen.

»Deshalb warst du ja so ideal für den Plan – der natürlich total doof war! Das weiß ich inzwischen auch. Aber ich war verzweifelt, und du warst ein Idiot, der mit meinen Gefühlen spielt. Ach ja, da fällt mir ein, wie viel hast du eigentlich bekommen? Wer hat alles zehn Euro auf den großen Frauenheld Marc Rothe gesetzt? Ganz ehrlich, das ist noch viel, viel widerlicher als das, was ich gemacht habe! Was bedeutet ›rumkriegen‹ überhaupt?« Plötzlich merke ich, wie mir die Tränen in die Augen steigen. »Als du nach dem Kuss dann weg bist … Das hat ziemlich wehgetan.«

In meinem Leben scheint es nur zwei Möglichkeiten zu geben: verletzen oder selbst verletzt werden. Ich habe mich noch nicht entschieden, welches davon die bessere Alternative ist. Keins von beidem macht mir wirklich Hoffnung auf die Zukunft.

»Anne?«, fragt Marc und ist dabei einen Moment lang viel zu verwirrt, um seine Stimme schockzufrosten. »Ich glaube, du hast da etwas falsch verstanden. Die Wette bestand einzig und allein darin, ein Mädchen mit diesem blöden Anmachspruch anzusprechen, und sie war gewonnen, noch bevor wir uns überhaupt richtig kennengelernt haben.« Dann wird seine Mimik und seine Stimme wieder eisig. »Und ich wünschte, ich hätte sie verloren.«

Ich öffne den Mund, will etwas sagen, schließe ihn wieder, atme tief durch die Nase ein.

Da wird mir erst bewusst, was er gerade gesagt hat: Es ist ihm die ganze Zeit einzig und allein um mich gegangen. Ich spüre, wie ich plötzlich zittere.

Dann starte ich einen neuen Versuch. »Marc …«

»Nein. Ich habe ein für alle Mal genug von dir und deinen Lügen und deinen Spielchen. Das ist mir alles zu kompliziert. Ich will das so nicht. Okay? Geh einfach.«

Ein letztes Mal will ich den Mund öffnen, aber ein Blick in seine Augen bringt mich zum Verstummen. So kalt habe ich sie noch nie gesehen. Ich schlucke schwer und gehe an ihm vorbei. Er macht mir einfach Platz, und ich verlasse die Wohnung.

Als ich ein paar Schritte gelaufen bin, drehe ich mich noch einmal um, nur um zu sehen, wie die Tür hinter mir ins Schloss fällt. Und dann kommen die Tränen, einfach, weil das alles hier so endgültig ist, weil Marc nichts als Kälte und Verachtung für mich übrig hat, weil meine beste Freundin nicht die ist, für die ich sie gehalten habe, und Leo genauso wenig, weil ich mit den Gefühlen anderer gespielt habe und die Leute, die ich liebe, mit meinen. Außer Marc, der hat es die ganze Zeit ehrlich gemeint – und ich habe es versaut.

Meine Schritte werden immer schneller, meine eine Hand krallt sich ums Treppengeländer, damit ich nicht runterfalle, und meine andere wischt heiße Tränen von meinen Wangen. Rotz läuft meine Nase herunter, und ich habe kein Taschentuch dabei, um ihn wegzuwischen – aber um ehrlich zu sein, ist es mir auch egal. Am liebsten würde ich einfach schreien, aber was soll man rauslassen, wenn einen schon alles verlassen hat?

Es ist ja nicht nur die Sache mit Marc. Ich bin kein Teenager aus den Fotolovestorys in dieser Zeitung, die nach Applaus klingt. Ich verfalle nicht gleich in eine mittelschwere Depression, nur weil irgendein Kerl sauer auf mich ist. Aber Marc und Mara und Leo und dieser ganze Scheißplan … Ich würde es nicht direkt als meinen absoluten mentalen Tiefpunkt bezeichnen, aber es kommt schon nah dran, und im Gegensatz zu Samantha aus der Fotolovestory küsse ich auch nicht am Ende meinen Traumtypen, umringt von knalligen Herzchen und kitschigen Wörtern. Aus Marcs Mund wird niemals die Comicsprechblase mit dem tiefgründigen Inhalt »Endlich!« kommen, und aus meiner kein »Ja, darauf habe ich schon so lange gewartet!«. Stattdessen werde ich mich mit Mara und einer XXL-Portion Popcorn ins Kino verkrümeln und versuchen, mich von einem schlechten Slasher-Film ablenken zu lassen. Ach nein, geht ja auch nicht mehr: Wenn ich mich tatsächlich in nächster Zeit mit Mara in einem Kinosaal wiederfinden sollte, kann ich nicht dafür garantieren, den Horrorfilm nicht ins echte Leben zu verlegen.

Ich seufze, ziehe die Nase hoch und spüre jetzt schon, dass meine Augen morgen rot und verheult sein werden. Läuft ja alles bei mir: der Rotz, die Tränen, mein Leben (davon, und zwar vor mir) und ich selbst, unkoordiniert und planlos durchs Straßengewirr.

Ich möchte einfach nur noch nach Hause.

Dort verbringe ich dann auch den Restsamstag und den Sonntag mit einer Familienpackung Taschentücher – und als die alle ist, auch noch zwei Rollen Klopapier – auf meinem

Bett und weine, bis ich das Gefühl habe, keine Flüssigkeit mehr im Körper zu haben, nur um mich dann selbst damit zu überraschen, dass doch noch Tränen kommen können. Außerdem unterdrücke ich krampfhaft den Impuls, Marc anzurufen. Er würde sowieso nicht an sein Handy gehen. Stattdessen versuche ich, mich mit dem Lernen für die Matheklausur morgen abzulenken. Das ist übrigens auch der offizielle Grund für meine Ma, dass ich die Wohnung nicht mehr verlasse. Aber beides bleibt erfolglos – sowohl das Ablenken als auch das Lernen.

Morgen wird der schwärzeste Tag meines Lebens.

Montag

Ich betrete das Klassenzimmer und setze mich auf meinen Platz neben Mara, die allerdings noch nicht da ist. Leo hingegen schon. Er hat hinter mir Platz genommen und tut so, als wäre alles in bester Ordnung. Was soll denn auch sein? Es ist doch völlig normal, dass er mich mit meiner besten Freundin betrogen hat und es dank Facebook jetzt auch wirklich alle wissen. Alles prima. Kein Grund zur Aufregung. Meine Mitschüler teilen meinen Sinn für Ironie offenbar nicht, denn sie scheinen das vollkommen anders zu sehen. Klasse! Seit dem Moment, als ich den Raum betreten habe, sind alle Augenpaare auf mich gerichtet, folgen jeder meiner Bewegungen, beobachten jeden meiner Handgriffe, und ich spüre, wie langsam Wut in mir aufsteigt. Ich bin doch keine Zirkusattraktion, kein Zootier, und trotzdem fühle ich mich momentan genau so.

Wenigstens ist der Platz neben mir immer noch leer, obwohl Mara sonst morgens immer eine der Ersten ist, die sich auf ihren Platz setzt und ihren Kaffee vom Automaten im Foyer trinkt. Vielleicht kommt sie heute ja nicht. Mir wäre das, um ehrlich zu sein, ganz recht. Konflikte gehören nicht zu den Dingen, mit denen ich mich am liebsten beschäftige, und im Moment ist Mara nichts anderes als das.

Vielleicht bin ich heute aber auch einfach zu früh dran. Viele meiner Mitschüler sind noch nicht da, und auch von meiner Mathelehrerin ist weit und breit nichts zu sehen. Vielleicht muss ich die Klausur heute ja doch nicht nachschreiben. Nein, so wie die Dinge momentan für mich laufen, sollte ich lieber nicht damit rechnen. Da ist es wahrscheinlicher, dass wir heute nach Mathe in Physik auch gleich noch eine spontane Prüfung schreiben, für die ich gestern und vorgestern natürlich nicht gelernt habe. Es war schon schwer genug, sich auf Stochastik zu konzentrieren.

Ma hat mich zum Glück in Ruhe gelassen. Vermutlich wartet sie, bis ich ihr von alleine erzähle, was mich betrübt. Aber was soll ich ihr denn sagen? Für was für einen Menschen wird sie mich halten, wo ich mich selbst kaum noch ausstehen kann?

Es muss doch etwas an diesem ganzen Karmakram dran sein, denn genau in dem Moment, als ich daran denke, wie unrecht ich Marc getan habe – sein unmögliches Verhalten hin oder her –, betritt Mara doch noch den Klassenraum, dicht gefolgt von Frau Dunkelmann, die mich sofort mit forschem Blick zu taxieren beginnt. Es scheint fast so, als würde sie damit rechnen, dass ich jeden Moment zur Flucht ansetze. Anders Mara. Sie guckt überall hin, nur nicht zu mir. Mit zittrigen Bewegungen lässt sie sich auf den Stuhl neben mir fallen.

»Hey«, ertönt es kleinlaut aus ihrer Richtung.

»Hey«, antworte ich eiskalt in bester Marc-Manier und bringe sie damit zum Verstummen.

Ich weiche Frau Dunkelmanns immer eindringlicheren Blicken aus. Soll sie mich doch an Händen und Füßen hier rauszerren, wenn sie diese blöde Arbeit schreiben will. Ich werde nicht ohne Aufforderung aufstehen – auch wenn ich, ehrlich gesagt, nichts lieber täte, als dieses Klassenzimmer zu verlassen. Schreiend und wild mit den Armen rudernd. Im Moment ist mein Pensum an Misserfolgen definitiv erfüllt, und ich verspüre eine tiefe, grollende Unlust auf ein weiteres Scheitern.

Als mittlerweile alle meine Mitschüler auf ihren Plätzen sitzen, hat mich immer noch niemand auf die blöden Fotos angesprochen. Nicht einmal Lena. Eine angenehme Überraschung. Ich glaube, keiner weiß so wirklich, was er oder sie da noch kommentieren soll. Die Bilder sagen eigentlich schon alles, sind Hohn genug.

Aus dem Augenwinkel merke ich, wie Mara sich Hilfe suchend nach Leo umsieht. Alle verhalten sich, als wäre ich eine tickende Zeitbombe, die jeden Moment hochgehen könnte, wenn man sie falsch anfasst, und die alles um sich herum mit in den Abgrund reißen würde. Klar, weil mir ja auch gerade so danach ist, eine riesengroße Szene zu machen oder mich in aller Öffentlichkeit an den beiden zu rächen und damit noch mehr Aufmerksamkeit auf mich und mein Leben zu lenken. Nein, ich habe meine Lektion gelernt. Von destruktiven Rachegelüsten und daraus resultierenden perfiden Plänen, die mir jede Menge Minuspunkte aufs Karmakonto laden, habe ich erst mal die Nase voll. Meine Finger sind verbrannt und in unsichtbare dicke Verbände eingewickelt, brauchen erst mal Zeit, sich zu erholen, bevor sie sich wieder an etwas Neues herantasten können – oder sich wieder für jemanden ins Feuer legen. Ich bin nicht gefährlich. Ich fühle mich eher wie die Füllung eines heiß und innig geliebten Teddys, die sich durch das viele beherzte Knuddeln völlig unproportional verteilt hat und etwas in Schieflage geraten ist. Aber es ist mir ganz recht, dass meine Mitschüler ein anderes Bild von mir haben, weil sie mich so in Ruhe lassen. Wenn sie meinen, sie sehen Wolverine in mir, dann bitte. Hätte schlimmer kommen können. Geistesabwesend klopfe ich drei Mal auf Holz.

»Anne?«, fragt Frau Dunkelmann parallel zu dem schrillen Klingeln, das den Beginn der Stunde einleitet. Wow, zwei Hassgeräusche auf einmal. Guten Morgen und herzlich Willkommen im bodenlosen Chaos, das sich mein Leben nennt.

Unheil erwartend hebe ich den Kopf. »Ja?« Geistreich wie immer!

»Kommst du bitte mit? Raum 26 ist gerade frei, und ich würde dich da gerne reinsetzen. Wir haben ja abgesprochen, dass du heute Stochastik nachschreibst.«

Wenn man nur auf die Wörter achtet, klingt das alles nicht sonderlich überzeugend. Würde? Gerne? Ja, Frau Dunkelmann, das denke ich mir auch oft genug, aber das Leben ist kein Wunschkonzert. Trotzdem macht ihre Tonlage klar, dass jeder Widerspruch zwecklos ist, erstickt, bevor man überhaupt von einem Keim sprechen kann.

»Wie Sie wünschen.« Schicksalsergeben stehe ich auf und greife nach meiner Tasche, als vor meinem inneren Auge plötzlich das Bild eines Taschenrechners auftaucht. Meines Taschenrechners. Auf meinem Schreibtisch. Daheim!

In Windeseile kriecht eiskalte Panik meinen Rücken hinauf, und ich krusche hektisch in meiner Tasche. Nichts! »Ich habe meinen Taschenrechner nicht mit!«

»Wirklich?« Frau Dunkelmann zieht misstrauisch eine Augenbraue nach oben.

»Ja«, sage ich panisch. »Wirklich.«

»Anne, ich kann die Klausur nicht noch mal verschieben.« Ich glaube, langsam wird Frau Dunkelmann wütend. »Du kannst sie jetzt schreiben oder eine Sechs bekommen.«

»Aber ich …«

»Du kannst meinen nehmen«, höre ich Mara neben mir.

»Nein, danke«, fauche ich sie an, und sie zuckt leicht zusammen. Okay, vielleicht haben meine Mitschüler doch nicht ganz unrecht. »Deinen dämlichen Taschenrechner kannst du behalten.«

Mara beißt sich auf die Lippe und schiebt ihren Taschenrechner trotzdem vorsichtig auf meine Seite des Tisches. Einen Moment starre ich erst sie und dann den Rechner an. Er ist meine letzte Hoffnung, vielleicht doch eine Fünf anstatt einer Sechs zu schaffen. Ich schlucke meinen Stolz hinunter und greife danach, ohne jedoch Mara eines weiteren Blickes zu würdigen. Dann trotte ich genervt Frau Dunkelmann hinterher.

♥ ♥ ♥

Verzweifelt kaue ich auf meinem Bleistift herum. Nachdem ich mir die ersten Aufgaben der Klausur durchgelesen habe, ist mir jetzt ganz mulmig zumute. Eigentlich kann ich mir die Arbeit auch gleich sparen. Das wird zu hundert Prozent eine Sechs. Auch wenn ich nichts von Wahrscheinlichkeitsrechnung verstehe, bin ich mir da ziemlich sicher.

Aber jetzt sitze ich schon mal hier. Vielleicht bekomme ich ja wenigstens ein paar Lösungswege ansatzweise richtig hin.

Seufzend schalte ich Maras Taschenrechner an, öffne das Fenster für die Rechenaufgaben und … stoße auf einen Text.

> ANNE. ES TUT MIR LEID. ALLES. WIRKLICH. WEITER UNTEN SIND MEINE RECHNUNGEN ZU DER KLASSENARBEIT. FRAU DUNKELMANN MACHT SICH DOCH NIE DIE MUEHE, DIE AUFGABEN FUER DIE NACHSCHREIBER ZU AENDERN. HAB DICH LIEB. MARA.

Ungläubig starre ich auf die Buchstaben, scrolle dann runter, nur um Rechnungen zu sehen, die verdächtig ähnliche Zahlen beinhalten wie die Aufgaben auf meinem Arbeitsblatt.

Ist das ein Friedensangebot? Also, wenn ja, dann muss ich zugeben, ist es ein ziemlich gutes und noch dazu keine Minute zu spät. Aber sie denkt doch wohl hoffentlich nicht, dass sie die Freund-ausspann-Nummer mit den Lösungen für die Mathearbeit aus der Welt schaffen kann! Denn so läuft das nicht.

Trotzdem kann ich nicht verhindern, dass sich meine

Mundwinkel ein wenig nach oben schieben. Eigentlich hasse ich es zu schummeln, aber ich darf diese Arbeit nicht verhauen. Immerhin steht es noch nicht fest, dass ich bei späteren Klausuren die Fünf ausgleichen kann, die mir dank der Stochastik gefährlich nahe kommt, und ich möchte nicht wiederholen.

Aber was, wenn das wieder nur ein Trick ist? Wenn Mara vielleicht genau das bezweckt? Mich auf eine falsche Fährte locken will? Was, wenn ihre Rechenwege und Ergebnisse falsch sind? Nein, das kann ich mir nicht vorstellen. Das würde Mara nicht tun, oder? Allerdings konnte ich mir auch nicht vorstellen, dass sie mir Leo ausspannt. Oder dass sie mich so belügt. Andererseits: Was habe ich zu verlieren? Ob es nun meine falschen Ergebnisse oder die von Mara sind, ist jetzt eigentlich auch schon egal. Das Einzige, was mich noch zögern lässt, ist das Karma. Aber ich beschließe, dass es ja schließlich auch für Maras Taschenrechner gesorgt hat. Das bedeutet in meinen Augen so viel wie: Anne, tue es!

Ich ziehe die Nase kraus und beginne damit, einige Ergebnisse abzuschreiben. Ich rechne und tippe und lese, und ein paar Lösungen denke ich mir sogar selber aus. Irgendetwas wird schon richtig sein. Ich tauche ab in eine Welt aus Zufallsvariablen, Lottoziehungen, Gewinnchancen und vielen, vielen Dezimalzahlen.

Plötzlich platzt Frau Dunkelmann in den spärlich belüfteten Raum und reißt mir die Arbeitsblätter unter der Nase weg, sodass ich nicht einmal mehr meinen Namen vorne draufkritzeln kann. Ich seufze ergeben.

Mittwoch

Ich habe nicht vor, Marc einfach so aufzugeben. Deshalb muss ich mir seit etwas mehr als einer Woche jeden Abend vor der Wohnungstür der Rothes von Chris anhören, dass Marc mich nicht sehen will. Jeden Abend hat er mir aufs Neue versprochen, bei seinem Bruder ein gutes Wort für mich einzulegen, und jeden darauf folgenden Abend ist das leider immer noch nicht genug. Eines muss man Marc lassen: Schmollen kann er verdammt gut.

Chris ist überraschenderweise doch netter, als ich gedacht habe. Schade nur, dass er zu seinen Freundinnen so gemein ist. Meistens sprechen wir nach Marcs Abfuhr noch kurz miteinander. Es hat sich so eingespielt, dass Chris mir einen kurzen Lagebericht gibt, für den ich ihm sehr dankbar bin, auch wenn es mir jedes Mal das Herz bricht, aufs Neue zu hören, dass ich Marc so verletzt habe, dass er mir keine zweite Chance geben will.

Aber nicht nur die Abende haben sich seit dem Valentinstagsball verändert. Vor allem tagsüber erinnert nur noch wenig an mein altes Leben. Auch wenn Maras Antworten für die Mathearbeit allesamt richtig und meine eigenen allesamt falsch waren – was zu einer glaubwürdigen Vier geführt hat –, habe ich mich trotzdem noch am Tag der Klausur von ihr weggesetzt. Ich ertrage ihre Nähe einfach nicht mehr, und ein flüchtig genuscheltes »Danke für den Rechner« waren meine letzten Worte an sie. Wir haben uns noch immer nicht ausgesprochen, und ich merke, wie all das Ungesagte von Tag zu Tag schwerer auf meinen Schultern lastet. Bald ist es so weit, und ich breche entweder zusammen oder die Vorwürfe wie ein Orkan aus mir heraus – und ich habe keine Ahnung, was dann passieren wird. Aber keine Sorge, ich bin nicht nur auf Mara sauer. Die Tatsache, dass Leo mich belogen und betrogen hat, verdränge ich nur einfach stärker, weil ich sonst zugrunde gehen würde. Natürlich halte ich mich auch von ihm fern. Mir wird schon schlecht, wenn ich ihn nur sehe, diesen Verräter, der fast mein ganzes Leben lang mein bester Freund und dann meine erste große Liebe gewesen ist. Ich habe ihm blind vertraut, und er ist der Letzte, dem ich so einen Betrug zugetraut hätte. Keine Ahnung, ob ich einem Menschen jemals wieder so vertrauen werde.

Die meisten meiner Pausen und Nachmittage verbringe ich jetzt jedenfalls mit Zoe. Ich kann mich unglaublich glücklich schätzen, denn sie nimmt es mir offenbar nicht übel, dass sie für mich so viele Jahre lang immer nur die zweite Wahl gewesen ist. Außerdem weiß ich es zu schätzen, dass sie mich nicht behandelt, als wäre ich aus Porzellan – oder alternativ dazu aus hochexplosivem Dynamit –, sondern einfach wie einen normalen Menschen. Das ist eine angenehme Abwechslung. Ma weiß zwar noch immer nicht, was in meinem Leben eigentlich gerade los ist, aber sie versucht zum Glück auch nicht, es aus mir herauszubekommen. Stattdessen nimmt sie mich bei jeder Gelegenheit in den Arm und streicht mir tröstend über den Kopf. Das ist zwar, wenn ich ehrlich sein soll, wirklich sehr angenehm, aber ich muss dann auch immer sofort wieder an meine Situation denken und mit den Tränen kämpfen.

Marc will mich noch immer weder sehen noch sprechen, und ich bin kurz davor, ihm einen Brief zu schreiben, in dem ich ihm alles erkläre. Das mache ich vielleicht sogar – also, wenn das, was ich gleich vorhabe, scheitert.

Mit allem, was das letzte Mal passiert ist, will ich es jetzt nicht unbedingt gleich wieder »Plan« nennen, aber irgendwas muss ich doch tun. Marc muss wissen, dass er nicht nur Mittel zum Zweck war, sondern so unendlich viel mehr.

Ich seufze und ziehe meine Haare durch ein Zopfgummi, kontrolliere das Ergebnis mit einem Blick in den Spiegel. Es ist nicht viel, aber es muss reichen.

Es ist Mittwoch, die Jungs vom alten Hafen spielen heute schon wieder gegen die Goethe-Leute, und ich werde hingehen und Marc abfangen. Dann kann er mir nicht mehr ausweichen und sich hinter seinem großen Bruder und der Wohnungstür verstecken. Dann wird er vor mir stehen und mit mir reden müssen. Er hat gar keine andere Wahl. Hoffe ich.

Ich nehme meine Winterjacke und meinen roten Schal von der Garderobe und gehe Richtung Haustür. Es ist nach dem kurzen Wärmeeinbruch Mitte Februar jetzt doch wieder kälter geworden, und ohne Schal aus dem Haus zu gehen, ist die reinste Qual.

»Wo gehst du hin?«, ruft Ma aus dem Wohnzimmer.

Der Boden dort ist mit all den Zeitungen ausgelegt, die sie vermutlich nie gelesen hat, und ihre Hände sind mit Farbe gesprenkelt. Vor ihr steht eine große Leinwand, auf der langsam etwas, das ich noch nicht wirklich erkennen kann, Gestalt annimmt. Sie hat vor Kurzem wieder angefangen zu malen. Vielleicht hat das auch etwas mit dem Namenlosen zu tun, der jetzt tatsächlich öfter mal bei uns vorbeischaut – und mit uns frühstückt – und der inzwischen auch einen Namen hat: Dominik. Mittlerweile kriege ich ihn sogar dazu, ab und zu ein paar Worte mit mir zu wechseln. Aber das ist auch gar nicht so wichtig, denn ich merke, dass er Ma guttut.

Aus dem farbbekleckerten alten Radio auf dem Fußboden knistern alte 80er-Jahre-Hymnen, und ich beschließe, dass es jetzt definitiv an der Zeit ist zu gehen. Sonst finde ich mich gleich noch in einer Leggings mit neonfarbenen Stulpen wieder, bei dem Versuch, die Dauerwelle, die da plötzlich auf meinem Kopf auftaucht, in Form zu zupfen. Oder noch schlimmer: beim Aerobic!

Als ich Ma so angucke, bildet sich ein Kloß in meinem Hals. Ich kann ihr immer noch nicht sagen, dass Leo und ich nicht mehr zusammen sind – und dass die Sache mit dem Jungen, der danach mein Herz erobert hat, auch nicht so glänzend gelaufen ist. Aber eine kleine Stimme in meinem Kopf flüstert mir zu, dass sie es vermutlich sowieso schon mitbekommen hat. Trotzdem will ich nicht darüber sprechen und vor allem keine Fragen gestellt bekommen, auf die ich keine Antworten habe.

»Ins Kino«, lüge ich deshalb und haste zur Tür.

»Oh, schön. Mit Leo?«, höre ich Ma rufen, schon halb aus der Tür. »Welchen Film guckt ihr denn?«

Ich schlucke schwer. »Transformers.«

Hoffentlich läuft der überhaupt noch. Aber vermutlich ist Ma darüber noch spärlicher informiert, als ich es bin.

Während des Spiels bin ich ganz auf Marc konzentriert. Einerseits ist es schön, ihn endlich wiederzusehen, andererseits schmerzt es, denn er tut vehement so, als würde er mich nicht bemerken. Gut, ich stehe etwas abseits, aber ich trage einen voluminösen roten Strickschal. Die Signalfarbe muss ihm doch irgendwann auffallen. Vorerst muss ich mich aber wohl damit begnügen, ihn weiter heimlich zu beobachten. Er trägt heute unter seinem Trikot noch ein langärmliges Shirt, und während er seinen Teamkameraden Anweisungen zuruft, verlassen kleine, weiße Wölkchen seinen Mund. Seine schwarzen Haare sind wie immer leicht durcheinander, und seine eisblauen Augen jagen konzentriert über das Spielfeld. Mein Herz zieht sich bei der Erinnerung, wie es sich angefühlt hat, ihm nah zu sein und ihn zu küssen, heftig zusammen. Wie stellt er es nur an, so gut auszusehen und so unbekümmert zu wirken, während es mir mit jeder Sekunde, die ich hier bin, dreckiger geht? Zum Glück haben wir schon die zweite Spielhälfte. Volle neunzig Minuten würde ich das hier nicht ertragen.

Eine Millisekunde lang kippt meine Aufmerksamkeit zu Leo, aber sein Anblick macht mich nur wütend und erinnert mich an all das, was er mir angetan hat – und was ich falsch gemacht habe. Darum schaue ich schnell wieder weg und entdecke plötzlich Mara, die auf der anderen Seite des Spielfeldes am Rand steht. Sie trägt eine weiße Jacke mit Fellbesatz an der Kapuze, die sie sich über den Kopf gezogen hat und aus der sich einige blonde Locken vorwitzig hervorkringeln. Gebannt verfolgt sie jede von Leos Bewegungen. Sie lächelt versonnen, wenn er den Jungs vom Goethe den Ball abnimmt, kaut nervös auf ihrer Unterlippe herum, wenn es dann doch wieder Richtung Hafen-Tor geht, und zuckt jedes Mal zusammen, wenn jemand – meist ist es Marc – Leo den Ellenbogen in die Rippen stößt oder ihn brutal grätscht. Ab und zu reibt sie die Handflächen aneinander, kramt ihr Handy aus der Jackentasche und lässt es wieder verschwinden, verlagert das Gewicht von einem Fuß auf den anderen. Ich weiß nicht, was ich erwartet habe, aber definitiv nicht, dass sie so süß und verliebt wirkt. Es würde mir leichter fallen, sie zu hassen, wenn sie etwas Diabolischeres ausstrahlen würde. Wie kann sie nur so unschuldig wirken?

Je länger ich sie beobachte, desto mehr fürchte ich mich davor, ihr jemals wieder gegenüberzutreten. Ich bin einerseits froh darüber, dass ich womöglich wirklich so versteckt stehe, dass man mich nicht entdeckt, aber andererseits enttäuscht es mich, dass nicht einmal Mara, die ich so ungeniert anstarre, zu mir rübersieht und dass sie nicht spürt, wie nahe ich ihr bin. Aber vielleicht bin ich das ja gar nicht. Vielleicht bin ich ihr in Wirklichkeit längst ganz fern. Bei dem Gedanken wird mir plötzlich eigenartig kalt und mulmig.

Ich sehe schnell wieder zum Spiel und zu Marc, und zu dem mulmigen Gefühl gesellt sich gleich noch eine Mischung aus Wiedersehensfreude und schmerzlicher Sehnsucht. Vielleicht war es doch eine dumme Idee, hierherzukommen. Vielleicht sollte ich einfach schnell wieder gehen, bevor mich irgendwer entdeckt.

Aber da ertönt auch schon der Schlusspfiff. Die Leute um mich herum und die Jungs vom Goethe beginnen gleichzeitig zu jubeln und sich gegenseitig abzuklatschen. Auch mir wird immer wieder auf die Schulter geklopft. Ich habe mich wohl, ohne es zu merken, in den falschen Fanblock verlaufen. Die Goethe-Jungs haben die Leute vom Hafen schon wieder besiegt und lassen sich ausgiebig vom Publikum feiern. Aber auch jetzt, wo Marc keine zwanzig Meter von mir entfernt steht und über das ganze Gesicht strahlt, sieht er mich nicht. Oder – und der Gedanke gefällt mir noch weniger – er will mich nicht sehen.

Dann verabschieden sich die Jungs von ihrem begeisterten Publikum und laufen zu den Umkleiden. Das ist mein Zeichen. Ich gehe ebenfalls in Richtung des kleinen weißen Häuschens, bleibe dann aber abrupt stehen, als ich sehe, wie Mara vor dem Eingang einen am Boden zerstörten Leo tröstet. Sie lächelt ihn an und streicht ihm zärtlich über die Wange. Schnell mache ich einen Schritt zurück, verstecke mich hinter der Hausecke und warte auf den Schmerz, der mir dieser Anblick jede Sekunde verursachen wird – der dann aber doch weniger heftig ausfällt als erwartet. Natürlich tut es weh, die beiden das erste Mal zusammen zu sehen, aber bei Weitem nicht so, wie ich befürchtet habe. Ich weiß nicht, ob es daran liegt, dass Mara nur die zweite Wahl für Leo ist und es weiß, ihn aber trotzdem will, oder daran, dass ich weder mit Mara noch mit Leo jemals wieder etwas zu tun haben möchte, aber ich merke, dass mich jetzt vor allem eines stört: dass sie mir den Blick auf den Eingang zu den Umkleiden versperren – wo jeden Moment Marc rauskommen könnte.

♥ ♥ ♥

Das mit »jeden Moment« erweist sich aber schnell als trügerische Hoffnung. Marc ist mal wieder der Letzte, der aus der Umkleide kommt. Seine Haare sind noch feucht, und die Sporttasche hat er träge geschultert, viel zu erschöpft, um noch gerade zu laufen. Neben ihm geht Chris, der sich suchend umsieht – was damit zusammenhängt, dass er von meinem Vorhaben weiß und mich sogar darin unterstützt.

Ich nehme all meinen Mut zusammen und trete vor die beiden. »Hallo.«

Einen Moment ist Marc völlig perplex. Seine Augen weiten sich erschrocken, nur um keine Millisekunde später wieder argwöhnisch zusammengekniffen zu werden.

»Du«, stellt er fest, schüttelt dann den Kopf und geht einfach an mir vorbei.

Ich sehe Chris Hilfe suchend an, der nur in Richtung Marc nickt und »los« flüstert.

»Marc, warte!«, rufe ich, renne ihm hinterher und packe ihn an der Schulter, sobald sich die Chance dazu bietet.

Er atmet einmal tief durch. »Was willst du?«

»Was wohl? Mit dir reden«, meine ich, selbst überrascht davon, wie selbstbewusst ich klinge.

»Wir sehen uns dann nachher zu Hause«, verabschiedet sich Chris und zeigt mir hinter Marcs Rücken noch einmal seine gedrückten Daumen.

»Na wunderbar.« Marc sieht seinem Bruder finster hinterher, bevor er sich wieder mir zuwendet und mich mit seinen eisblauen Augen fixiert. »Chris wusste Bescheid?«

»Ja.« Ich lächle ihn vorsichtig an.

»Verräter.«

Ich merke, dass Marc friert. Seine Nasenspitze ist ebenso rot wie seine Wangen, während seine Lippen langsam beginnen, blau zu werden. Aber wer trägt denn bei so eisigen Temperaturen auch nur eine dünne Trainingsjacke?

Die ursprüngliche Idee, mit ihm durch den Park an der Blumenstraße zu spazieren, kann ich mir jetzt zumindest abschminken. Deshalb beschließe ich, ein bisschen flexibler zu sein und ihn stattdessen in ein Café zu entführen, das gleich um die Ecke ist und in dem ich schon eine halbe Ewigkeit nicht mehr war. Auch wenn der Anblick von Marc und seiner vor Kälte inzwischen ganz roten Rudolph-Rentier-Nase schon ziemlich süß ist. Zumindest lenkt sie von seinem kalten Eisblick ab.

»Darf ich dich auf einen Kaffee einladen?« Ich sehe ihn hoffnungsvoll an. »Mit Kuchen?«

Er zögert kurz, seufzt dann aber ergeben und zuckt resigniert mit den Schultern. »Wenn du mich dann in Ruhe lässt.«

Trotz seines kühlen Tonfalls breitet sich ein breites Grinsen auf meinem Gesicht aus, und ich mache mir nicht einmal die Mühe, es zu verbergen.

»Super«, strahle ich ihn an. »Na, dann komm.«

Er verdreht die Augen, nickt aber und folgt mir.

Wir laufen schweigend nebeneinanderher, und mit jedem Schritt, der von ungesagten Worten begleitet wird, steigt meine Nervosität. Gleichzeitig wünsche ich mir so sehr, dass er einfach meine Hand nimmt und damit alles gesagt ist. Aber so einfach wird er es mir nicht machen. Das weiß ich selbst.

Schließlich betreten wir das an diesem eisigen Mittwochnachmittag beinahe vollkommen leere Café und lassen uns auf die urigen Sessel fallen. Bis jetzt verläuft alles nach Plan. Na gut, fast, ich habe gehofft, dass wir auf der romantischen

Parkbank und vor allem ein bisschen näher nebeneinandersitzen würden, aber so etwas sind Feinheiten, von denen ich mich jetzt nicht verunsichern lassen möchte. Wenigstens stehen die beiden Sessel direkt nebeneinander.

Ich schäle mich aus der dicken Jacke und dem roten Wollschal und lege mir beides auf den Schoß. Plötzlich fühle ich mich furchtbar verletzlich – und ich bekomme kein Wort mehr heraus. Erst jetzt wird mir wirklich bewusst, wie viel bei dem, was ich gleich sagen werde, auf dem Spiel steht.

»Also?« Marc sieht mich noch immer kühl und abschätzig an.

»Also«, wiederhole ich nur wenig geistreich, aber mehr bekomme ich auch nicht raus, denn plötzlich schnürt sich mir die Kehle zusammen.

»Du wolltest mit mir sprechen, Anne.« Er verschränkt die Arme vor der Brust und wirkt jetzt beinahe feindselig. »Dann rede jetzt auch.«

Ich schließe die Augen und atme tief durch. »Ich weiß nicht, wie ich anfangen soll. Ich meine, klar, ich habe mir zu Hause ein paar Sätze zurechtgelegt. Himmel, ich habe sie sogar laut vor mir hergesagt, um zu gucken, ob sie auch gut klingen, aber das haben sie nicht, denn das, was ich dir sagen will, soll direkt aus meinem Herzen kommen. Es soll echt sein. Deshalb weiß ich jetzt nicht, wie ich anfangen soll.« Ich öffne die Augen, wage es aber nicht, Marc anzusehen, sondern starre lieber auf meine nervös ineinander verknoteten Finger. »Also, es ist ja überhaupt schon erstaunlich, dass du hier neben mir sitzt. Ich hätte nicht gedacht … Egal. Ich bin es einfach nicht gewohnt, dass meine Pläne funktionieren.«

»Stimmt.« Marc lacht bitter auf. »Der mit Harmsterbacke ist in der Tat ordentlich in die Hose gegangen, was? Das mit deiner besten Freundin und dem Idioten kam überraschend. Du tust mir fast ein bisschen leid. Aber nur fast.« Seine

Stimme ist kalt, und ich kann einen wütenden Unterton heraushören. »Und ich rate, dass du deshalb mit mir reden willst, stimmt's? Ich bin deine zweitbeste Alternative.«

»Nein!«, stoße ich gequält aus und sehe ihn nun doch wieder an.

»Nein?« Er sieht mich noch immer kalt an. »Dann klär mich doch bitte auf. Immerhin sitzen wir doch jetzt genau deswegen hier, oder?«

»Du verstehst das völlig falsch!«

»Aha, das alles ist also ein großes Missverständnis?« Sein Lächeln ist bitter. »Es hat diesen Plan, deinen Ex mit mir eifersüchtig zu machen, also nie gegeben? Du bist Harmsterbacke keine zehn Minuten, nachdem wir uns geküsst haben, um den Hals gefallen? Und du sitzt jetzt nicht hier, weil Leo sich dann doch für deine beste Freundin entschieden hat?«

»Nein! Ich meine, doch! Ich meine …« Ich bin verwirrt. »Woher weißt du überhaupt von dem Plan?«

»Ernsthaft?« Marcs sonst so schön geschwungenen Lippen werden zu einem dünnen Strich. »Ich bin kein Idiot – wobei, warte, doch, ich bin ein Idiot, denn ich dachte zwischendurch, dass ich mir den Plan nur einbilde und du wirklich etwas für mich empfindest.«

»Das tue ich!« Ich sehe ihm direkt in die Augen, kann seine Eisschicht aber nicht durchbrechen. »Es gab den Plan, ja, aber nur, so lange du dich noch wie ein unausstehlicher Arsch aufgeführt hast. Ich dachte, du bist das perfekte Opfer und dass es dir sogar recht geschieht, aber dann … hat sich alles geändert.«

Er antwortet nicht, sondern sieht mich nur an. Ich weiß genau, dass er gerade mit sich ringt, ob er mir glauben soll oder nicht, denn immer wieder flackert etwas in seinem nach wie vor eiskalten Blick.

Vielleicht ist es aber auch nur das Licht der Kerze, die die Bedienung, die uns bis jetzt in Ruhe gelassen hat, gerade an unseren Tisch stellt, während sie unser Schweigen mit der Frage nach der Bestellung bricht.

»Nichts. Wir gehen eh gleich wieder«, sagt Marc pampig und lenkt den grimmigen Blick von mir zur Kerze. So wie er aussieht, spielt er mit dem Gedanken, sie auszupusten. Allein schon, um mich zu ärgern. Das gibt mir Hoffnung, denn mit einem Marc, der mich provozieren will, kann ich umgehen.

»Er macht nur Witze«, teile ich der Bedienung, die uns schockiert ansieht, mit einem Lächeln mit. »Wir nehmen zwei Mal Milchkaffee und teilen uns ein Stück Erdbeertorte mit Sahne.« Ich hoffe, das tilgt ihren eben geschürten Argwohn und sie spuckt uns nicht ins Getränk.

»Du willst mir also erklären, wie sich alles geändert hat. Dann leg mal los. Wenn ich mit dem Kaffee und der Torte fertig bin, gehe ich – und ich habe Hunger und Durst. Du solltest dich also lieber beeilen.«

Ich seufze. Jetzt kommt er also, der schwere Teil.

Dann nehme ich einen tiefen, zittrigen Atemzug und fange an. »Ich war mal wirklich verliebt in Harmsterb… Leo.« Ich schüttle den Kopf, weil ich kurz davor war, diesen idiotischen Spitznamen zu übernehmen – und ich meine, dass Marcs linker Mundwinkel dabei leicht gezuckt hat. Ein gutes Zeichen, oder? »Und er hat mir das Herz gebrochen. Ich konnte mir nicht erklären, wieso er damals Schluss gemacht hat. Er übrigens auch nicht. Inzwischen kann ich mir einen ganz guten Reim darauf machen.«

Marc nickt. »Mara.«

»Ja, Mara. Auf jeden Fall war ich ziemlich … Na ja, ›am Boden zerstört‹ klingt verdammt abgeschmackt, aber ich war echt traurig, und dann bist du mir begegnet. Du warst so … ein eingebildetes Arschloch!« Diesmal bin ich mir sicher, dass sein linker Mundwinkel gezuckt hat. »Da kam mir die Idee mit dem Plan. Ich dachte mir, wenn schon mit den Gefühlen von jemandem spielen, dann mit deinen. Immerhin habe ich mitbekommen, dass du im Café eine Wette am Laufen hattest, und ich habe danach schnell erfahren, dass du außerdem einer der berühmten Rothe-Herzensbrecher bist. Maras Cousine hat dann auch noch bestätigt, dass du dich nur mit mir abgibst, weil du mich rumkriegen willst. Was auch immer das bedeutet. Ganz ehrlich, das ist mir nach wie vor ein Rätsel. Kannst du mir das bei Gelegenheit mal erklären? Wobei, vermutlich nicht, weil du ja gar keine Wette am Laufen hattest. Zumindest nicht so eine.«

»Richtig«, bestätigt Marc knapp. »Aber du scheinst ja mehr auf das zu geben, was andere sagen, als auf das, was ich dir gesagt habe.«

»Aber du hast überhaupt nichts gesagt, Marc!«, stoße ich einen Tick zu laut aus und senke meine Stimme schnell wieder. »Du hast dich einfach nur absolut unausstehlich verhalten.«

»Nur dann, wenn du auf einmal so elendig anhänglich und klebrig süß warst.« Marc verzieht angewidert das Gesicht. »Dieses falsche Lächeln und die geheuchelte Zuneigung. Das war abstoßend.«

»Aber …« Ich blinzle ein paarmal überrascht. »Warum hast du dich dann mit mir getroffen?«

»Ich mochte das Mädchen, das mir im Café Paroli geboten hat. Umso enttäuschter war ich dann, als du im Kino auf einmal so Schoßhündchenanfälle hattest.«

»Glaub mir, für mich war das auch kein Spaß.« Und schon wieder keimt Wut in mir auf. »Liz und deine Riesenbestellung? Das war der Albtraum!«

»Ich wollte dich einfach ein bisschen provozieren.« Da bleibt sein linker Mundwinkel endlich etwas höher als der rechte in einem wunderschönen schiefen Lächeln hängen, und mein Herz zieht sich bei dem Anblick sofort zusammen.

»Damit du wieder das Mädchen wirst, das mir nicht mehr aus dem Kopf gegangen ist, seit ich es das erste Mal gesehen habe.«

Marc sieht mir direkt in die Augen, und ich schlucke. So fühlt sich also Hoffnung an. Mein Herz beginnt schneller zu schlagen und das Blut mit einer neuen Höchstgeschwindigkeit durch meine Adern zu pumpen – und leider auch direkt in mein Gesicht. Verdammt!

»Das zum Beispiel«, bemerkt er, aber sein schiefes Lächeln verblasst bereits wieder, »ist unfassbar süß.«

Er lehnt sich in seinem Sessel vor und sieht zu mir.

»Aber dann habe ich gemerkt, dass du mich nur benutzt, um Harmsterbacke eifersüchtig zu machen.« Sein Ton wird bitterer. »Und das war dann nicht mehr ganz so süß.«

»Aber das war wirklich nur ganz am Anfang so.« Ich setze mich ebenfalls aufrecht hin. »Und woher weißt du das eigentlich?«

»Als Harmsterbacke vor meiner Tür stand und sich wie ein eifersüchtiger Volltrottel aufgeführt hat, hatte ich so eine Ahnung, und als ich mehr über dich und den Idioten herausgefunden habe, wurde aus der Ahnung ein Verdacht. Aber …« Marc atmet tief durch und sieht wieder in die Kerzenflamme. »Aber als du in meinem Zimmer neben mir eingeschlafen bist, wollte ich es nicht mehr wahrhaben. Ich wollte, dass du mich wirklich magst.«

Ich kann nur noch schwer den Impuls unterdrücken, zu ihm rüberzuklettern und ihn zu umarmen. Aber ich fürchte, das wäre verfrüht.

Stattdessen lege ich meinen Unterarm auf die Lehne und stütze mich darauf. »Und ich habe bis zu dem Abend ignoriert, dass ich schon längst nichts mehr von Leo wollte und dass ich immer mehr begonnen habe … dich zu mögen.« Ich mache eine kleine Pause, bis er endlich aufblickt und mir in die Augen sieht – und ich meine, kleine Risse im eisigen Blau zu erkennen. »Aber dann habe ich es nicht mehr leugnen können, und anfangs habe ich es wegen der Wette auch einfach nicht wahrhaben wollen, immerhin ist mein Herz erst drei Wochen vorher komplett gebrochen worden.« Ich lache kurz bitter auf. »Da schien es mir nicht die beste Idee, es gleich an jemanden zu verschenken, der es nur will, bis er mich rumgekriegt hat.« Marc will mir widersprechen, aber ich rede einfach weiter. »Es ist egal, ob es bei der Wette um etwas anderes ging oder nicht. Ich konnte nichts gegen meine Gefühle für dich tun. Selbst wenn ich gewusst hätte, dass es darum geht, dass wir uns küssen, hätte ich dich trotzdem geküsst – und es wäre es wert gewesen, weil es der schönste Kuss war, den ich je erlebt habe.« Mein Blick flackert kurz auf seine Lippen. »Aber dann bist du einfach abgehauen. Was sollte ich da deiner Meinung nach denn bitte denken?«

»Na, offensichtlich: Wo kann ich mit Harmsterbacke rumknutschen?«, meint Marc trocken, aber ich sehe, dass ich einen Nerv bei ihm getroffen habe.

»Nein, ich dachte, dass es das für dich war.« Meine Kehle schnürt sich bei dem Gedanken daran zusammen. »Ich bin danach trotzdem mit Leo raus, um ihm zu sagen, dass ich ihn nicht zurückwill. Er hat das missverstanden und mich geküsst, und du hast es gesehen. Was du vermutlich nicht mitbekommen hast, ist, dass ich Leo einen Korb gegeben habe.« Ich stütze mich jetzt doch auf die Lehne und beuge mich etwas zu ihm, um meinen folgenden Worten Nachdruck zu verleihen. »Du bist alles andere als die zweite Wahl. Du bist der Hauptgewinn, weil du es irgendwie geschafft hast, dich in mein gebrochenes Herz zu schleichen und es zu reparieren, obwohl du dich so oft wie ein blöder Idiot aufgeführt hast.«

Eine Weile ist da einfach nur diese Stille zwischen uns.

»Du hast beim Valentinstagsball also immer noch gedacht, ich hätte eine Wette am Laufen?«

»Ja. Ich dachte, ehrlich gesagt, bis zu dem Moment, als du mir vorgestern von dem Anmachspruch erzählt hast, dass es darum ging, mich rumzukriegen.«

»Für so jemanden hältst du mich?« Marc schüttelt enttäuscht den Kopf.

»Ja, ich meine, nein, nicht mehr. Ach, du machst es einem aber auch nicht gerade leicht, bei dem ersten Eindruck«, werfe ich ein. »Zum Beispiel der dämliche Anmachspruch. Oder die Aktion im Kino. Muss ich dich an Liz und die Sache mit dem Partnermenü erinnern? Wie um Himmels willen hätte ich ahnen sollen, dass du mich wirklich mögen könntest?«

»Dann kannst du dich bestimmt auch noch daran erinnern, dass du gelacht hast, als Liz gefragt hat, ob wir zusammen sind. Ich fand das nicht so lustig. Ich dachte, wir beide ... Egal.« Er sackt resigniert in sich zusammen. »Weißt du, sobald du einen gewissen Ruf hast, ist es vollkommen egal, wie du in Wirklichkeit bist. Du bist dann einfach für immer und ewig das Arschloch, der Herzensbrecher. Bloß weil du vielleicht vor ein paar Jahren mal eins gebrochen hast und weil aus Wut und verletztem Stolz heraus Gerüchte über dich gestreut worden sind. Vielleicht auch weil dein großer Bruder möglicherweise einer ist, also ein Herzensbrecher, und dein Vater und die Leute sagen, der Apfel fällt nicht weit vom Stamm. Man hat keine Chance.« Dann blickt er auf, und ich sehe Enttäuschung und Schmerz in seinen Augen. »Aber nenn mir ein Mädchen, das ich betrogen, belogen oder sonst wie unfair behandelt habe. Du wirst keines finden. Ich habe mit meiner letzten Freundin Schluss gemacht, weil ich sie nicht geliebt habe. Das war's. Mehr kann man mir nicht vorwerfen – wenn man sich für die Wahrheit interessiert. Aber das tut ja niemand. Lieber Vorurteile streuen und Marc Rothe aburteilen. Weißt du, ich hatte es einfach irgendwann satt, mich von meiner guten Seite zu zeigen, wenn alle doch nur den herzlosen Macho erwarten. Dann bekommen sie wenigstens, was sie wollen.«

O Marc … Ist das einer der Gründe für deinen Eispanzer?

In diesem Moment vergesse ich alles um uns herum. Ich stütze mich ab, lehne mich weit zu ihm und lege meine Lippen auf seine. Meine freie eine Hand fährt instinktiv über seinen Nacken, und ich ziehe ihn näher zu mir heran, will verhindern, dass wir uns jemals wieder trennen. Ich küsse zunächst sanft seine Oberlippe, öffne dann leicht den Mund und ziehe seine Unterlippe vorsichtig zwischen die Zähne. Da endlich löst Marc sich aus seiner Starre, umfasst mit beiden Händen mein Gesicht und erwidert den Kuss. Unter meinen Fingerspitzen spüre ich, wie er kurz erschaudert, und mein Herz überschlägt sich. Er streicht mit den Daumen zärtlich über meine Wangen, während er den Kopf leicht schief legt und unseren Kuss vertieft. Wieder finden wir sofort zu einem perfekten Rhythmus, eine Harmonie, die man nicht erzwingen kann, die einfach da ist.

Im einen Moment noch zieht Marc mein Gesicht näher zu sich heran, küsst mich innig, im nächsten stößt er mich plötzlich beinahe unsanft von sich weg, schüttelt erschrocken, beinahe trotzig den Kopf.

»Nein.« Mehr sagt er nicht.

Dann steht er auf und verschwindet aus der Tür in die Dunkelheit. Er ist dabei so schnell und sein Abgang so überraschend, dass ich nicht einmal mehr die Gelegenheit habe, irgendetwas zu sagen.

Während mir die Bedienung kurz darauf mit einem schrecklich mitleidigen Gesichtsausdruck den Kuchen und die zwei Getränke serviert, ist mir einfach nur noch furchtbar schlecht.

Zu Hause angekommen schleudere ich meine Sachen von mir und ignoriere, dass meine Jacke von der Garderobe rutscht und dass meine Schuhe in zwei gegenüberliegende Ecken des Flures poltern. Mit einem lauten Rumsen lasse ich meine Zimmertür hinter mir ins Schloss und mich selbst auf mein Bett fallen. Ich vergrabe mich so tief in den Kissen, dass ich fast vollständig darin verschwinde, und dann stöhne ich gequält auf, schreie in die Daunen, mache all dem Luft, was sich schon die ganze Zeit in mir angestaut hat und das ich gefürchtet habe herauszulassen.

Dann gebe ich keinen Ton mehr von mir, konzentriere mich nur auf meinen eigenen, durch das Kissen gedämpften Atem und den nur langsam ruhiger werdenden Herzschlag in meinen Ohren. Ich verbiete mir jegliche Art von Gedanken, halte die Augen geschlossen und bete, dass ich jetzt einfach nur einschlafe und erst wieder aufwache, wenn die Welt auf wundersame Weise wieder in Ordnung ist. Vor allem verbiete ich es meinem Herz aber, schon wieder zu brechen. Ich weiß nicht, ob ich es schaffe, die vielen kleinen spitzen Teile noch einmal aufzusammeln und an ihren Platz zurückzulegen. Ich bezweifle es.

Irgendwann höre ich das Knarzen der Türklinke, dicht gefolgt von leisen Schritten. Das Bett bewegt sich, und die Federn in der Matratze geben nach, als sich jemand daraufsetzt.

»Hey, Mausebär«, sagt Ma und knufft mich einmal sanft in den Rücken.

Aber im Moment ist mir alles zu viel. Ich reagiere nicht.

»Willst du dich da für immer einraupen?«, fragt sie nach einer Weile sanft. »Oder willst du darüber reden?«

»Nein.« Ich hebe den Kopf, nur ganz leicht, damit man meine Worte deutlicher verstehen kann. »Und gibt es das überhaupt? Einraupen?«

»Du lebst also noch. Das ist gut. Ich dachte schon, du wärst erstickt. Es war plötzlich so still.«

»Nicht gerade erbauend, dass du da so ruhig bleibst, und du lenkst vom Einraupen ab.«

»Und du von dem Grund, wieso du es machst. Einkokonieren. Das ist es. Das ist mir eben nicht eingefallen. Steht im Duden.«

»Aber das mit den Raupen klingt sowieso schöner«, murmle ich vor mich hin.

»Na komm, willst du nicht zu mir fliegen, kleiner Schmetterling?«, fragt Ma weiter, als ich nicht antworte. »Und mir erzählen, was los ist?«

Widerwillig richte ich mich auf. Erst jetzt bemerke ich, dass meine Wangen feucht sind. Im Stillen bedaure ich kurz den Justin-Bieber-Aufdruck auf meinem Kissen, das ich eben noch so angeschrieben habe und das ich jetzt immer noch an mich presse. Vermutlich ist er mit schwarzen Heulschlieren übersät, denn so einer Aktion kann selbst meine wasserfeste Wimperntusche nicht standhalten. Dabei mag ich den Bezug – trotz seines Motivs. Die Bettwäsche bekomme ich nämlich jedes Jahr von meiner Oma zum Geburtstag und zu Weihnachten. Vermutlich lässt sie sich in dem Kaufhaus, über dem sie wohnt, ausführlich beraten, was dazu führt, dass mich nachts meist irgendwelche Popstars anstarren oder Pferde. Aber die Bettwäsche ist weich und bequem und kuschelig, und im Moment bin ich mehr als nur dankbar dafür.

»Nichts ist los«, schniefe ich. »Der Film war einfach traurig.«

»Transformers?«, hakt Ma mit einer hochgezogenen Augenbraue nach. »Na komm. Ich gehe ja nicht oft ins Kino, aber dass Transformers kein Film zum Weinen ist, weiß sogar ich.«

Ich schlucke schwer.

»Und jetzt?«, frage ich, als Ma nichts weiter sagt.

»Ich wollte dir nur sagen, dass ich noch neue Farbe kaufen will und deswegen gleich los muss.« Warum sie mich dabei so milde anstrahlt, weiß ich allerdings auch nicht.

»Oookay«, mache ich und ziehe beide Augenbrauen hoch, als sie dann auch noch anfängt, mir die Tränen und Mascaraspuren aus dem Gesicht zu wischen und meine Haare in Form zu zupfen.

»Ma, was ist los?«, frage ich alarmiert und schüttle ihre Hand weg.

»Keine Ahnung, was soll denn los sein?«, fragt sie und sieht mich unschuldig an. »Ich bin los, und zwar jetzt gleich. Farbe kaufen. Habe ich dir das schon gesagt? Vielleicht gehe ich danach noch zu Dominik. Ja, das mache ich. Ich bin dann so gegen elf wieder hier. Frühestens. Ich melde mich, bevor ich losfahre. Viel Spaß, mein Spatz!«

Ehe ich auch nur ansatzweise verstehen kann, was hier los ist, drückt Ma mir einen dicken Kuss auf die Wange und rauscht durch die Tür.

Ich seufze. Klar, ich kenne das. Sie ist glücklich, endlich wieder malen zu können. Wenn sie eine kreative Phase hat, lässt sie gerne alles stehen und liegen, um zu malen. Selbst ihre verheulte und eingeraupte Tochter. Damit bin ich aufgewachsen. Außerdem freue ich mich ja auch für sie. Für Dominik wohl eher weniger, denn soweit ich ihn einschätzen kann, ist er so überhaupt nicht der Typ für die ganze Unordnung, die Ma in sein Leben bringt.

Ich höre, wie die Haustür ins Schloss fällt, seufze und raupe mich wieder tief ein. Hier hast du mich, Bettwäsche. Nimm mich, friss mich auf! Und lass mich bitte so schnell nicht wieder raus.

Da höre ich erneut das Knarzen der Türklinke, dicht gefolgt von leisen Schritten. Hat Ma etwas vergessen? Wieder bewegt sich das Bett, und die Matratze erbebt, als sich jemand neben mich setzt.

»Das Farbekaufen ging aber schnell«, murmle ich und kämpfe mich etwas aus dem Kissenberg.

»Falsch«, sagt auf einmal eine nur allzu vertraute Stimme dicht an meinem Ohr. »Es heißt: Was hast du denn überhaupt so lange gemacht?«

Mein Puls beschleunigt sich augenblicklich, und ich kämpfe mich ganz aus meinem Bettkokon frei – und natürlich kenne ich die richtige Antwort.

»Ich war bis eben damit beschäftigt, vom Himmel zu fallen, und bevor du fragst: Nein, es hat nicht wehgetan.«

Ein Zitat, das ich wegen seiner Dreistigkeit nie vergessen werde.

Endlich bin ich frei und sehe in Marcs winterkalte Augen, in denen das Eis wie im Zeitraffer beginnt zu schmelzen. Ist das hier echt? So richtig real echt? Oder träume ich?

Vorsichtig stupse ich ihm mit dem Zeigefinger gegen die Brust, aber da: ganz eindeutig echt. Keine Wachsfigur, keine Halluzination, kein Traum. Obwohl? Letzteres vielleicht schon. Aber einer, der wahr geworden ist.

»Ich habe auf dich gewartet. Du warst nicht bei uns vor der Haustür, und da habe ich mir Sorgen gemacht«, erklärt er und streicht mir eine Strähne aus dem Gesicht. »Schöne Bettwäsche übrigens.«

»Danke.« Ich bin noch immer gebannt von diesen zwei glitzernden hellblauen Bergseen, diesen Augen, die mich gerade anleuchten, als wäre ich der schönste Mensch auf der Welt.

»Gerne.« Das ist der Moment, in dem Marc sich zu mir herunterbeugt und mich endlich, endlich küsst. Mit der perfekten Mischung aus sanft und leidenschaftlich, aus langsam und schnell, aus Marc und Anne. Sofort strecke ich mich ihm entgegen, lege die Arme um seinen Hals und klettere auf seinen Schoß, während er mich an sich zieht. Mein Herz rast, und ich spüre, dass es seinem nicht anders geht. Wir halten uns gegenseitig fest und küssen uns, als ginge es um unser Leben. Schließlich lässt Marc sich nach hinten aufs Bett kippen, und ich beginne damit, jeden Zentimeter seines Gesichts mit Küssen zu bedecken, bis er mein Gesicht mit beiden Händen umfasst, seine Lippen wieder meine suchen und finden.

Obwohl ich für den Rest meines Lebens nirgendwo anders mehr sein möchte, kommt doch irgendwann der Moment, wo mein Gehirn Sauerstoff braucht, weil ich sonst ohnmächtig werde. Als ich mich von Marc löse und auf ihn herabblicke, gibt der ein widerwilliges Brummen von sich, ist aber mindestens genauso außer Atem wie ich.

»Wie bist du hier überhaupt reingekommen?«, frage ich und streiche mit meinem Daumen über seine Haare. Ich kann immer noch nicht glauben, dass er hier bei mir ist.

Er schmunzelt über meine Frage und blinzelt mich zufrieden an. »Ich habe da so meine Kontakte …«

»Und die wären?«, fordere ich ihn auf.

»Deine Mutter ist sehr nett.«

»Meine Ma?«

Er lacht über meinen empörten Ton. »Und ich musste Harmsterbacke fragen, wo du wohnst.« Jetzt wird er plötzlich doch ernst. »Das hast du mir ja schließlich nie gesagt.«

»Und das hat er dir einfach so verraten?«

»Ich musste ein bisschen nachhelfen …«

»O Gott …« Ich schlage mir die Hände auf den Mund.

Marc grinst über meinen erschrockenen Ausdruck. »Nicht so, wie du denkst! Ich habe ihn mit meiner reinen Wortgewalt überzeugt und mit meiner einschüchternden Erscheinung. Vielleicht habe ich auch gedroht, dass ich ihn beim nächsten Fußballspiel so foulen werde, dass er sich das mit der Chirurgenkarriere abschminken kann, wenn er mir jetzt nicht sofort die Adresse von meiner Freundin verrät …«

»Deine Freundin?« Bei diesen zwei Worten setzt mein Herz einen Schlag aus, nur um danach seine Arbeit mit doppelter Geschwindigkeit wieder aufzunehmen.

Plötzlich wirkt Marc unsicher. »Willst du … das denn?« In seinen Augen keine Spur mehr von Eis, vielmehr sind sie das stürmische Meer.

In das ich mich mit jeder Faser meines Seins werfen will.

»Ja«, sage ich voller Überzeugung, nur um seinen Kopf keine Sekunde danach ein zweites Mal an diesem Abend zu mir zu ziehen, weil ein Kuss viel besser ausdrücken kann, wie sehr ich das will, als alle Worte der Welt zusammen.